Namorado de Aluguel

Kasie West

Namorado de Aluguel

Tradução
Débora Isidoro

10ª edição
Rio de Janeiro-RJ / Campinas-SP, 2023

VERUS
EDITORA

Editora
Raïssa Castro

Coordenadora editorial
Ana Paula Gomes

Copidesque
Lígia Alves

Revisão
Maria Lúcia A. Maier

Capa, projeto gráfico e diagramação
André S. Tavares da Silva

Foto da capa
Carlos Caetano/Shutterstock

Título original
The Fill-In Boyfriend

ISBN: 978-85-7686-435-6

Copyright © Kasie West, 2015
Todos os direitos reservados.
Publicado originalmente por HarperTeen (Estados Unidos).
Edição publicada mediante acordo com Taryn Fagerness Agency
e Sandra Bruna Agencia Literaria, SL.

Tradução © Verus Editora, 2016
Direitos reservados em língua portuguesa, no Brasil, por Verus Editora. Nenhuma parte desta obra pode ser reproduzida ou transmitida por qualquer forma e/ou quaisquer meios (eletrônico ou mecânico, incluindo fotocópia e gravação) ou arquivada em qualquer sistema ou banco de dados sem permissão escrita da editora.

Verus Editora Ltda.
Rua Benedicto Aristides Ribeiro, 41, Jd. Santa Genebra II, Campinas/SP, 13084-753
Fone/Fax: (19) 3249-0001 | www.veruseditora.com.br

CIP-BRASIL. CATALOGAÇÃO NA FONTE
SINDICATO NACIONAL DOS EDITORES DE LIVROS, RJ

W537n

West, Kasie
　Namorado de aluguel / Kasie West ; tradução Débora Isidoro. - 10. ed. - Campinas, SP : Verus, 2023.
　23 cm

　Tradução de: The Fill-In Boyfriend
　ISBN 978-85-7686-435-6

　1. Romance americano. I. Isidoro, Débora. II. Título.

15-28833
　　　　　　　　　　　　　CDD: 813
　　　　　　　　　　　　　CDU: 821.111(73)-3

Revisado conforme o novo acordo ortográfico.

Ao meu pai, que me ensinou a ler para aprender, e à minha mãe, que me ensinou a ler por diversão
Amo vocês

𝓔𝓶 𝓪𝓵𝓰𝓾𝓶𝓪 𝓹𝓪𝓻𝓽𝓮 𝓭𝓸 𝓶𝓮𝓾 𝓬𝓮́𝓻𝓮𝓫𝓻𝓸, 𝓹𝓻𝓸𝓿𝓪𝓿𝓮𝓵𝓶𝓮𝓷𝓽𝓮 𝓪 𝓹𝓪𝓻𝓽𝓮 sensata que parecia ter desaparecido no momento, eu sabia que deveria desistir e ir embora, preservar um pouco da minha dignidade. Em vez disso, abracei a cintura dele com mais força e colei o rosto em seu peito. Definitivamente, não era a razão que estava no comando do meu cérebro. Era o desespero. E, mesmo sabendo que desespero não é atraente, eu não conseguia me controlar.

Ele suspirou e soltou um pouco de ar, o que me permitiu apertar ainda mais o abraço. *Não é assim que as jiboias matam suas presas?* Nem esse pensamento me fez soltá-lo.

— Gia, sinto muito.

— Então não faz isso. E, se tem que fazer, não pode esperar duas horas?

— O que você acabou de falar me faz ter certeza que não. Você só quer que as suas amigas me vejam.

— Não é verdade. — Tudo bem, meio que era. Mas só por causa da Jules. Ela havia se infiltrado no nosso grupo um ano atrás e, bem lentamente, tentava jogar minhas amigas contra mim. Sua última jogada era dizer que eu estava mentindo sobre namorar há dois meses. Então, sim, eu queria que minhas amigas vissem que eu não estava mentindo. Que era ela quem tentava dividir nosso grupo ao meio. Ela era a doença contagiosa. Não eu.

Mas não era só por isso que eu queria que Bradley ficasse comigo agora. Eu gostava dele de verdade antes de ele decidir terminar comigo no estacionamento na noite do baile de formatura. Mas, agora que ele estava exibindo seu atestado de cretino, eu só queria que ele entrasse, provasse que existia, desse um soco no estômago da Jules por mim, talvez, e depois fosse embora. Era pedir demais? Além disso... Oi? Era minha formatura. Ele ia mesmo me fazer entrar sozinha no baile onde provavelmente eu seria coroada rainha?

— Não é só com isso que eu me importo... — Minha voz estremeceu, embora eu tentasse não demonstrar fraqueza. Bom, exceto pelo fato de estar grudada nele como se tivesse levado um choque de alta voltagem.

— É só com isso que você se importa. E confirmou minha impressão hoje, quando me viu e a primeira coisa que disse foi: "Minhas amigas vão morrer". Sério, Gia? Você não me vê há duas semanas, e essa é a primeira coisa que fala?

Tentei lembrar. Foi isso mesmo que eu falei, ou ele estava inventando coisas para tentar se sentir melhor? Ele estava lindo mesmo. E, sim, eu queria que minhas amigas vissem como ele era lindo. Isso era errado?

— E no caminho para cá você passou o tempo todo planejando como nós íamos entrar. Disse exatamente como eu tinha que olhar para você.

— Sou meio controladora. Você sabe disso.

— Meio?

Um carro parou na vaga em frente ao lugar onde eu estava quase espremendo todo o ar para fora do corpo do meu namorado... ex-namorado. Um casal desceu do banco de trás. Não reconheci nenhum dos dois.

— Gia. — Bradley desgrudou minhas mãos e se afastou. — Eu preciso ir. A viagem de volta é longa.

Pelo menos ele parecia sinceramente triste.

Cruzei os braços, finalmente encontrando um pouco de dignidade. Tarde demais.

— Tudo bem. Vai.

— Você devia entrar. Está incrível.

— Você não pode simplesmente me xingar e ir embora, ou alguma coisa assim? Não preciso te achar fofo depois de tudo isso. — Ele *era* fofo, e pensar que meu desespero para segurá-lo ali não tinha a ver só com as minhas amigas começava a dominar minhas emoções. Engoli o que sentia. Eu não queria que ele soubesse que estava me machucando de verdade.

Ele sorriu de um jeito brincalhão e então aumentou o tom de voz:

— Nunca mais quero falar com você. Superficial, esnobe, egocêntrica. Você merece entrar lá sozinha!

Por que soou tão convincente? Mantive o nosso teatrinho.

— Odeio você, babaca!

Ele jogou um beijo, e eu sorri. Fiquei olhando até ele entrar no carro e ir embora. Então o sorriso sumiu do meu rosto e meu estômago deu um nó. Acho que ele pressupôs que eu conseguiria carona para casa. Ainda bem que todos os meus amigos estavam lá dentro... esperando que eu aparecesse com o cara de quem falava havia dois meses. Rosnei, tentando transformar a dor em raiva, e me apoiei na traseira de uma caminhonete vermelha. Foi quando chamei a atenção de um cara sentado ao volante do carro à minha frente. Endireitei rapidamente as costas, porque nem um estranho podia me ver desabando, e ele baixou a cabeça.

O que aquele cara estava fazendo sentado no carro? Ele pegou um livro e começou a ler. Estava lendo? Sentado no estacionamento de um baile de formatura e lendo? Então lembrei: o casal que havia descido do banco de trás. Ele tinha ido levar alguém. A irmã ou o irmão mais novo, talvez.

Dei uma avaliada no cara enquanto ele lia. Não dava para ver muita coisa, mas ele não era feio. Cabelo castanho, pele morena. Podia até ser alto, porque a cabeça ultrapassava o apoio do encosto, mas era difícil ter certeza. Não fazia o meu tipo. Cabelo um pouco desgrenhado, meio magro, óculos... mas teria que ser esse. Eu me aproximei da janela do carro. Ele estava lendo um livro de geografia, ou alguma coisa sobre o mundo em oitenta dias. Bati na janela, e ele ergueu a cabeça lentamente. E demorou ainda mais para baixar o vidro.

— Oi — eu disse.

— Oi.

— Você estuda aqui? — Se sim, e eu nunca o tinha visto, não daria certo. Porque havia boas chances de as pessoas o conhecerem.

— Quê?

— Você estuda neste colégio?

— Não. A gente acabou de mudar para cá, mas estou terminando o ano na minha antiga escola.

Melhor ainda. Eles eram novos na área.

— Veio trazer seu irmão?

— Irmã.

— Perfeito.

Ele ergueu as sobrancelhas.

— Você vai ser o meu par.

— Ah... — Ele abriu a boca, mas isso foi tudo o que saiu.

— Você mora perto daqui? Porque não dá pra você entrar assim, de jeans e camiseta. Muito menos com essa estampa de cabine telefônica.

Ele olhou para a própria camiseta, depois para mim outra vez.

— Cabine telefônica? Sério?

— Você tem uma calça escura e uma camisa social, pelo menos? Talvez uma gravata? Uma gravata azul-petróleo seria incrível para combinar com a minha roupa, mas eu não esperaria tanto. — Inclinei a cabeça. Ele realmente não era o meu tipo. Minhas amigas iam perceber. — E por acaso você tem lentes de contato e algum produto para o cabelo?

— Vou fechar a janela.

— Não. Por favor. — Pus a mão em cima do vidro. Será que alguma vez eu já sentira tamanho desespero? — Meu namorado acabou de terminar comigo. Você deve ter visto. E eu não quero entrar no meu baile de formatura sozinha. Além disso, minhas amigas já não acreditam que ele existe. É uma longa história, mas eu preciso que você seja ele. Duas horas. É tudo o que eu peço. Além do mais, você está aí esperando a sua irmã. — Droga. A irmã. Ela ia gritar o nome dele e estragar tudo? Só teríamos que evitá-la. Ou contar o segredo para ela. Eu ainda não tinha decidido. — Vai ser muito mais divertido do que ficar sentado em um estacionamento.

Ele ainda me olhava como se eu fosse maluca. Eu me sentia maluca.

— Você quer que eu finja que sou o Capitão América? — E apontou para a rua.

Fiquei confusa a princípio, mas logo me dei conta de que ele estava se referindo a Bradley, cujo porte físico era meio impressionante.

— Elas não o conhecem, não sabem como ele é. Além do mais, você é... — Apontei para ele sem terminar a frase. Tentei pensar em um super-herói diferente para comparar, mas nenhum me veio à cabeça. Não era um assunto que eu dominava. Será que tinha algum mais magro? Homem-Aranha? Não ia parecer um elogio.

Ele ficou ali, imóvel, me encarando, me esperando terminar a frase.

— Eu pago.

Ele ergueu as sobrancelhas.

— Tenho certeza que existem serviços desse tipo. Quem sabe se você ligar para o disque-michê ou alguma coisa assim?

Revirei os olhos, mas não consegui evitar um sorriso.

— Você sabe o número de cor?

Ele soltou uma única risada.

— Tudo bem. Se você não gosta da ideia de aceitar dinheiro, fico te devendo essa.

— Devendo o quê?

— Não sei... Se um dia você precisar de um encontro de mentira, pode contar comigo.

— Não costumo precisar de encontros de mentira.

— Bom, tudo bem. Fico contente por saber que você consegue um encontro sempre que quer, mas comigo não é assim. Quer dizer, normalmente eu consigo, mas obviamente não aqui, no meio de um estacionamento vazio. — Eu teria que chorar lágrimas de mentira para conseguir um encontro de mentira?

— Tudo bem.

— Tudo bem? — Fiquei surpresa, embora tivesse esperança de que ele dissesse sim.

— Sim. Moro a seis quarteirões daqui. Vou trocar de roupa, vestir alguma coisa com mais cara de baile de formatura. — E subiu o vidro, resmungando algo sobre não acreditar que estava concordando com aquilo. Depois foi embora.

Fiquei ali por uns cinco minutos pensando se ele não havia só encontrado um jeito de escapar. Provavelmente mandaria uma mensagem para a irmã pedindo para ela ligar quando quisesse ir para casa. Aliás, se ele morava a apenas seis quarteirões dali, por que estava esperando no estacionamento? Não devia ter voltado para casa e esperado lá?

Peguei o celular e dei uma olhada no Instagram e no Twitter para me certificar de que o Bradley não havia postado nada sobre o nosso rompimento. Não havia nada. Aquilo não me surpreendeu; Bradley não era tão adepto de redes sociais. Mais uma razão para Jules pensar que eu havia inventado nosso relacionamento. Postei no Twitter que o baile seria um arraso, depois guardei o celular na bolsinha que combinava perfeitamente com meu vestido.

Mais dez minutos se passaram, e eu tinha certeza de que ele não ia voltar. Comecei a pensar em todas as desculpas que daria às minhas amigas quando entrasse. Ele estava doente. Tinha que estudar para as provas finais da faculdade na segunda-feira... porque ele está na faculdade.

Suspirei. Aquilo era patético. A verdade. Eu tinha que contar a verdade. Ele terminou comigo no estacionamento. Meus olhos arderam por causa das lágrimas quando pensei nisso. O Bradley tinha terminado comigo no estacionamento. Eu tinha estragado tudo e perdido o namorado, e agora podia perder mais do que ele. Essa seria a última evidência de que minhas amigas precisavam para acreditar nas coisas que a Jules falava? Eu sabia como ela me olharia quando eu contasse a verdade. Seria o olhar de "Ah, tá, ele não existe". Ela me olhava do mesmo jeito toda vez que eu mencionava meu namorado. Era o olhar que sempre me fazia contar mais histórias. Pena que eu tenha contado tantas que até minhas outras amigas começaram a questionar a existência de Bradley.

A gente se conheceu em um café na UCLA durante um festival de cinema do qual meu irmão mais velho estava participando. Bradley estava sozinho no café e pensou que eu estudasse lá. Não desmenti, porque seria aluna no ano seguinte. Eu havia recebido a carta de aprovação naquele mesmo fim de semana, e já me sentia universitária. Trocamos telefones e conversamos por mensagem durante um tempo. E o que começou como uma simples atração virou algo maior. Ele contava piadas idiotas e conhecia muitos lugares por causa das suas viagens. Era interessante. Duas semanas mais tarde, contei a verdade sobre a minha idade. Àquela altura, já gostávamos um do outro. O problema era que eu morava a três horas da UCLA. Então ele só foi me ver duas vezes durante os dois meses de namoro, e não chegou a conhecer as minhas amigas. E agora estava acabado.

Endireitei os ombros e encarei a porta do ginásio. Eu não precisava de um namorado, real ou de mentira. Minhas amigas gostavam de mim, independentemente de eu estar com alguém ou não. Pensei nisso e desejei que fosse verdade. Eu não podia perder o namorado e as amigas em uma noite só. Precisava delas na minha vida. Quando comecei a andar, faróis projetaram minha sombra no asfalto à frente. Eu me virei quando o motorista desligou o motor e apagou as luzes.

O cara saiu do carro.

— Ia entrar sem mim depois de todo aquele drama?

Eu sorri. Não deu para evitar. Ele estava vestindo um terno preto com gravata cinza. Os óculos haviam desaparecido e ele era alto.

Era exatamente disso que eu precisava. Seríamos vistos. Ele poderia terminar comigo no fim da noite. Sem olhares complacentes de Jules, sem suspiros de pena de Laney e sem nenhum movimento de cabeça de "tá bom, agora conte a verdade" de Claire. E seria próximo da verdade. Meu namorado postiço só estava reorganizando um pouco a ordem dos eventos da noite para mim. Não havia mal nenhum nisso. Especialmente se mantivesse longe de mim a doença contagiosa chamada Jules.

— Oi — falei, me aproximando do carro, onde ele continuava parado mantendo a porta aberta, como se ainda não estivesse inteiramente comprometido com a ideia. — Você está ótimo. — Olhei para o cabelo dele, que dava para ver melhor agora de perto. Uma bagunça. Uma bagunça que aparentemente ele havia tentado ajeitar. — Senta um pouco. — Apontei para o banco do carro. Ele ergueu uma sobrancelha, mas fez o que eu pedi. Peguei uma escovinha da bolsa e a usei para ajeitar seu cabelo. Quando o afastei da testa e penteei de um jeito legal, assenti, satisfeita. — Ficou muito bom.

Ele balançou a cabeça com um suspiro.

— Vamos logo com isso.

Depois ficou de pé e me ofereceu o braço dobrado. Segurei a mão dele, em vez de aceitar o cotovelo, e o puxei para o ginásio.

— Ei, espera aí — ele falou, e meu corpo levou um tranco com a parada brusca, o que não foi nada engraçado em cima daqueles saltos. —

Preciso de um pouco de informação. Você quer convencer as suas amigas de que a gente se conhece, certo?

— Ah, é. Bom, vamos ver...

— O nome já é um bom começo.

Eu ri. Não tinha nem falado meu nome.

— Gia Montgomery. Dezessete anos. Formanda aqui no adorável Freemont High. Faço parte do conselho estudantil e normalmente não preciso implorar por companhia. Tipo, hoje foi a primeira vez.

— Registrado.

— E nas próximas duas horas você será Bradley Harris. Penúltimo ano na UCLA, motivo pelo qual meus pais não aprovam o namoro, aliás. Eles acham que você é velho demais para mim.

— Eu sou.

Eu não sabia ao certo se ele estava falando de Bradley ou de si mesmo. Pensei tê-lo ouvido dizer que estava terminando o colégio.

— Quantos anos você tem?

— Se estou no penúltimo ano, devo ter pelo menos uns... sei lá. Vinte e um?

Ele estava falando do Bradley. Revirei os olhos.

— Sim. Mas são só quatro anos mais que eu.

— O que não seria o fim do mundo se você não estivesse no colégio. Menor de idade.

— Só tenho mais cinco semanas de colégio, e você agora está falando como os meus pais.

Ele deu de ombros.

— Eles parecem ser bons pais.

— Bom, agora não tem mais importância. No fim da noite você vai ter que terminar comigo. De preferência na frente das minhas amigas. Tente não exagerar no espetáculo. Seja rápido e discreto. Depois, como o verdadeiro Bradley, você pode ir embora para sempre, e a história acaba aí. — Um nó se formou na minha garganta quando eu disse isso, quando pensei em Bradley indo embora como se fosse a coisa mais fácil do mundo. Apaguei a imagem da mente e sorri para ele.

— Eu consigo fazer isso.

— Que bom. E a sua irmã? Ela vai dificultar as coisas lá dentro? Vai correr pelo ginásio gritando o seu nome?

— Não. Minha irmã nem imagina que eu vou estar lá dentro vestido dessa maneira. Ela está mais interessada no garoto. Mas, se eu perceber que ela está se aproximando, dou um jeito de tirá-la de perto e conto tudo. Ela é legal, vai colaborar.

— Você não acha melhor mandar uma mensagem para ela? Só por precaução.

— Eu faria isso, mas, na pressa, esqueci o telefone. — Ele apalpou os bolsos para provar que estava falando sério.

— Ela vai ficar de boa?

— Ela vai ficar de boa.

— Tudo bem, acho que acertamos tudo, então.

Ele riu para mim, como se eu tivesse esquecido alguma coisa óbvia.

— Que foi?

— Nada. Vamos nessa. — Seus passos a caminho do ginásio eram lentos e confiantes. Ele nem parecia se incomodar por estar segurando minha mão.

Assim que passamos pela porta, entreguei à professora atrás da mesa os ingressos que comprei para mim e para o Bradley, e seguimos em frente para a área principal. A música era alta, uma banda tocava ao vivo e não mandava muito bem. Era a banda vencedora das audições que realizamos para o evento, então era a melhor entre as piores. No ano passado contratamos uma banda popular da cidade, mas, com ingressos "mais acessíveis", o sr. Lund disse que não teríamos orçamento para isso este ano.

Avistei minhas amigas e seus acompanhantes do outro lado do salão, em pé em volta de uma mesa. Fechei os olhos por um momento e canalizei toda a minha capacidade de atuação, que não era muita, mas teria que ser suficiente. Ao meu lado, o namorado substituto não parecia estar nervoso. Claro que não. Ele não tinha nada a perder.

— Minha irmã está dançando, então acho que por enquanto estamos bem — ele disse.

Segui seu olhar e vi uma menina de azul, a saia do vestido cheia de babados em camadas. Ela era fofa, tinha os cabelos castanhos compridos e um rosto simpático. Nunca a tinha visto em toda minha vida, o que significava que devia ser mais nova que eu. Mas ele disse que tinham se mudado havia pouco tempo; talvez fosse bem pouco mesmo. Também não reconheci o garoto que a acompanhava, então voltei à teoria da idade. Ela devia ser mais nova.

— Tudo bem. Você pode tentar me olhar como se estivesse loucamente apaixonado?

— Você e o Capitão América estavam loucamente apaixonados?

Abri a boca para dizer "é claro", meu primeiro impulso, mas me detive, porque não seria verdade. Bradley e eu éramos... bom, éramos felizes. Ou eu achei que fôssemos, até a noite de hoje. Forcei meu melhor sorriso provocante, feliz pelo fato de os meus sentimentos, que tinham tentado assumir o comando no estacionamento, estarem novamente sob controle.

— Você não tem uma referência para esse sentimento?

Ele se concentrou por um instante, depois me lançou um olhar fulminante. Uau. Ele era bom.

— Talvez você esteja exagerando um pouco.

Ele suavizou a intensidade do olhar, e pela primeira vez notei seus olhos azuis. Ah, não. O Bradley tinha olhos castanhos.

— Muito ruim?

— Não. Seu olhar é ótimo. — O que significava que ele sabia como era estar apaixonado. Era eu quem não tinha uma referência. — A cor dos seus olhos é que é frustrante.

— Nunca me disseram isso antes. Obrigado.

— Desculpa. Tenho certeza que as meninas dizem que são incríveis, ou alguma coisa assim. — E eram. — Mas é que...

— O Bradley tem olhos esmeralda? Não... Castanho-escuros, feito chocolate derretido?

Eu ri, porque ele botou as mãos no peito e falou de um jeito dramático.

— Sim. Bem derretido.

Ele olhou nos meus olhos.

— Como os seus.

— Os dele são mais para chocolate; os meus, mais para sépia, mas... — Balancei a cabeça, tentando voltar ao assunto. — Tente não fazer contato visual com ninguém, só isso.

— Porque isso não vai ser nada assustador. Você acha que as suas amigas lembram a cor dos olhos de um cara que nunca viram? Você falava tanto assim dos olhos dele, sério?

— Não. Quer dizer... Bom, elas viram algumas fotos.

— Viram fotos? — Ele arregalou os olhos. — E você acha que vamos enganar alguém? Como?

— Bom, eram fotos de longe. E uma era da metade do rosto. — Eu ficava bem frustrada, porque ele não gostava de ser fotografado. — E faz tempo que elas viram as fotos. Acho que você é parecido o bastante para dar certo. Mas vai dar certo com a versão não assustadora da falta de contato visual.

Ele segurou minha mão, a beijou, me olhou daquele jeito quente e disse:

— Bom, eu só tenho olhos para você, mesmo.

Ele era *muito* bom. Eu ri.

— Estou vendo minhas amigas. Vamos lá.

— Por que as suas amigas duvidaram da minha existência se já viram fotos? — ele perguntou enquanto atravessávamos a pista de dança lotada.

— Porque você estuda na UCLA, e era eu quem normalmente ia para lá. Quando você vinha para cá, queria passar o tempo todo só comigo, não com as minhas amigas.

— Ah, eu sou antipático. Entendi.

— Eu não disse isso.

— Quando você ia me visitar, nós saíamos com os meus amigos?

— Não. A gente se via raramente. Não queríamos outras pessoas por perto quando estávamos juntos.

— Entendi. Você era o meu segredo.

— Não, eu também queria que fosse assim. Além do mais, você acabou de dirigir por três horas para vir ao meu baile de formatura, então é evidente que planejava conhecer todas as minhas amigas. — Era estranho estarmos ali falando como se ele realmente fosse o Bradley. Balancei a cabeça. — *Ele* planejava conhecer as minhas amigas.

— Mas *ele* terminou com você no estacionamento antes disso.

Mordi a boca por dentro. Mais dez passos e chegaríamos ao grupo. Não havia tempo para explicar que eu não tratei o Bradley muito bem, que a primeira coisa que eu tinha dito depois de duas semanas sem vê-lo foi que as minhas amigas iam morrer. Porque ele estava incrível. Mas era isso que eu devia ter dito, que ele estava incrível. Não devia ter me preocupado com o que as minhas amigas iam pensar. Só que era difícil, depois de dois meses respondendo a perguntas sobre sua existência, dois meses contando tudo sobre ele. Tudo por causa da Jules. Eu não devia ter deixado isso me incomodar tanto.

Claire foi a primeira a me ver, e seus olhos pareceram se acender de alívio quando ela avistou meu acompanhante. Éramos as mais próximas, e era sempre ela que me defendia.

— Gia! — Todas se viraram quando ela gritou.

A cara da Jules foi impagável. Um sorriso arrogante seguido do queixo caído. E, pela primeira vez, a Laney não fez cara de pena. Eu abri um largo sorriso.

— Pessoal, este é o Bradley.

Ele ergueu a mão para um rápido aceno, e eu não sabia se a intenção era ser engraçado ou se foi sem querer, mas, quando ele disse "É um prazer conhecer vocês", sua voz soou baixa e rouca.

Claire arregalou os olhos como se quisesse me elogiar.

Jules rapidamente recuperou o ar antipático e o mediu de cima a baixo. Prendi a respiração, esperando que ela dissesse alguma coisa sobre o Bradley não ser parecido com as fotos, ou não ter nada a ver com os garotos com quem eu costumava sair. Em vez disso, ela soltou:

— Estou surpresa por você ter vindo a um baile de formatura do ensino médio.

Ele olhou nos meus olhos e passou um braço ao redor da minha cintura.

— Era importante para a Gia. — E me puxou mais para perto. O contato físico fez minhas costas formigarem. Meu primeiro impulso foi me afastar, mas essa não teria sido minha reação com o Bradley. Eu teria me inclinado para ele. Teria suspirado feliz. Então me obriguei a fazer as duas coisas.

Jules fez uma careta debochada.

— É esse o tema do relacionamento de vocês? "A importância da Gia?" — Ela chegou a desenhar aspas no ar.

Garrett, que havia ido com Jules, riu, mas ficou quieto quando um dos garotos bateu em suas costas.

— Não — meu namorado respondeu antes que eu tivesse chance. — Mas talvez devesse ser.

Todos riram. Eu estava ocupada demais olhando feio para Jules e não ri.

— Vamos dançar — meu namorado falou. E, enquanto ele me levava para a pista, percebi que não sabia seu nome verdadeiro. Era esse o motivo das risadinhas enquanto conversávamos a caminho do ginásio? Então, quando o cara cujo nome eu não sabia me abraçou, apoiei a testa em seu peito e sussurrei:

— Desculpa.

3

— Por que você está se desculpando? — perguntou o Bradley substituto.

— Não sei nem qual é o seu nome verdadeiro.

Ele riu, uma risada baixa que eu pude sentir em seu peito. Depois se inclinou, e seu hálito afagou minha orelha quando ele disse:

— Meu nome é Bradley.

Levantei a cabeça, assustada.

— Sério?

Ele negou com a cabeça.

— Sou um ator metódico. Tenho que incorporar o personagem.

— Você é ator? — Eu não teria me surpreendido. O cara era mesmo bom nisso.

Ele olhou para cima, como se estivesse pensativo.

— Você não me contou essa parte. Sou?

Bati em seu peito e ri.

— Para.

Ele olhou por cima do meu ombro, para onde minhas amigas ainda estavam.

— Belas amigas.

— A maioria é legal. Só a Jules que fica sempre tentando me excluir.

— Por quê?

— Não sei. Talvez ela me veja como a alfa da alcateia e ache que só tem espaço para uma sem ter que recorrer ao canibalismo.

— Vou interpretar essa analogia esquisita com os lobos e deduzir que ela quer ser a líder do grupo.

Dei de ombros e olhei para o outro lado do salão, onde a Jules tinha enroscado o braço no de Claire e dizia alguma coisa para ela.

— É a única coisa em que consigo pensar. Ela é a principal razão para eu precisar de você aqui hoje. A Jules acha que eu estava mentindo. Eu não quis dar mais munição. Ela já tem o suficiente sem a minha ajuda.

O substituto ergueu as sobrancelhas. O que, eu já estava aprendendo, ele gostava de fazer.

— Então, se ela descobrir que você está mentindo...

— É, entendi. É exatamente o que eu estou fazendo agora, e não estava fazendo antes. Mas ela achava que eu estava mentindo. Se eu tivesse entrado aqui sem você, teria sido o fim.

— Você não acredita que as suas outras amigas gostem de você o suficiente para impedir que ela faça isso?

— Elas gostam de mim. Mas a Jules está empenhada nisso há dois meses. Ela realmente acha que tem alguma coisa contra mim. Tem certeza de que escondo alguma coisa. Eu precisava desta noite.

— Bom, se você é a alfa, por que não chuta essa garota para fora do grupo?

Eu já tinha pensado muito nisso. A principal razão era que eu não acreditava ser a líder, por mais que a Jules me visse nessa posição. Mas havia outra resposta, aquela que eu só admitia nas noites mais sombrias: se eu pedisse para todo mundo escolher, elas poderiam preferir a Jules. Por maior que fosse a confiança que eu aparentava ter, minha preocupação era que as pessoas não gostassem realmente de mim. E talvez estivessem certas em não gostar. Mas eu não ia contar isso a ele. Já tinha exibido fraquezas demais em uma noite só.

— Porque eu não sou uma doença contagiosa.

— O quê?

— Às vezes eu chamo a Jules de doença contagiosa. Mas esse é o ponto... Acho que não quero ser essa garota. A que precisa expulsar alguém de um grupo. Tenho torcido para encontrarmos um jeito de conviver, assinar um tratado de paz, definir um território neutro, sei lá. — Apesar dos outros motivos para eu temer criar confusão, esse também era verdadeiro. Eu queria mesmo que a gente se desse bem.

— Você gosta de analogias, né?

— É, eu gosto. As palavras são poderosas.

Ele inclinou a cabeça, como se a resposta o intrigasse.

— Certo, mas eu ainda não entendi. Se elas viram fotos do cara, por que não acreditam que ele existe?

Eu ri, mas era uma risada sem humor.

— Foram poucas. A gente não se encontrava muito para tirar fotos. Era um... namoro a distância. A Jules cismou que eu pedi a um cara qualquer para tirar as fotos comigo.

Ele riu.

— Não sei de onde ela pode ter tirado essa ideia.

Fiquei vermelha e abaixei a cabeça.

— É, eu sei. — Era patético eu estar ali com um namorado de mentira. Alguém que eu não precisaria levar se o meu namorado de verdade não tivesse terminado comigo.

— Você está bem? Ficou chateada com a história do Capitão América?

Inspirei profundamente pelo nariz, tentando não deixar minha voz falhar quando respondi:

— Não. Vai passar. A gente não tinha nada muito sério, claro. Foi só um namoro rápido e a distância. Nada muito importante. — Eu não sabia quem eu estava tentando convencer com esse discurso, se a mim ou a ele.

Ele ficou quieto por tanto tempo que levantei a cabeça para ter certeza de que ainda estava me ouvindo. Seus olhos estavam cravados em mim, procurando algo que eu não sabia se tinha. A música acabou, e a que começou em seguida era agitada. Dei um passo para trás.

— Então. Qual é o seu nome verdadeiro?

— Não podemos correr nenhum risco hoje, certo? Melhor você continuar achando que o meu nome é Bradley.

Finalmente, ele desviou o olhar, e eu consegui voltar a respirar. Depois estendeu a mão para mim e, quando a segurei, ele me girou uma vez e puxou, me envolvendo com os braços e se movendo no ritmo da música.

— Você é bom nisso — reconheci.

— Em quê? Atuar ou dançar?

— Bom, as duas coisas, mas eu estava falando de dançar.

— É porque você é a quinta garota que me pede para ser o namorado postiço no baile de formatura. Fui obrigado a treinar muito.

— Sei.

— Então, Gia Montgomery.

— O que é, garoto sem nome?

Ele riu.

— Não acredito que você me ofereceu dinheiro por isso. Você sempre anda por aí se oferecendo para pagar por serviços aleatórios?

— Não. Normalmente meu sorriso basta para eu conseguir o que quero. — Na verdade, fiquei surpresa com a dificuldade para convencê-lo a sair daquele carro.

— Que tipo de coisa já conseguiu?

— Além de fazer você vestir um terno?

Ele olhou para baixo, para a própria roupa, como se eu o tivesse lembrado de como estava vestido.

— Não foi por causa do seu sorriso.

— Por que foi, então? — Eu estava muito curiosa. Em um segundo, aparentemente, ele havia passado de tentar subir o vidro a aceitar o papel de namorado de mentira.

— Gia! — Eu me virei ao ouvir meu nome, e uma garota loira acenou para mim. — Votei em você! — Ela apontou para o palco, onde uma coroa brilhante repousava sobre uma banqueta, à espera de sua dona. Sorri para ela e balbuciei "obrigada". Quando olhei de volta para o meu acompanhante, os olhos dele brilhavam, debochados.

— O quê?

— Não sabia que estava dançando com a realeza.

— Ninguém foi coroada ainda. Não se precipite.

— Quem é aquela? — Ele indicou a garota loira.

— Uma colega da turma de história.

Ele engatou meu braço no dele.

— Acho melhor voltarmos para perto das suas amigas.

Elas agora estavam sentadas ao redor da mesa, falando sobre ir embora cedo e fazer algo mais animado. Era sobre a parte do "mais animado" que tentavam chegar a um acordo. Olhei para o palco. Eu sabia que não poderia ir embora antes do anúncio do resultado da votação. Mas a Jules não estava preocupada com isso. Provavelmente era esse o motivo pelo qual ela queria ir embora cedo. Estava ressentida por não ter sido indicada. Não era algo que ela admitisse em voz alta, seria óbvio demais, mas eu via a cara que ela fazia cada vez que alguém tocava no assunto.

Quando me aproximei, Laney sussurrou:

— Desculpa.

Eu não entendi por que ela estava se desculpando... talvez pelos meses que passou duvidando de mim em relação ao Bradley? Contornei a mesa sem soltar a mão do meu acompanhante, e nos sentamos de frente para a pista de dança.

Jules ficou de pé e pegou o celular.

— Todo mundo junto. Quero tirar uma foto. — Nós nos aproximamos, e, quando ela contou até três, senti meu namorado postiço chegar mais perto de mim e se inclinar para o lado, provavelmente escondendo o rosto atrás da minha cabeça. Jules conferiu a foto e não sugeriu outra. Em vez disso, olhou para o falso Bradley. — E então, o que os universitários fazem para se divertir? Além de pegar garotas que ainda estão no colégio, é claro.

Ele não se abalou com o comentário. Provavelmente porque não se sentiu atingido por ele.

— Bom, a Gia e eu vamos a uma festa depois do baile, mas é só para convidados, o que não ajuda muito, acho. Não tem nenhum lugar por aqui aonde vocês possam ir jogar? Jogos eletrônicos, talvez? — Ele falou em um tom muito educado, como se realmente tentasse ser útil. Mas afagou meu joelho embaixo da mesa, e eu tive que morder a boca por dentro para não rir. Senti vontade de abraçá-lo por ter dito isso a ela. — Não moro aqui; não sei o que tem para fazer.

A Jules era como um cão de caça. Todos os seus sentidos ficavam aguçados à primeira gota de sangue. Ela deveria ser detetive; conseguia pegar até as menores incoerências em uma história.

— Mas, se você não mora aqui, como foi convidado para essa festa de que falou?

O Bradley de mentira foi igualmente rápido na resposta.

— Quem disse que a festa é aqui? — E ali aconteceu uma espécie de cabo de guerra, porque os dois se encararam por alguns instantes. Jules desviou o olhar primeiro, e eu suspirei aliviada. Eu só precisava sobreviver a esta noite. Se ela já estava farejando em busca de problemas, ia acabar deduzindo que o cara sentado ao meu lado não era quem eu dizia que era.

Meu acompanhante deve ter visto a preocupação em meu rosto, porque se aproximou com aquela cara apaixonada que eu havia pedido e beijou meu rosto. Minha garganta ficou apertada. Ele era um ótimo ator.

— Não faz essa cara de preocupada — ele cochichou. — Vai acabar entregando a gente. — E ajeitou meu cabelo atrás da orelha. — Dá risada, como se eu tivesse dito alguma coisa engraçada.

Eu fiz o que ele pediu. Não era difícil. Mas parei de rir quando olhei para a pista e vi uma coisa que me deixou sem ar. A irmã dele. Olhando fixo em nossa direção.

1

Ela olhou para nós com a expressão confusa, depois falou alguma coisa para o garoto ao seu lado. Ele assentiu como se concordasse. Com isso, os dois partiram em nossa direção.

— Lá vem — sussurrei.

O dublê de Bradley seguiu o meu olhar e sorriu como se não visse nada importante.

— Vou dar um jeito nisso. — E se levantou. Eu não sabia se devia segui-lo ou se ficava ali, assistindo à cena. Achei melhor continuar sentada.

Quando ele se aproximou da irmã, ela começou a falar e apontar para o terno. Meu acompanhante respondeu alguma coisa. Depois ela olhou para mim, um olhar de raiva. Pelo jeito ela não ia ficar de boa.

— O que está acontecendo? — Jules cochichou. É claro que ela tinha que ser a primeira a perceber. Essa história ia explodir na minha cara. Eu sabia. E provavelmente merecia. Fiz uma besteira, e a mentira não tinha durado mais que uma hora. Eu devia ter sido honesta desde o começo: o Bradley terminou comigo. Claire e Laney teriam entendido. Teriam acreditado em mim. Provavelmente teriam até me levado para afogar as mágoas em sorvete, como fizemos com Claire quando ela foi dispensada no ano passado. Mas eu fui insegura.

Levantei, olhei para Jules e disse:

— Uma coisa que vai te deixar muito contente, tenho certeza. — Não esperei pela reação dela. Só me aproximei do falso Bradley, que tentava se livrar da irmã.

— Vamos falar sobre isso fora daqui — ele estava dizendo quando cheguei perto.

Ela me olhou com as mãos na cintura. Algo naquele olhar me pareceu vagamente familiar.

— Não — a menina falou. — Você não vai usar o meu irmão desse jeito. Ele é um cara legal e já sofreu muito por causa de garotas egoístas como você.

— Não vamos exagerar, Bec. Foi só uma.

— Desculpa — respondi, falando com a irmã, mas olhando para ele. — Eu não queria causar todo esse problema. — E olhei para ela. — Tem razão. Eu não devia ter usado o seu irmão desse jeito. Ele é um cara legal.

A menina assentiu uma vez, como se estivesse surpresa por eu ter concordado tão depressa.

— Sim, ele é e não precisa se meter com alguém como você.

— Não generaliza, Bec. Você nem conhece a Gia.

Bec riu.

— Foi isso o que ela disse? Que não me conhece? Essa é clássica.

— *Eu* conheço você? — perguntei, confusa, estudando o rosto dela de novo.

— Não. Não me conhece — Bec respondeu, mas tive a sensação de que ela queria dizer exatamente o contrário. Tentei lembrar de algum encontro com ela no colégio. Eu tinha sido grossa? Conhecia muita gente por causa da liderança do conselho, mas o colégio era grande, tinha uns dois mil alunos pelo menos. Eu precisava me esforçar mais para lembrar nomes e rostos.

Apontei para a mesa.

— Desculpa. Estou criando problemas demais hoje, mas vou cuidar disso agora mesmo. Vou contar a elas o que aconteceu. — Era a hora da verdade. Eu enfrentaria minhas amigas, que já olhavam para nós. Elas me perdoariam ou não. Dei um passo em direção à mesa, mas fui impedida por alguém que segurou a minha mão.

— Não. Não faz isso. Você tinha razão. A Jules é *no mínimo* uma doença contagiosa. Ela vai te crucificar.

— Tudo bem. As coisas vão se acertar. Minhas outras amigas vão ficar do meu lado. Muito obrigada pela ajuda. Você foi incrível. — Fiquei na ponta dos pés e beijei seu rosto, depois me virei antes que eu mudasse de ideia.

Pensei em tudo que ia falar enquanto me aproximava da mesa. Eu sabia que Jules ia questionar cada verdade que eu falasse, então me preparei para isso também. Eu me esquivava dos ataques dela havia meses. Podia lidar com mais esse. Olhei para Claire e vi a preocupação estampada em seu rosto. Foi o que me confortou quando cheguei à mesa.

— Tudo bem? — Claire perguntou.

— Não, tenho uma coisa para contar. Para vocês duas — esclareci, olhando para Laney e de novo para Claire.

Nesse momento, o dublê de Bradley apareceu ao meu lado.

— Por favor, Gia. Ela não significa nada para mim.

Meu queixo caiu com a surpresa.

— Sei o que você deve estar pensando, mas só quero uma chance para me explicar.

Se eu soubesse o verdadeiro nome dele, teria falado alto e em tom de censura, mas não falei. Esse não era exatamente o rompimento discreto com o qual eu contava. Além de transformar meu namorado em um galinha, ele estava terminando comigo na frente de metade da escola. Senti o rosto quente de vergonha.

— Não, não faz isso. Eu vou ficar bem.

— Ah, é? Vai ficar bem longe de mim? É isso o que você sente? Quer que eu vá embora como se você nunca tivesse existido? Bom, e eu, Gia? O que eu vou fazer sem você? — A voz soava cada vez mais alta, e no fim da declaração ele estava quase gritando. Muitos olhares foram atraídos pela comoção. Tive que me virar de costas para minhas amigas, porque sentia a risada nervosa borbulhando na garganta e tinha certeza de que não era essa a reação mais adequada para o que estava acontecendo ali. Se fosse outra pessoa, o discurso teria parecido exagerado e falso. Mas, com ele, era convincente. O cara parecia desesperado. Provavelmente minha reação com o verdadeiro Bradley havia sido bem parecida.

Toquei em seu peito e falei em voz baixa:

— Não faz isso.

Seu olhar era tão intenso que, por um momento, esqueci que tudo aquilo era fingimento.

— Dá para ver que você já tomou sua decisão. Telefona, se quiser me ouvir. — Ele abaixou a cabeça como se reconhecesse a derrota, depois se afastou, desolado, como se estivesse sofrendo de verdade. Se ele não era ator, deveria ser. Vi a irmã sair do ginásio atrás dele depois de olhar feio para mim. Provavelmente ela não tinha a intenção de confirmar a história do irmão, mas suas atitudes só davam credibilidade a tudo o que ele havia acabado de dizer. Eu fiquei ali parada, respirando fundo e esperando o rosto esfriar um pouco, quando alguém me abraçou.

O cheiro familiar do perfume de Claire invadiu meus sentidos, me tirando do estado de choque.

— Sinto muito — ela disse. — Que babaca. Ele deu em cima daquela garota?

— Não. Ele não é um babaca. — E eu nem sabia o nome dele.

— Para de defender o cara, Gia. E nem pense em aceitar o idiota de volta. Você merece coisa melhor.

Assenti, distraída, tomada por uma urgência muito estranha de correr atrás dele. Em vez disso, olhei para minhas amigas com um sorriso apático. Por que eu estava reagindo desse jeito? Eu nem o conhecia. Por que então eu tinha a sensação de ter levado o segundo fora na mesma noite?

Balancei a cabeça. Eu tinha minhas amigas, e isso era tudo o que importava agora. Abracei Claire e olhei para Jules. Surpreendentemente, ela não estava olhando para mim. Estava encarando a porta, por onde o dublê de Bradley tinha acabado de sair. Sua expressão era calculista, e tentei imaginar o que ela estava pensando. De uma coisa eu tinha certeza: não era algo bom.

Meus pais estavam me esperando, como sempre faziam, quando Claire e seu par me deixaram em casa. Eles tentaram me convencer a sair com eles depois do baile, mas eu não quis. Achavam que meu desânimo tinha a ver com o fato de eu não ter sido eleita rainha do baile. Talvez fosse, em parte. Ou isso ou a constatação de que Jules mudou seu status de carrancuda a feliz depois do anúncio do resultado. Talvez meu humor tivesse mudado por eu não querer sentir o que sentia por um garoto idiota.

Minha mãe se esticou toda no sofá para me olhar. Demorei um instante para perceber que ela estava procurando o Bradley.

— Ele não veio — resmunguei.

Meu pai se levantou e bocejou. Eu estava em casa. Ele podia ir para a cama.

— Ele podia ter te acompanhado até a porta, pelo menos — meu pai falou quando me abraçou e beijou o topo da minha cabeça.

Francamente, eu não queria contar tudo que tinha acontecido naquela noite, mesmo sabendo que meus pais ficariam contentes com a notícia do fim do namoro.

— Estou cansada. Obrigada por terem esperado. — Abracei minha mãe e fui para o quarto. Tirei o vestido de baile e o deixei no chão, sem me dar o trabalho de pendurá-lo com cuidado. Não era uma lembrança que eu queria guardar.

Vesti o pijama e, descalça, fui cumprir o ritual noturno de lavar o rosto e escovar os dentes. Quando voltei ao quarto e avistei o vestido, olhos azuis brilharam em minha memória. Fiquei surpresa com a recordação que minha mente decidiu associar àquela peça de roupa. Por que ele aceitou ser meu namorado de mentira, aliás? Ele falou que não foi por causa do meu sorriso, mas fomos interrompidos antes que ele pudesse dizer o que o havia convencido. A curiosidade queimava dentro de mim. Talvez ele me achasse bonita? Fiquei ótima naquele vestido.

Eu o peguei do chão e, com cuidado, coloquei sobre a cadeira da escrivaninha. Por que eu estava analisando os motivos dele, afinal? Não tinha importância. Não fazia diferença. Era cansaço mental. Eu precisava dormir.

Mas minha cabeça não desligava. Eu continuava analisando. Pensava no baile e no fato de metade do colégio ter assistido à encenação do fim de namoro com o falso Bradley. Amanhã todo mundo estaria comentando. Eu não precisava de ninguém com pena de mim. Como eu poderia dar um jeito nisso? Entrei no Twitter.

🐦 Solteira de novo. Quem vai fazer uma festa para mim?

Pronto. Agora todo mundo ia saber que eu estava bem. Porque eu estava mesmo. Muito bem. Olhei para a tela e senti crescer em mim o impulso de apagar aquele tuíte. Dormir. Eu só precisava dormir. Tudo ficaria melhor de manhã.

*Só que não ficou. Minha mente decidiu preencher a noi*te com sonhos sobre um garoto sem nome e seus motivos misteriosos. Mesmo que eu quisesse falar com ele de novo, era um garoto a quem eu só teria acesso por intermédio de uma menina que me odiava. Ela nunca me ajudaria a entrar em contato com seu irmão. Provavelmente ele nem queria falar comigo de novo, mesmo que eu só quisesse conversar outra vez para matar minha curiosidade.

Desci as escadas e encontrei meu pai sentado à mesa da cozinha com seu caderno de desenho. Eu sabia que não devia interrompê-lo enquanto ele tentava recuperar um sonho perdido. Meu pai já quis ser animador da Disney. Aparentemente, é um objetivo quase impossível de alcançar. Um sonho muito distante de onde ele foi parar, um contador que passa o dia sentado atrás de uma mesa, usando só o lado esquerdo do cérebro. Seu lápis deslizava sobre o papel com uma facilidade que ele não demonstrava em nenhum outro campo da vida. Ele era bom de verdade.

As tigelas estavam no armário atrás da cadeira dele, por isso peguei só uma banana e virei para voltar ao quarto, mas meu pai me chamou:

— Bom dia, Gia.

— Oi, pai. A mamãe foi ao mercado?

Ele assentiu. Nossa casa era como um relógio que funcionava perfeitamente. Todo mundo respeitava os horários, dizia as coisas certas e mantinha o ritmo todos os dias, sem nenhum desvio. Era bom ter essa rotina. Sentir-se enraizada em algum lugar. Segura.

— Senta aqui e me conta sobre o baile.

— Deixa pra lá. Você está ocupado. Está no meio de alguma coisa aí.

Ele apontou para o caderno de desenho, e a atitude relaxada de alguns momentos atrás deu lugar a costas eretas.

— Não estou no meio de nada. Na verdade, acho que já passei muito do fim.

Sentei na cadeira diante dele, ciente de que ele não ia desistir enquanto não ouvisse um resumo. Além do mais, era hora de contar o que ele esperou dois meses para ouvir.

— O Bradley terminou comigo.

Ele arregalou os olhos, primeiro em alegria, depois em solidariedade, tudo em menos de um segundo.

— No baile de formatura?

Dei de ombros.

— Não é tão grave.

— Quer que eu vá até a UCLA e dê uma surra nele?

Ergui as sobrancelhas.

— Tem razão. Ele é muito grande para mim. Vou mandar seu irmão no meu lugar.

Soltei a risada pela qual ele esperava, depois mordi a banana, sabendo que, mesmo que meu pai estivesse falando sério, Drew nunca bateria em ninguém por minha causa. Não éramos próximos o bastante para isso.

Meu pai cruzou as mãos em cima da mesa.

— Levanta a cabeça. Tem outros peixes no mar. O oceano é imenso. Às vezes a gente precisa pescar e devolver alguns antes de achar aquele que vale a pena manter. Continue nadando. Só isso.

— Acho que essa última metáfora não se aplica aqui.

— Era uma sequência aquática; só acrescentei mais uma.

Sorri, levantei e fui jogar a casca de banana no lixo.

— Só peço que me espere sair de casa antes de organizar a comemoração com a mamãe.

Ele assentiu, muito sério, e eu saí da cozinha. Pronto. Não foi tão ruim. Eu já podia riscar da lista a conversa com meus pais sobre o rompimento.

Passei o resto do dia meio atordoada, respondendo a tuítes sobre o fim do namoro e as festas que aconteceriam no fim de semana, quando eu poderia comemorar. O Bradley não respondeu ao meu tuíte sobre estar solteira. Provavelmente, ele deixaria de me seguir na rede muito em breve. Eu me perguntei se não deveria fazer isso primeiro. Não fiz nada.

Naquela noite eu dormi bem, sem nenhum sonho para me lembrar do baile.

O colégio vai ser uma boa distração, pensei ao entrar no banho na manhã seguinte. Não sei quanto tempo passei embaixo d'água, e talvez tenha aplicado condicionador no cabelo duas vezes. Escolhi a roupa com cuidado, ciente de que seria alvo de muitos olhares hoje, e parei na frente do espelho para me arrumar.

Quando olhei o celular, percebi que tinha passado tempo demais cuidando da aparência. Eu teria de sair sem café da manhã. Peguei uma barrinha de granola quando passei pela cozinha.

— Estou atrasada, mãe — eu disse ao vê-la girar o corpo todo para acompanhar minha passagem pela cozinha. Seus olhos comprovavam o choque por eu não sentar para tomar café com ela, como costumava fazer. — A gente se vê às cinco. Tenho reunião depois da aula.

— Tudo bem. Te amo.

— Eu também. — Deixei a porta fechar atrás de mim e, antes de entrar no carro, joguei a mochila no assoalho do lado do passageiro.

— Uau, que linda.

— Obrigada.

Claire apontou para a varanda de casa, onde minha mãe estava acenando para nós. Sorri e acenei de volta.

— Sua família devia fazer propaganda de margarina ou alguma coisa assim. Como é ter os melhores pais do mundo?

— Eles são ótimos. Parecem sempre fazer tudo como manda o livro.

— Que livro?

— Sei lá, *101 coisas para dizer aos filhos*? — Respirei fundo e abri a barrinha de granola.

— Não tomou café?

— Não deu tempo.

Claire arrancou com o carro da porta de casa.

— Tudo bem com você? Não conversamos durante o fim de semana. Pensei que ia querer sair ontem à noite.

Dei de ombros.

— Não. Eu tinha lição para terminar.

— Pena você não ter ganhado.

— O quê?

— Como rainha do baile.

Dei uma risadinha.

— Você acha que eu não quis sair porque não fui eleita rainha do baile?

— Não sei, ou foi por causa do Bradley. Nunca te vi tão chateada por causa de um cara.

Comecei a negar que ter ficado em casa durante todo o fim de semana tinha a ver com o Bradley, mas, de um jeito esquisito, tinha. Ou com a pessoa que o substituíra. Ele dominava meus pensamentos e impedia minha concentração. Por quê, se eu nem o conhecia? Talvez fosse este o ponto: ele me salvou naquela noite sem nem me conhecer. E eu queria saber por quê.

— Tem razão. Tem a ver com ele.

— É porque ele basicamente terminou com você dando em cima de outra garota?

— Quê?

— É sempre você quem termina. Dessa vez foi ele.

— Eu...

Ela deu um soquinho de leve no meu braço e riu.

— Não negue.

Bradley. Ele terminou comigo. A tensão no peito voltou quando pensei nisso. Não, eu não queria mais saber desse cara. Ele me deixou no estacionamento do baile de formatura. Não ia mais me fazer sentir mal.

Claire segurou a minha mão.

— Desculpa. Não quero fazer parecer menos importante do que é. O cara foi um babaca. É claro que você ficou chateada. Eu devia ter te levado para tomar um milk-shake, ou alguma coisa assim. — E afagou a minha mão. — Mas você não pode deixar um garoto estragar a imagem que construiu com tanto cuidado. Segura a onda. Depois a gente chora com privacidade.

— Certo. A gente não ia querer nada disso. — Foi assim que a consolei depois do rompimento com Peter no ano passado? — Vocês se divertiram no sábado à noite, depois do baile? O que fizeram?

— A gente ficou no parque. O Tyler surfou nos balanços.

— Legal.

— Foi. Ele quase estragou o smoking.

Eu sorri.

— E aí, o Tyler? Você acha que agora o conhece melhor? Ele parece legal.

Ela deu de ombros.

— Não sei. Ele é sem dúvida um B, mas ainda acho que tenho chance com o Logan. E o Logan é A, com certeza. Não acha?

Logan. Eu me lembrava vagamente de ter dito um mês antes, quando ninguém a convidara para o baile de formatura, que o Logan era alguém em quem ela devia investir. Ele era um astro do time de futebol e bom aluno. Mas o Tyler a convidou, e ela parecia gostar dele, e eu pensei que o Logan tivesse ficado para trás. Parece que não.

— O Logan teve a chance dele. Se você se divertiu com o Tyler, acho que devia tentar.

— Pouco importa. Todo mundo vai embora logo. Nós vamos para a faculdade. — E mordeu o lábio, contendo um sorriso. — Vamos poder escolher entre os universitários. Homens, não meninos. Caras muito melhores que o Bradley.

— Certo. — Terminei de comer a barra de granola e guardei a embalagem na mochila.

— Ah, falando nisso, minha mãe comprou um capacho pra gente.

— Para o dormitório?

— Sim, tentei explicar que o dormitório é um prédio, e que o quarto não é como um apartamento, mas ela insistiu.

— Como é o capacho?

— Resumindo? Tem uma frase: "Não pise em mim". — Ela gemeu. Dei risada.

— Você acha que ela quer mandar um recado para os nossos futuros visitantes ou é só uma piada?

— Duvido que ela tenha percebido o duplo sentido. Acho que ela pensa que o capacho está pedindo para não pisarem nele e achou isso engraçado.

— Sua mãe é engraçada.

— Minha mãe é irritante.

— Com os pais que temos, não vamos precisar comprar nada para o nosso quarto.

Ela sorriu e ofereceu a mão fechada para eu bater.

— Cento e três dias para sermos oficialmente companheiras de quarto.

— Mal posso esperar.

Paramos no estacionamento do colégio. Imediatamente vi Laney e Jules, que tinham acabado de sair do carro e caminhavam em nossa direção. Eu me preparei. Jules teve o fim de semana inteiro para analisar o baile de formatura. Certamente havia encontrado algo para me incriminar.

6

Laney e Jules se juntaram a nós ao lado do nosso carro.

— Gia — Laney falou. — Estamos num impasse. Quero ouvir sua opinião.

— Tudo bem. — Pendurei a mochila no ombro e bati a porta.

— Qual prédio você acha que é mais alto, o Holiday Inn ou o Convention Center?

— Hum... o quê?

— Os garotos estão falando sobre fazer rapel em um deles. Hipoteticamente, é claro.

— Qual Holiday Inn? O da orla ou o do centro da cidade?

— O da orla.

— O Convention Center. Sem dúvida. Mas o da orla é mais fácil para quem quer fazer rapel sem ser visto.

— Viu? — Laney perguntou, olhando para Jules.

— Você fala como se a Gia fosse especialista em altura de prédios.

Ótimo. Achei que a discussão fosse com os garotos. Não percebi que iria contrariar a Jules. Era como se ela sempre estivesse do lado oposto ao meu, mesmo que eu nem soubesse.

— Mas posso estar enganada — acrescentei. — Nunca medi. — E comecei a andar em direção à porta do edifício. Elas me seguiram.

— Vou procurar no Google — Jules decidiu.

Ela vivia usando o Google para provar que estava certa. O problema era que, quando estava errada, ficava toda irritadinha, como se nós houvéssemos mudado as respostas do Google só para contrariá-la.

Jules pegou o celular.

— Ah, eu queria aproveitar para postar no Facebook do Bradley o que penso sobre o que ele fez com você. Como é mesmo o sobrenome dele?

Pronto. Era esse o jogo. Fiquei surpresa por ela ter esperado tanto tempo.

— Ele não tem Facebook. Ninguém mais usa isso. — Era mentira, mas eu nunca revelaria a ela o perfil do Bradley.

— Instagram? Twitter? Você já me mostrou as páginas, mas eu não lembro o nome de usuário — ela insistiu.

— A gente terminou, Jules. Não quero que ele pense que ainda estou na dele.

— Mas sou eu quem vai mandar a mensagem. — Ela estava empunhando o celular, pronta para digitar, como se eu fosse dar as informações sobre as redes sociais do Bradley ali mesmo, a caminho da sala de aula. Eu não sabia ao certo se ela esperava encontrar alguma coisa para me incriminar, ou se sabia que ele não era quem eu havia dito que era. — Você viu a foto que eu postei do baile? Já tem quarenta curtidas.

— É, eu vi.

Mesmo assim ela me entregou o celular, e olhei o grupo de sete pessoas em torno da mesa no baile. A cabeça do meu suposto namorado estava quase completamente escondida atrás da minha, e eu me dei conta de que preferia que não estivesse. Segurei um suspiro frustrado por pensar nisso e devolvi o celular.

— Estive pensando... — Jules começou.

O que nunca é bom, pensei.

— É tão estranho o Bradley conhecer alguém do nosso colégio. Ele não só te conhecia como estava enrolado com ela e namorando você. Quais são as chances de isso acontecer?

Droga. A história tinha furos. Furos enormes. Todo mundo pareceu analisar o comentário, porque ficaram todas me encarando, esperando uma explicação. Uma mentira inofensiva. Era só isso que eu tinha em mente na noite do baile. Uma pequena mudança na ordem dos eventos. E agora ali estava eu, ainda mentindo. Senti que estava construindo uma teia, e tive medo de ser a única a ficar presa nela.

— Ele morou aqui antes de me conhecer. Antes de ir estudar fora. Ele deve conhecer a garota dessa época.

— Quem é a garota? — Claire perguntou. — Acho que a gente devia ir falar com ela. Mandar ficar longe do Bradley.

— Eu não conheço. Talvez nem estude aqui. Pode ter ido ao baile com uma amiga. — Eu estava cada vez mais nervosa, com o coração disparado. Não gostava de mentir. Para minha sorte, Daniel Carlson se aproximou e passou um braço sobre meus ombros. Fiquei feliz com a interrupção. Sabia que ele mudaria de assunto para discutir coisas do conselho estudantil, questões em que trabalhávamos havia semanas. Bom, pensei que fosse esse o motivo para ele estar ali. Era exclusivamente sobre isso que falávamos.

— Então, agora que você está solteira...

Talvez ele não mudasse de assunto.

— Não costumo repetir, Daniel.

Ele riu.

— Azar o seu.

— É, eu estou sangrando por dentro.

— Sei. Mudança de emergência na pauta. O sistema de som do ginásio não está funcionando. O sr. Green não sabe se vai conseguir consertar até sexta-feira.

— Tudo bem, a gente fala sobre isso na reunião de hoje.

— Como vice-presidente, achei que fosse importante vir informá-la imediatamente, já que sou apenas um servo aos pés da sua autoridade.

Bati com o quadril no dele.

— Já entendi. A gente se vê depois da aula.

— Estou dispensado, chefe?

Eu sorri.

— Cai fora.

Ele se afastou correndo e foi se juntar a outro grupo de garotas na nossa frente. Claire e Laney haviam ficado alguns passos para trás, discutindo a lição de cálculo, mas Jules continuava ao meu lado.

— Achei que ele tivesse dito que não conhecia bem a cidade. Ele perguntou se tinha algum lugar com jogos eletrônicos — Jules comentou.

Pisquei, confusa.

— Quê?

— O Bradley. Você disse que ele já morou aqui, mas ele falou que não conhecia bem a cidade.

Minha paciência se esgotou. Eu não suportava mais. Eu tentava ser simpática havia meses, porque temia que, sendo sincera, elas escolhessem a Jules. Mas agora eu tinha que correr o risco, porque estava cansada de sentir como se tivesse que me defender toda vez que me reunia com as minhas melhores amigas. Então, com o tom mais firme e baixo possível, falei:

— Cansei disso. Você conheceu o Bradley. É óbvio que ele existe. Se continuar com esse joguinho, eu e minhas amigas vamos nos afastar e você vai dançar.

Minhas mãos estavam tremendo, e eu as enfiei nos bolsos para Jules não perceber como me incomodava ter que falar desse jeito. Eu presumia que o que havia dito ao Bradley postiço na noite do baile fosse verdade: que ela me considerava a líder do grupo. Nesse caso, a atitude firme podia funcionar.

Ela estreitou um pouco os olhos e inclinou a cabeça para o lado, como uma leoa avaliando a próxima refeição.

— Não sei do que você está falando — respondeu, embora os olhos dissessem: "Aceito o desafio".

— Melhor assim. Foi só minha imaginação, então. — E andei depressa para o prédio C, me afastando do grupo. — Vejo vocês na hora do almoço.

As três se despediram ao mesmo tempo, e eu entrei no edifício enquanto elas seguiam para o que ficava ao lado. Colei as costas à parede, respirei fundo contando de um a dez até parar de tremer, depois segui para a sala de aula.

Sentei no meu lugar, e a garota na minha frente, alguém que costumava sentar do outro lado da sala, se virou para trás para passar o questionário que a sra. Rios já estava distribuindo.

— Obrigada — falei, irritada com a sra. Rios por ter escolhido a segunda-feira depois do baile para dar uma provinha surpresa. Peguei o celular e digitei um tuíte rápido:

🐦 Repassem: Prova surpresa de política.

Isso deveria me render alguns pontos com meus seguidores. E eu me senti melhor por fazer algo legal depois do que tinha acabado de dizer a Jules. Suspirei e guardei o telefone.

— Dia ruim? — perguntou a garota à minha frente.

Olhei para aqueles olhos marcados com muito delineador preto, como sempre, e não disfarcei a surpresa. Era a irmã do Bradley postiço.

7

— Bec? — perguntei.

Ela sorriu com frieza, se virou para a frente e pegou um lápis na mochila.

— Não é justo — eu disse. — Você estava muito diferente no baile. — Apontei para sua roupa, que era preta em camadas de preto, e para o rosto, tão maquiado quanto o da vovó em noite de bingo.

— Era um experimento social. Você falhou. — Bec fez uma pausa. — Ou não, porque provou que tínhamos razão. Tanto faz.

— E você ficou furiosa comigo por eu não ter te reconhecido, sendo que fez tudo para não ser reconhecida.

— Se essa fosse sua pior mancada, eu teria sorte.

Eu tinha feito alguma coisa para ela? Alguma coisa pior?

A sra. Rios pigarreou.

— Meninas, silêncio. Estamos em prova.

A manhã tinha começado mal. O dublê de Bradley podia ter me dito que a irmã costumava se vestir de roqueira. Eu teria me lembrado dela. Ela era nova no colégio, tinha chegado poucos meses atrás, no meio do ano. Até onde eu lembrava, não havíamos trocado mais que duas palavras, por isso eu não conseguia imaginar como podia tê-la ofendido.

Fiz a prova inteira distraída, quase sem pensar nas perguntas, muito menos respondendo de maneira inteligente. Fiz o melhor que pude, depois fiquei olhando para Bec até o fim da aula, esperando a oportunidade para falar com ela. Quando o sinal tocou, peguei minha mochila tão depressa quanto ela pegou a dela e a segui para fora da sala.

— O que é?— Bec rosnou quando chegamos ao corredor.

Eu queria perguntar o nome do irmão dela, mas não podia admitir que ele não tinha me contado.

— Preciso do telefone do seu irmão.

— Por quê?

— Quero mandar uma mensagem agradecendo. — Claro. Uma mensagem agradecendo. Alguma coisa como: "Querido Bradley postiço, obrigada por mentir por mim e enganar minhas amigas fingindo ser meu namorado. Agora você pode me contar por que decidiu ir ao baile comigo? Por que quis me ajudar? Por que me olhou daquele jeito superintenso enquanto dançava comigo, como se visse em mim alguma coisa que eu nem sabia que existia? Assim eu posso tirar você da cabeça. Obrigada".

— Se ele quisesse que você soubesse o número, ele mesmo teria dado. — Bec pareceu sentir prazer com a declaração.

— Teria, mas ele foi embora de repente depois daquela coisa da briga de mentira.

Ela gemeu como se lembrasse novamente como eu o havia usado.

— Se eu te der o meu número, você passa para ele?

— Se eu me jogar da escada, você me deixa em paz?

Estávamos do lado de fora do prédio, no alto da escada. Um garoto com o mesmo estilo dela estava parado lá embaixo, olhando para nós. Ela não esperou pela resposta, que, tecnicamente, poderia ser sim ou não, e desceu para encontrá-lo.

— Oi, Gia — o garoto falou quando os alcancei, ao pé da escada.

Surpresa, percebi que era ele quem estava no baile com Bec.

— Oi. Desculpa, não sei o seu nome.

Ele deu de ombros.

— Só fizemos quatro matérias na mesma turma nos últimos três anos. Por que você saberia?

Fiquei vermelha. Era verdade? Olhei para ele de novo com mais atenção. Honestamente, ele não me parecia familiar, exceto pelo encontro no baile. Estudávamos em uma escola pública; as turmas eram grandes.

— Cuidado — disse Bec —, suas amigas populares podem ver você com a gente.

Levantei a cabeça e vi Claire e Laney vindo na minha direção. Provavelmente elas não a reconheceriam, mas Bec estava certa: se a vissem e percebessem que era a mesma menina do baile de formatura, isso estragaria tudo. Mudei de direção e me afastei dos dois.

— Covarde — Bec falou quando eu estava a uns dez passos de distância. Eu tropecei de leve, mas não parei.

— Você conhece aqueles dois? — Laney perguntou quando me aproximei dela e de Claire.

— São da minha turma de política. Tivemos prova surpresa. Quem dá uma prova surpresa na segunda-feira depois do baile de formatura? Nossa professora é o satanás, já decidi.

Elas não pareceram notar que eu havia evitado a pergunta mudando de assunto.

— Sim, eu vi a sua postagem. As pessoas estão retuitando loucamente.

— Gia! — um garoto me chamou ao passar por nós. — Obrigado pelo aviso. Você é minha heroína.

Laney riu.

Claire puxou meu braço para recuperar minha atenção.

— Você e a Jules brigaram de novo?

Outra pergunta que eu preferia evitar.

— Ela está me atormentando por causa do Bradley há dois meses, e ainda não desistiu.

— Mas todas nós o conhecemos. Qual é o problema agora?

Minha língua parecia ter o dobro do tamanho adequado para a boca. Agora era a hora de contar a verdade, explicar o que Jules poderia descobrir e confessar como eu me sentia idiota por ter mentido. Assim ela não teria mais nada contra mim.

Laney segurou minha mão.

— Tenta ser legal com ela. A Jules tem passado por tanta coisa...

— Eu sei, é que... — Então meu celular tocou, e instintivamente olhei para a tela.

Claire devia estar olhando por cima do meu ombro, porque disse:

— Não se atreva a ligar para ele.

Meus olhos ainda estavam arregalados de espanto. Era uma mensagem do Bradley.

> Estive pensando na noite do baile... Me liga quando chegar em casa.

Eu estava em casa, olhando para o celular sem ligar para o Bradley. O que eu disse ao Daniel era verdade: não gosto de repetições. Mas a Claire também estava certa: era sempre eu quem terminava os relacionamentos. O rompimento com Bradley foi repentino, e eu não estava preparada. Talvez tenha sido prematuro. Minha mente tentava me lembrar de que ele havia me deixado no meio do estacionamento do baile de formatura. Eu não queria voltar. Mas não faria mal nenhum telefonar para ele, encerrar melhor o assunto. Se eu contasse o que senti quando fui deixada por ele, talvez me sentisse melhor. Talvez me ajudasse a superar mais depressa, porque eu ainda sentia uma porcaria de nó na garganta cada vez que pensava nele.

Eu precisava ligar. Já havia digitado todos os números, só faltava apertar a tecla para iniciar a ligação. O que me impedia? Nada.

Apertei a tecla. Meu coração disparou quando ouvi chamar do outro lado. Eu ia fazer o que planejava. Ia terminar tudo de vez. Então por que fiquei aliviada quando ouvi a mensagem da caixa postal?

— Oi — ele dizia na gravação. — Não posso atender. Mas tenho seu nome e o número no identificador de chamadas, então, a menos que eu não queira falar com você, ligo de volta.

Eu ri. O Bradley era engraçado. Tive a sensação de que não ouvia a voz dele havia uma eternidade, embora tivéssemos conversado apenas dois dias atrás. Desliguei sem deixar recado, depois joguei o celular na cama e o deixei lá enquanto dedicava as horas seguintes à lição de casa.

Quando voltei para o quarto, meu telefone tinha várias notificações, mensagens da Claire e uma chamada perdida do Bradley. Respondi às mensagens, mas eu tinha tomado uma decisão importante com relação ao Bradley. Era melhor esperar para falar com ele. Eu precisava de tempo para me acalmar. Não queria que minhas emoções contassem uma história diferente da que eu tinha na cabeça. Enquanto isso, eu precisava ver o dublê de Bradley mais uma vez. Ele precisava me dar uma simples resposta: por que havia topado? E queria que ele respondesse longe da noite do baile, em circunstâncias normais. Usando a camiseta de nerd e com o cabelo despenteado. Depois disso, eu encerraria a história com os dois Bradleys e poderia seguir com a minha vida.

Esse era o plano, e eu estava disposta a segui-lo. Comecei abrindo o armário e pegando os anuários do colégio na última prateleira.

Minhas amigas e eu costumávamos sair do campus para almoçar, por isso não foi difícil ficar para trás com a desculpa de fazer uma prova substitutiva. Também não foi difícil descobrir onde Bec e o namorado estavam reunidos com alguns amigos, ao lado dos banheiros químicos vazios, que, teoricamente, não deveriam ser usados na hora do almoço.

Eu estava segurando o papel com o meu telefone. Não queria admitir quantas vezes tinha escrito o número para criar o efeito perfeito, um misto de casualidade e deliberação. Eu nunca tinha feito nada parecido por nenhum outro garoto. Isso só aumentava minha frustração com toda essa história. Eu só precisava falar com ele, descobrir quais tinham sido suas motivações na noite do baile e tirá-lo da cabeça, então estaria encerrado.

Bec e outra garota riscavam um jogo da velha com gravetos no chão de areia.

— Oi, Bec. Oi, Nate — falei ao me aproximar. Precisei de dois anuários e uma hora e meia de investigação para descobrir o nome de Nate, mas consegui. Ele não pareceu impressionado com o meu esforço. Só me cumprimentou com um aceno da mão que segurava a maçã meio comida. Bec nem ergueu os olhos dos rabiscos.

Mostrei o pedaço de papel.

— Queria que você entregasse isto aqui para o... — Eu me detive, torcendo para um dos dois revelar o nome dele.

Bec levantou a cabeça e perguntou:

— Meu irmão?

— Isso. Pode entregar para ele?

Ela riscou um X no jogo da velha no chão.

— Não.

— Por favor.

— Ah, bom, agora que você pediu com educação... não.

A amiga dela riu.

— Ah, olha só, é a Gia Montgomery. Você disse para o nosso amigo que a banda dele é uma merda e que ele devia procurar outro hobby.

Arfei.

— Eu não!

— Ah, é verdade. Foi sua amiga Jules que falou, e você riu. Dá na mesma.

Lembrei. Tinha sido no fim de um longo dia de bandas interessadas em tocar no baile de formatura. Aquela era a quinta banda horrível seguida, e a minha cabeça estava doendo muito. Jules, que havia se oferecido para ser uma das juradas e conseguira ser simpática até então, não pôde segurar o comentário. Eu ri. Todos rimos. Eu não devia ter feito isso. Devia ser essa a grande ofensa a que Bec se referira no dia anterior.

— Ah... desculpem. Eu estava com dor de cabeça.

— Não é para mim que você tem que pedir desculpas. Não foi o meu sonho que vocês destruíram. — Ela olhou para Nate como se esperasse algum comentário. Talvez achasse que ele também tinha que ficar furioso comigo. Mas ele não ficou.

— Certo — falei e abaixei a mão, ainda com o pedaço de papel com o meu telefone.

Bec desenhou um novo jogo da velha na areia, ignorando mais que o pedaço de papel. Nate deu mais uma mordida na maçã e sorriu para mim, mas deu de ombros como se dissesse: "Que azar".

— Vejo vocês na aula amanhã, então. — Guardei o papel no bolso da calça e me afastei ouvindo mais gargalhadas. Parece que não tinha problema quando eram eles que debochavam.

***

— *Posso usar o carro para ir ao colégio amanhã?*

A mão da minha mãe congelou no ar a caminho do copo no armário.

— Por quê? — Ela pegou o copo e ficou de frente para mim.

— Tenho que fazer uma coisa depois da aula. — *E isso pode incluir seguir alguém como uma maníaca obcecada.* — Não quero ter que pedir carona para a Claire.

Ela pensou enquanto enchia o copo com água da porta da geladeira. Minha mãe era corretora de imóveis, e, se tivesse toneladas de visitas agendadas para o dia seguinte, meu plano não daria certo. Mas normalmente ela não ficava muito ocupada durante a semana. Era no fim de semana que as pessoas iam visitar dúzias de casas que não comprariam, ou aquelas que já tinham visto uma dúzia de vezes.

— Acho que sim. Eu uso o carro do seu pai se precisar, mas não quero que vire regra, entendeu? Você e a Claire brigaram ou alguma coisa assim? Seu pai me contou sobre o Bradley.

A linha de raciocínio não fazia sentido para mim. Ela estava dizendo que, porque eu brigara com Bradley, agora ia brigar com todo mundo que conhecia?

— Não, não brigamos. Continuamos... como sempre. — Tudo na minha vida continuava como sempre fora. Eu podia me sentir excluída, mas tudo à minha volta era exatamente igual.

— Que bom. Você ia odiar começar a faculdade brigando com sua companheira de quarto.

— Hum... obrigada, mãe.

Ela riu.

— Você entendeu o que eu quis dizer.

Entendi, e ela estava certa. Eu não queria que isso acontecesse. Por que eu menti para Claire?

— Sim, você tem razão. Mas a gente não brigou. — Ainda não, pelo menos. Eu a observei tomar a água e pensei em perguntar o que ela achava que aconteceria por eu ter contado aquelas mentiras às minhas amigas. Talvez ela tivesse alguma boa ideia. Mas não perguntei.

— Obrigada por me deixar usar o carro — falei e então saí da cozinha.

Liguei para Claire a caminho do quarto e me joguei de costas na cama

— Oi, Claire — falei quando ela atendeu.

— Oi.

— Então, não preciso de carona para o colégio amanhã. Vou usar o carro da minha mãe.

— Por quê? — Era uma pergunta justa. Íamos juntas para o colégio desde que tiramos habilitação e meus pais decidiram que eu não precisava de um carro. A culpa era do meu irmão, dos três acidentes em que ele se envolveu antes de completar dezoito anos. Eu só não ia para o colégio com a Claire quando uma de nós estava doente.

— Tenho que resolver umas coisas para a minha mãe. — As mentiras agora eram infinitas, e isso era horrível. Eu era horrível.

— Você está brava comigo?

— É claro que não.

— Você está esquisita desde o baile.

Eu me sentia esquisita desde o baile, como se pela primeira vez avaliasse minha vida e descobrisse muitas falhas. Começando pelo fato de Bec estar certa. Eu era covarde. Tinha medo de contar a verdade para as minhas amigas. E se a Claire não quisesse dividir o quarto comigo na faculdade? E se ela me odiasse?

— Eu sei. Desculpa.

— Tudo bem. — Ela suspirou.

Voltei a conversa para um assunto mais seguro.

— Dá para acreditar que a gente vai se formar?

— É, antes parecia que o colégio ia durar para sempre, e agora está voando.

Enrolei a ponta do lençol em um dedo e dei várias voltas enquanto ouvia Claire falar sobre como seria divertido ir para a faculdade. Sim, encontrar o Bradley postiço era a chave. Ele tinha feito isso comigo, e eu precisava reverter a situação.

Até agora tudo havia transcorrido como planejado. Consegui encontrar Bec depois da aula e, discretamente, vi quando ela entrou no carro que não era do irmão. Ou era, mas não era ele quem estava ao volante. Viramos à direita duas vezes e passamos por três semáforos. Ele havia dito que morava a seis quarteirões do colégio, o que me fez pensar que já estávamos perto da casa deles. Minhas mãos começaram a suar, e eu as limpei na calça jeans sem desviar os olhos do carro à frente. Não podia perdê-los de vista. O motorista ligou a seta, e eu fiz o mesmo. Eles entraram no estacionamento de uma loja de conveniência. Hesitei. Não queria perdê-los, mas o estacionamento era pequeno. A Bec certamente me veria.

Eu estava quase passando da entrada quando decidi entrar, e virei a direção do carro tão depressa que os pneus cantaram no asfalto. Eles ouviram, claro, mas não tinha importância, porque já haviam saído do carro e Bec estava parada esperando por mim.

Suspirei e parei na vaga ao lado da deles.

— Você está seguindo a gente?

— Quê? Não. Hoje a raspadinha está com desconto — improvisei ao ler a placa na vitrine. — Sempre venho aqui às quartas-feiras.

Ela olhou para trás, para a porta, depois para mim.

— É mesmo? Ah, bom... pensamos que você estivesse seguindo a gente. Acho que não. Vai curtir sua raspadinha. — Ela segurou a maçaneta da porta do carro.

— Espera. Você não vai entrar?

— Não.

— Vai para casa?

— Sim.

Ela abriu a porta.

— Tudo bem, eu nunca venho aqui. Estava seguindo vocês. Só quero ver o seu irmão de novo.

Ela apoiou o quadril na porta e me olhou lentamente da cabeça aos pés.

— Tá. Só que não vai rolar. — Bec entrou no carro, e eles foram embora.

Desde quando eu corria atrás de alguma coisa? Não fazia sentido. Chega. Eu não precisava encontrá-lo para esquecê-lo. Era o fim. Eu ia seguir em frente. Tirei um grande peso dos ombros com esse pensamento. Menos um Bradley; agora só faltava um.

9

A mensagem animada dele chegou ao fim, e eu esperei o sinal. Então respirei fundo e disse:

— Oi, Bradley, sou eu. Me liga quando puder. — Eu não ia deixar um recado dizendo que estava tudo oficialmente acabado.

Desliguei e joguei o celular no banco do passageiro. Quando cheguei em casa, o carro de Claire estava parado na entrada e ela estava me esperando.

— Oi — falei enquanto nós duas descíamos dos carros.

Ela estava segurando um copo.

— Com alguns dias de atraso, aqui está.

Eu me aproximei dela.

— O que é isso?

— Milk-shake.

Sorri e a abracei, prolongando o abraço por um instante antes de soltá-la.

— Você é demais. Vem, vamos entrar.

— Não posso, vou surfar. Quer ir?

Eu ri.

— Vai me perguntar a mesma coisa cada vez que for surfar? Parece que gosta de me ouvir dizer não.

Ela sorriu.

— Só acho que você está perdendo uma das grandes alegrias da vida.

— Qual? Água supergelada, cabelo cheio de sal ou passar dias lavando a areia do corpo?

— Bom, quando você fala desse jeito, parece ruim.

— Exatamente.

Ela bateu no meu braço.

— É divertido. Tranquilo.

— Sabe o que também é divertido e tranquilo? Tomar milk-shake. — E bebi um grande gole do meu.

— É verdade. Ou comer brownie.

— Fazer as unhas.

— Cochilar.

— Ouvir música.

— Meninos — falamos ao mesmo tempo e rimos.

Bom, normalmente meninos, pensei. Mas, ultimamente, nem tanto.

— Somos quase a mesma pessoa — ela falou. — Exceto por essa coisa com o surfe.

— É. Mas supere essa coisa para não haver mais esse abismo entre nós.

Meu sorriso ficou um pouco forçado quando pensei no único abismo entre nós e em quem o criara.

— Então, como foi a prova ontem?

— Prova? — Tarde demais. Lembrei do que ela estava falando, a desculpa que usei para ficar no campus e conversar com a Bec. — Ah, foi tudo bem...

— Não senti firmeza. Você está achando que foi mal? Tem medo de ficar abaixo da média em alguma coisa?

Nossa amizade. Eu não podia mais mentir. Estava virando uma página, começando do zero.

— Não fiz prova nenhuma.

— Tá... O que você estava fazendo?

— Eu precisava falar com uma pessoa no campus.

— Quem?

— O nome dela é Bec. Eu não queria todo mundo junto. Ela fica perto dos banheiros químicos...

— Com os maconheiros?

— Tenho certeza de que eles não são maconheiros.

— Bom, eles se comportam como... — O celular dela vibrou com uma notificação, e ela parou de falar para dar uma olhada. — Estão me esperando. Tenho que ir.

— Quem está te esperando?

— A Jules e a Laney. Eu disse que íamos surfar.

— Pensei que você fosse sozinha, com tranquilidade.

Ela riu.

— Não, dessa vez elas quiseram ir junto.

— A Jules surfa?

Claire deu de ombros.

— Ela quer aprender.

Tive que me controlar para não trocar de roupa e dizer que agora eu queria ir também. Eu não ia mudar de ideia só porque as três estariam lá sem mim. E não ia contar sobre o baile agora. Falaria quando ela tivesse mais tempo.

— Divirta-se.

Quando a Claire entrou no carro, gritei:

— Obrigada por isto! — E ergui o copo.

— Que ele traga paz — ela respondeu com um sorriso e foi embora.

Quando eu me sentei na aula de política na manhã seguinte, Bec imediatamente se virou para trás.

— Mudança de planos. Hora da cobrança.

— Ah... O quê?

— Você deve um favor ao meu irmão, e eu vou cobrar.

Ela queria que eu fizesse alguma coisa pelo irmão agora, quando eu havia acabado de tirá-lo da cabeça?

— Não vai dar.

— Você deve isso a ele. — E tirou da bolsa alguma coisa que jogou em cima da minha mesa. Um envelope aberto.

— O que é isso? — perguntei sem tocá-lo.

— Não vai te morder.
— Você não pôs veneno nele?
— Abre.

Peguei o envelope e puxei uma folha de dentro. Um convite com margem dourada.

— Está me convidando para sua festa de aniversário?
— Acordou engraçadinha hoje?

Li o convite. Era para a festa de formatura de Eve Sanders. Sábado, 7 de maio, às sete horas da noite.

— Eu deveria saber quem é?
— A ex do meu irmão.

Li o endereço no convite. Eve morava a vinte minutos dali. Eles haviam se mudado do outro lado da cidade para cá?

Bec continuou:

— Encontrei o convite ontem à noite, depois ouvi meu irmão ligar para ela e confirmar que vai nessa coisa. Ela o convidou. E ele vai. Ela está tentando agarrar meu irmão de novo, e foi ela quem terminou. Ela é horrível, Gia. Pior que você.

— Obrigada.
— Você é só sem noção. Ela é cruel.
— E você acha que isso vai me fazer sentir melhor?

O sinal tocou, e a sra. Rios ficou em pé na frente da sala, olhando diretamente para mim. Bec olhou para a frente. Pensei no convite ainda em cima da minha mesa. Quando a professora se virou para escrever alguma coisa na lousa, eu me inclinei.

— Não entendi. O que você quer que eu faça?

A sra. Rios deve ter audição supersônica, porque se virou e olhou para nós. Eu me recostei na cadeira. Metade da aula passou, e eu tinha certeza de que a Bec queria me enlouquecer com aquele silêncio. Finalmente, ela me entregou um bilhete.

Você vai à festa com ele. Vai ser a nova "namorada". Você deve esse favor a ele.

Meu coração disparou. Na noite do baile de formatura, eu falei que devia a ele um encontro de mentira. E ele agora ia me cobrar a dívida. Por que ele ia me cobrar isso?

O dia passou terrivelmente devagar enquanto eu pensava no sábado. Eu esperava que vê-lo de novo não arruinasse meus planos. Não, seria bom. Como eu disse antes, ele poderia responder às minhas perguntas, e o assunto seria encerrado.

Fazia calor quando me aproximei do carro de Claire no fim do dia. Tinha estado quente assim o dia todo? Tirei o suéter e o prendi na alça da mochila. Quando ergui a cabeça, Logan Fowler estava de pé na minha frente, bloqueando o caminho. O sorriso fácil e a atitude confiante me fizeram lembrar por que eu havia sugerido que Claire o convidasse para o baile de formatura. Um A, definitivamente. Retribuí o sorriso.

— Logan.

— Gia. O que aconteceu no baile? Você devia ter sido a minha rainha.

— Está esfregando na minha cara que você ganhou e eu não?

Ele riu alto.

— Só fiquei surpreso por você não ter sido eleita.

Por que todo mundo insistia nesse assunto? Queriam que eu estivesse triste?

— Acho que você vai ter que dançar comigo outra hora.

Tentei passar, mas ele estendeu o braço e me impediu.

— Vou dar uma festa no fim de semana. Vai lá.

— No próximo fim de semana?

— Sábado.

O convite que Bec deixara em cima da minha mesa durante a primeira aula inteira brilhou como um flash na minha cabeça. É claro que seria no mesmo dia. Ela me mataria se eu desistisse agora.

— Não posso, mas obrigada pelo convite. — Empurrei seu braço e passei, mas olhei para trás e sorri para demonstrar que não queria ser grosseira.

— Já sei qual é a sua. Está se fazendo de difícil.

Eu ri e continuei andando.

Claire já estava no carro quando cheguei e desabei no assento do passageiro.

— Oi pra você também — ela disse.

— Oi, amiga.

— Ah, agora vai ser toda doce comigo. — Ela ligou o motor. — Olha o meu cabelo.

Olhei e não vi nada de diferente. Comprido, preto e brilhante, como sempre.

— Continua perfeito.

Ela bateu no meu ombro.

— Quero que veja que não tem nenhum sinal do surfe de ontem. Nenhum... Como você diz? Trauma de água salgada.

— Bom, isso é porque você tem esse cabelo lindo e mágico de origem asiática. O meu não reagiria tão bem.

— Cabelo mágico de origem asiática?

— Não tente negar. Como foi ontem? Vocês se divertiram?

— Sim, mas a Jules está brigando com a mãe de novo. Virou uma sessão de terapia.

— Você disse a ela que ninguém se dá bem com a mãe?

— Exceto você.

— Você não disse isso, disse? — Como se a Jules precisasse de mais um motivo para me odiar.

— Não, eu não disse. Mas os problemas dela com a mãe vão além do habitual, e não tinha muito que eu pudesse fazer para ajudar.

— O que está acontecendo? Ela está bem?

— Não sei se tenho o direito de contar. Por que você não conversa com ela?

— Ela não quer conversar comigo. E por que você acha que eu poderia ajudar?

— Não sei. Você tem jeito com as pessoas.

— Não com ela.

Claire só queria me fazer conversar mais com Jules. Provavelmente havia contado a Jules alguma história sobre mim, qualquer coisa em que ela poderia me ajudar. Só que Jules não queria ser minha amiga, e eu não entendia por que Claire acreditava que eu poderia mudar a situação dizendo alguma coisa. Mas eu sabia que isso era importante para Claire, e talvez pudesse realmente ajudar, então falei:

— Vou tentar.

— Obrigada.

A primeira coisa que notei quando a Claire estacionou na frente de casa foi o carro do meu irmão na porta.

— O Drew está aqui?— ela perguntou. — Acho melhor eu ficar.

— Engraçadinha — respondi. — Isso é nojento.

— Ah, para com isso, você sabe que ele é bonitinho. Eu não resisto. — Ela desligou o carro e desceu comigo. Revirei os olhos, mas ri.

Dentro de casa, Drew estava na frente de um prato tão cheio que era como se não comesse havia semanas. Talvez sua última refeição tivesse sido ali, três semanas atrás. A barba no rosto o fazia parecer bem mais velho que eu, mas na verdade tínhamos só três anos de diferença.

— Você está aqui — comentei, desnecessariamente.

Sua boca estava cheia de comida, mas ele sorriu mesmo assim. E até acrescentou:

— E aí, mana.

— Oi.

— Oi — Claire falou também.

Ele engoliu.

— Tudo bem? Sim, vim passar o fim de semana em casa.

— Hoje é quinta-feira.

— Não tenho aula amanhã.

A presença dele mudaria meus planos para o sábado? Minha mãe insistiria em um jantar de família?

Claire se sentou à mesa na frente dele.

— Como vai a UCLA? Em cem dias a Gia e eu estaremos por lá.

Drew olhou para ela com deboche.

— E quantas horas?

Ela ficou vermelha.

— Não fiz essa conta.

— Bom, você vai adorar. É demais. — Drew comeu mais um pouco, depois olhou para mim. — Encontrei o Bradley outro dia.

— Ah, é? — Senti o rosto adormecido. Não queria falar sobre o Bradley agora, não na frente de Claire. Eu tinha medo de que alguma coisa viesse à tona. Quando contasse a verdade a Claire, queria que fôssemos só ela e eu. Meu irmão não ajudaria em nada.

— Ele contou que vocês andaram brigando.

— Foi isso que ele disse? Que andamos "brigando"? — Eu não sabia ao certo o que isso significava. Ele achava que poderíamos voltar? Bradley não ligou de volta depois do recado que deixei ontem.

Drew ergueu as sobrancelhas.

— Acho que foi isso que ele falou. Vocês não brigaram?

— Ele terminou comigo.

— Ele traiu a sua irmã — Claire acrescentou.

Droga.

— Bom, foi o que pareceu — interferi, tentando amenizar a história, caso meu irmão fosse falar com o Bradley.

— Como assim, o que pareceu?— Claire reagiu, indignada. — Tinha outra garota lá. Ele admitiu.

— Certo. Mas não vimos nada, e eu não deixei o Bradley explicar.

— Você vai perdoar o cara? — Claire ficou em pé para me encarar.

— Não. — Era quase impossível transmitir duas coisas diferentes ao mesmo tempo. Eu não podia deixar meu irmão falar com Bradley sobre a suposta traição, e não queria que Claire pensasse que eu ia reatar o namoro depois de uma traição.

— Humm — meu irmão se manifestou. — Eu não conhecia esse lado da história.

— Que lado você conhecia? — perguntei, incapaz de controlar a curiosidade sobre como Bradley contara o que havia acontecido.

— Ele disse que vocês tinham brigado e que ele estava tentando ligar para você. E perguntou como você está. Falei que a gente não se falava fazia um tempo, mas que, pelo que vi no Twitter, você estava... Como foi que escreveu? "De boa em casa"?

— Você disse isso pra ele?

— Foi o que você escreveu no Twitter. O mundo todo pode ler, mas o Bradley não pode saber?

— O mundo todo não lê meu Twitter — resmunguei.

— Quer que eu descubra se ele te traiu? Tenho contatos — perguntou Drew, com um tom de chefe da máfia.

— Não — respondi.

Mas a Claire respondeu ao mesmo tempo:

— Sim.

Ele olhou para nós duas.

— Não — repeti. — Por favor, não preciso do meu irmão policiando meu relacionamento.

Ele se debruçou sobre a mesa.

— Gia, espero que não esteja tentando fingir que está tudo bem se um cara te traiu. Você devia estar furiosa.

— Eu estou. Quer dizer, estaria, se fosse verdade.

Claire ficou boquiaberta. Drew balançou a cabeça.

— Claire, caso ainda não tenha percebido, minha irmã acha que tudo no mundo dela é perfeito. Mesmo que não seja.

Eu havia quase me esquecido do jeito de Drew. Ele gostava de criar confusão. Vivia para isso. Sentia um prazer meio doentio nisso.

— Pelo menos você falou com os nossos pais sobre o assunto? Ou com alguém? — Ele olhou para Claire.

— A Claire estava lá. E, sim, os nossos pais sabem que nós terminamos.

— E tenho certeza de que vocês tiveram uma conversa franca sobre o assunto. Meu pai recitou algumas metáforas gastas, minha mãe disse para você não ficar ruminando o problema, e você sorriu como se eles fossem os melhores pais do mundo.

— Para com isso. — Eu queria me dar bem com meu irmão, mas a única coisa que ele queria era me fazer sentir mal.

— E se eu não parar? — Ele sorriu para mim.

— Para. Por favor.

Drew levantou as mãos.

— Tudo bem, vou ficar fora disso.

— Obrigada.

Ele levou o prato até a pia.

— Tenho que lavar a minha roupa. A gente conversa mais tarde.

Assim que ele saiu, a Claire soltou:

— Você não está pensando em voltar com o Bradley, está?

— Não.

Ela balançou a cabeça.

— Não me convenceu. Não deixe aqueles olhos azuis incríveis e aquele sorriso perfeito te fazerem esquecer o que ele fez.

Senti meu rosto se contorcer em uma expressão confusa antes de lembrar que ela estava descrevendo meu namorado postiço. Quase ri da descrição. Ele tinha mesmo olhos azuis incríveis e um sorriso perfeito. E era magricela e tinha cabelo desgrenhado.

— Certo. Não vou esquecer o que ele fez.

10

Eu estava uma pilha de nervos. O que eu devia vestir para ir a uma festa informal de formatura como namorada de mentira? Liguei para a Claire e para a Laney pedindo ajuda para escolher a roupa, tentando manter a mesma rotina pré-encontro de sempre.

Com uma lata de Coca muito gelada na mão, Claire entrou no meu quarto e sentou na cadeira da escrivaninha. Laney se acomodou na cama, ao lado das roupas que eu tirara do armário.

— Essas são as melhores opções até agora?

— Sim. — Peguei a primeira possibilidade, um short e uma blusa de tecido fino, e fui me vestir no closet.

— Cadê a Jules? — Claire perguntou.

— Ela disse que não podia vir. — Prometi a Claire que ia tentar e, apesar de não querer a presença dela ali, liguei para a Jules e a convidei para vir.

— Falei com ela quando vinha para cá.

— Ah, legal. Ela mudou de ideia?

— Ela disse que não foi convidada.

Saí do closet meio vestida.

— O quê? Eu liguei e disse para ela vir. Isso não foi um convite?

Claire suspirou, como se não soubesse em quem acreditar.

— Vocês precisam se acostumar uma com a outra, ou não vão sobreviver ao próximo ano.

Abri a boca para insistir na história do convite, mas me detive.

— Como é que é?

— Ano que vem... a faculdade.

— Ela... — Eu não queria nem terminar a frase.

— Sim, ela entrou na UCLA. A Jules não te contou?

Ela estava ocupada demais me sabotando.

— Não. — Voltei ao closet para vestir a blusa. A notícia não era nada boa. Eu me sentia queimar por dentro. Tentei sufocar o sentimento e saí do closet com os braços abertos. — E aí?

— Não — Laney opinou. — Casual demais. — E jogou o vestido amarelo para mim.

Claire falou:

— Ela disse que ia te contar.

— É a primeira vez que escuto essa história. Mas que ótimo — respondi sem sair do closet, porque não tinha certeza se a minha expressão confirmaria as palavras. — Vai ser divertido. — Eu tinha que encontrar uma solução, porque não queria continuar com esse drama na faculdade.

— Queria que você também fosse, Laney.

— Eu sei. Nem me lembra. A faculdade daqui parece pior a cada dia.

— Não é tarde demais para ir com a gente — Claire lembrou.

— Na verdade, é. Quatro anos de notas ruins e alguns milhares de dólares tarde demais para a UCLA.

— Quem precisa de dinheiro e boas notas quando se tem a faculdade da cidade? — Claire respondeu.

— Exatamente o que eu tenho dito nos últimos quatro anos — Laney concordou. Ouvi o constrangimento em sua voz e senti pena dela por ter tido tantas dificuldades no colégio.

Pus o vestido e voltei ao quarto.

— Você vai se divertir, Laney. E são só três horas de viagem. Vamos nos ver o tempo todo.

Ela dobrou as roupas que eu já havia experimentado e alisou a blusa muitas vezes.

— Você quase não via o Bradley, e ele era seu namorado.

— Exatamente. Ele era só o meu namorado. Você é a minha melhor amiga há cinco anos. Vai ser muito diferente.

Claire se juntou a Laney na cama e a abraçou.

— Quem quer sanduíche de Laney?

Corri e a abracei do outro lado.

— Tudo bem, gente. Não fiquem com pena de mim.

— Não é pena. A gente só precisava de um abraço. — Eu a apertei com mais força.

Ela riu.

— Vou sentir saudade de vocês.

Abracei Laney mais uma vez e fiquei em pé.

— Acho que a roupa é essa — ela disse.

Senti que ela precisava mudar de assunto.

— Você acha? — Dei uma volta. — Tem cara de churrasco? Tem até bolso para guardar o celular.

— Estou tão confusa. Quem é o cara? Não consigo superar o fato de você não ter contado nada sobre ele. — Claire esticou o braço para pegar a bebida em cima da mesa e quase caiu da cama.

Laney agarrou sua perna, impedindo a queda.

— É. Não vai contar?

— É um encontro às escuras. Não sei nada sobre o cara.

— Quem arranjou? E desde quando você concorda com esse tipo de encontro?

Hesitei. Eu nunca tinha tido um encontro às escuras antes, mas acho que aceitaria, se confiasse em quem fez o arranjo.

— É uma garota da minha turma de política. O cara é irmão dela.

— O quê? Uma garota da sua turma armou um encontro entre você e o irmão dela, e você aceitou?

— Eu devo um favor a ela.

— Por quê?

— Não tenho sido muito legal com a garota e os amigos dela.

— Ah, entendi. É tipo caridade. Tem certeza de que é seguro?

— Não. Quer dizer, sim, é claro que é seguro. E não, não é caridade. — Eu me virei para me olhar no espelho. — E aí? Sim? Não?

— Sim, perfeito. Deixa o cabelo solto e usa aquela sandália plataforma. A menos que ele seja baixinho. É baixinho?

— Não. — Ele é bem mais alto que eu. — Vocês vão à festa do Logan hoje?

Claire, que mexia a bebida com o canudinho, levantou a cabeça.

— O Logan vai dar uma festa hoje?

— Sim.

— A gente nem sabia — disse Laney.

— Ah, desculpem. Eu devia ter falado. Achei que ele ia convidar todo mundo. Vocês deviam ir.

— Não fomos convidadas.

— Ele deve ter pensado que eu falaria com vocês. Desculpem.

Claire e Laney se olharam por um segundo, e Claire voltou a atenção para a bebida.

— É, acho que vai ser divertido. Talvez a gente deva ir, Laney. Vamos convidar a Jules também.

Não entendi se elas estavam bravas comigo por eu não ter falado antes ou sei lá o quê. Pensei que todo mundo tivesse sido convidado.

— Vou tentar ir para lá depois do meu encontro.

Minha mãe se esforçava para ser educada. Eu percebi pelo sorriso em seu rosto. Mas era o sorriso mais forçado do mundo, e não havia a menor chance de a Bec não ter percebido.

— Aonde você vai mesmo? — ela perguntou, olhando sobretudo para mim, mas seus olhos se voltavam para Bec a todo instante, e nesse momento estudavam a fileira de brincos em sua orelha esquerda.

— Vamos para a minha casa. Estamos na mesma turma de política, e a Gia disse que me ajudaria a estudar a matéria. Aqui está o endereço. — Bec deixou um pedaço de papel em cima da bancada, na frente da minha mãe. — E o telefone dos meus pais também está aí, se precisar falar com eles. — Ela sorriu, e o sorriso da minha mãe pareceu um pouco menos forçado.

Para mim, mamãe disse:

— Seu irmão está em casa. Eu queria todos juntos hoje à noite. Nós vamos jantar fora.

Ela ainda estava falando quando Drew entrou na cozinha segurando a chave do carro.

— Vou sair com uns amigos, mãe. Vamos deixar o jantar para a próxima vez que eu vier?

— O quê? — minha mãe reagiu.

Drew parou no meio da cozinha ao avistar Bec, e eu vi a curiosidade estampada em seu rosto. Ele deu uma olhada em sua roupa, na minha, e não precisou dizer nada para eu saber que estava se perguntando quem era Bec e por que estava ali.

— Ela é amiga da Gia — minha mãe apresentou. — Bec, não é?

— Vocês são amigas? — O tom de Drew era de incredulidade.

Bec deu risada.

— Não exatamente. Somos colegas e vamos estudar juntas.

A explicação não mudou a expressão do meu irmão. Ele olhou para mim como se estivesse me vendo pela primeira vez.

— Hum — resmungou e terminou de atravessar a cozinha. — Tudo bem, mãe? — E sorriu para ela daquele jeito que, eu lembrava, sempre o livrava das consequências dos problemas que causava quando morava aqui.

Ela acenou, mandando-o sair, e sorriu.

Apontei para a porta.

— Viu? Nem ele vai ficar. Eu posso ir, certo?

— Por que você se arrumou tanto se vai só estudar? — ela perguntou enquanto me olhava da cabeça aos pés.

A desculpa veio fácil.

— Porque ela tem um irmão bonitinho.

Minha mãe revirou os olhos, como se de repente entendesse por que eu andava com aquela criatura estranha.

— Tudo bem. Mantenha o celular ligado, Gia.

— É claro. — Beijei seu rosto, e Bec e eu saímos em silêncio. Quando estávamos lá fora, perguntei: — Por que você inventou toda essa história? Achei que o seu irmão viesse me buscar.

— É claro que não.

— Não preparei minha mãe para...
— Para mim?
— É.
— Os pais adoram essa coisa de "ela vai me ajudar com os estudos". Dá a impressão de que os filhos são inteligentes. Mas, para sua informação, minha média em política é dois por cento maior que a sua. Então, se precisar de ajuda...

Eu ri.

— Ela ficou brava porque você não ficou para o jantar em família?
— Eu acho que ela não chegou a planejar nada. — Na verdade, eu achava que ela havia usado o jantar como desculpa para não me deixar sair com Bec.
— Então ela é sempre daquele jeito?
— Que jeito? — Olhei para trás, esperando ver minha mãe na varanda, mas não tinha ninguém lá.

Bec destravou as portas do carro e nós entramos.

— Perfeitamente arrumada.

Pensei em minha mãe, com o cabelo sempre penteado, a maquiagem sempre impecável. Eu raramente a via de outro jeito.

— É... acho que sim.

Enquanto Bec saía com o carro, minha mãe apareceu na varanda. Eu sorri e acenei.

— Quando minha mãe ligar para os seus pais, porque provavelmente ela vai ligar, eles não vão ficar bravos?
— Eu deixei o meu número.
— Ah. Certo. — Outras pessoas da minha idade deviam enganar os pais desse jeito o tempo todo, mas eu nunca precisei. — Se você já dirige, por que o seu irmão foi te levar ao baile de formatura?
— Porque supostamente ele ia precisar do carro naquela noite, e esse foi outro motivo para eu ter ficado tão brava quando o vi no baile com você.
— O que ele ia fazer?
— Nem imagino. — Ela se distanciou da minha casa. Era a hora da verdade. Em breve eu veria o Bradley postiço de novo.

11

Quando chegamos à casa dela, Bec me levou diretamente para o quarto e fechou a porta. Então era só um plano para me matar? Olhei em volta, analisando o ambiente, que não parecia ser dela. Bom, uma parte parecia, como a parede com pôsteres de bandas de garotos usando delineador e os retratos feitos com grafite. Mas também havia lindas fotos da natureza — uma onda quebrando contra uma pedra, a copa de uma árvore, um céu repleto de nuvens. Sobre a cômoda havia um vaso grande cheio de vidros do mar coloridos.

— Você vai ao churrasco usando isso aí? — ela perguntou, chamando minha atenção de volta para ela. Bec estava encarando meus sapatos.

Olhei para baixo tomada por um súbito pânico, mas lembrei quem estava me dando conselhos de moda.

— Tive três votos de aprovação das garotas.

Ela suspirou.

— Tudo bem. Tanto faz. Provavelmente meu irmão vai adorar. Você está... — E acenou com a mão para a minha roupa, como se isso contasse como um adjetivo. — Bom, enfim, é mais ou menos assim que as coisas vão acontecer...

— Espera. Como assim "como as coisas vão acontecer"?

— O que eu vou dizer a ele.

— Ele não sabe? — eu praticamente gritei.

— Shhh. — Ela olhou para a porta e balançou a cabeça. Eu pensei que ele tinha planejado tudo e que Bec relutantemente concordara, mas o cara nem queria nada disso. Ótimo, agora ele ia pensar que eu estava a fim dele ou alguma coisa assim, enquanto tudo o que ele queria era voltar com a ex. Quem não queria era Bec. — Pode acreditar: ele vai ficar feliz por não ter que ir sozinho.

— Espero que sim, ou então eu vou embora.

— Ah, não, não vai. Você deve um favor ao meu irmão, e, mesmo que ele não saiba que isto é para o bem dele, você vai ter que me ajudar a convencê-lo.

— Você quer a minha ajuda para convencer o seu irmão?

— Só se for necessário. Espera aqui enquanto eu vou falar com ele. — Bec saiu do quarto e fechou a porta com delicadeza.

Eu não ia ficar ali parada sem saber o que me esperava. Precisava descobrir o que ele pensava sobre tudo isso. Abri um pouco a porta quando Bec desaparecia no fim do corredor e fui atrás dela.

Colei as costas na parede e fiquei ouvindo.

— Oi, Bec. E aí? — A voz do Bradley postiço trouxe de volta à minha mente sua imagem, os olhos azuis, o cabelo castanho, o queixo marcante, o porte.

— Parece que você vai sair — Bec comentou.

— Vou.

— Eu sei aonde você vai.

Quase consegui ouvir as sobrancelhas dele levantando.

— E acho que não é uma boa ideia.

— Você andou lendo os meus e-mails?

— Ela te tratou como lixo, te traiu, e você vai dar a ela o prazer de chegar sozinho na festa.

— Como você sabe que eu vou sozinho?

Tive que sufocar uma exclamação de surpresa. Ele já havia pensado em tudo sem a nossa ajuda. Na noite do baile de formatura, ele disse que nunca ia precisar de uma namorada de mentira. Obviamente, era verdade. Bec nem teria que revelar que eu estava ali, se ele realmente tinha companhia para ir ao churrasco. Provavelmente ela ficaria feliz porque o irmão havia arrumado alguém, por não precisar de mim.

— Ah, por favor. Você não tem companhia. Vive dentro de casa desde que ela terminou o namoro.

Ele riu, e meu coração voltou ao ritmo normal.

— Você está tentando ir à festa comigo, Bec? Se quiser ir, é só falar.

— Não quero. Minha presença não ia te ajudar em nada. O que eu quero é que você pareça confiante e prove que superou aquela garota horrível.

— Ela não é horrível.

— Acho que o tempo fez você esquecer o tamanho da traição.

Ele baixou a voz.

— Eu não esqueci.

— Por que você vai, então? Por quê?

— Acho que preciso colocar um ponto-final nessa história.

— E você não pode falar com ela no colégio, por exemplo?

— Não tenho encontrado com ela no colégio. Ela sai de lá para almoçar. Não vou ficar procurando.

— Mas você está aí, pronto... para ir procurar.

— Para encerrar essa história.

— Mas não é isso que vai acontecer. Eu conheço aquela garota. Ela só convidaria você por dois motivos. O primeiro, esfregar na sua cara como está feliz com "aquele que não deve ser nomeado" e ter certeza de que você não superou. O segundo, ela chutou o cara, percebeu que você é incrível e quer voltar. Tenho certeza de que é a segunda alternativa, e acho que você pode ser louco o bastante para aceitar essa menina de volta.

— Não vou aceitar.

— Tem razão. Não vai, porque eu arranjei alguém para ir com você. Não uma garota qualquer, mas uma menina linda que vai fingir que está apaixonada por você.

— Você contratou uma acompanhante para mim?

Bec riu.

— Esse era o plano B.

Houve um instante de silêncio, depois ele perguntou:

— Está falando sério? Você arrumou mesmo alguém para ir comigo?

— É sério. Ela está aqui em casa.

— Bec! Não. Isso não vai acontecer. Pode dispensar a coitada.

— Não é uma coitada. Ela sabe o que veio fazer aqui.
— E concordou com isso?
— Sim, ela te deve um favor.
— Ela me deve um favor...?

Obviamente ele não pensava em mim tanto quanto eu pensava nele, porque uma dica como essa deveria ter sido suficiente para ele saber imediatamente que a garota era eu.

Bec pigarreou.

— Eu sei que você está no corredor. Pode sair daí.

Como ela sabia? Eu não queria aparecer agora, porque estava me sentindo mais que idiota. Só queria ir para casa... depois de perguntar por que ele tinha aceitado entrar comigo no baile.

— Alô! Hora de sair daí. Você prometeu.

Engoli a saliva e saí de trás da parede do corredor.

O dublê de Bradley arregalou os olhos e me examinou da cabeça aos pés.

— Gia? — E olhou para a irmã. — A Gia?

— É, a Gia — ela confirmou. — De nada.

— Não tive nada a ver com isso. — Ele puxou a gola da camiseta, que tinha a seguinte frase: "Você não pode me tirar o céu". O cabelo dele precisava de atenção novamente, mas ele era mais fofo do que eu lembrava.

— Sim. Bom, eu sei... agora.

— Não precisa ir comigo. Você está incrível, de verdade, mas prefiro ir sozinho. Nada pessoal.

— Eu sei. — Tecnicamente, eu nem queria ir a essa porcaria de festa cheia de gente que eu não conhecia, mas ouvir o cara dizer que não queria que eu fosse foi meio que um soco no estômago. Ele preferia ir sozinho a ter que me levar? Tudo bem. Não tinha importância. Se eu fosse embora agora, poderia ir à festa do Logan com as minhas amigas. — Acho melhor eu ir para casa.

— Sim — concordou o dublê de Bradley.

Ao mesmo tempo, Bec falou:

— Não!

Olhei para cada um deles. O olhar de Bec era suplicante. Eu disse que tentaria convencê-lo, aceitei ajudá-la. Ele não devia ir sozinho à festa da ex-namorada. Principalmente se tinha a intenção de voltar com ela.

— Escuta, não preciso fingir que sou sua namorada. Posso ir como sua amiga.

— Não quero te obrigar a isso.

— Não vai me obrigar. E eu já me arrumei.

Ele sorriu.

— Não podemos permitir esse desperdício.

— Não é?

— Ótimo — disse Bec. — Estamos combinados. — E segurou meu braço para me levar de volta ao quarto dela, antes que o irmão pudesse protestar. — Só preciso ter uma conversa rápida com a Gia, depois vocês podem ir.

— Tudo bem — ele respondeu.

Quando chegamos ao quarto, ela olhou para mim.

— Boa ideia essa de ir como amiga. Quando chegar lá, você vai poder segurar a mão dele, beijar o rosto dele e fazer outras coisas de namorada. O que for preciso para fazer essa história colar.

— Bec, eu falei sério quando disse que iria como amiga. Não foi um truque. É evidente que ele quer a ex de volta.

— Você também percebeu?

— Sim. — Tudo bem que ele estava falando em ponto-final, mas era óbvio que queria voltar. Peguei a bolsa no chão do quarto, onde a havia deixado. — Pelo menos ele aceitou a minha companhia, certo? — Quando estava saindo, avistei alguns produtos para cabelo sobre a cômoda. — Vou pegar emprestado — falei e guardei um tubo de gel na bolsa.

— Faça o seu trabalho — Bec respondeu enquanto eu saía. — Ainda não é tarde demais para salvar o meu irmão.

Eu não ia forçar ninguém a me exibir como namorada de mentira, então apenas ri e fui procurar o dublê de Bradley.

12

Puxei o cinto de segurança sobre o peito e o prendi.

— Sabia que a sua irmã nunca chama você pelo nome? É sempre "meu irmão isso, meu irmão aquilo". Irritante.

Ele riu alto, o que me fez sorrir, e saiu com o carro.

— Na verdade, é bem fofo. Acho que é assim que ela pensa em você, como o irmão mais velho.

A expressão de deboche se suavizou.

— Você ainda não sabe o meu nome, então?

— Não. E preciso saber hoje sem falta.

Em vez de responder, ele disse:

— Como você me chama na sua cabeça?

— Por que você acha que eu penso em você?

Ele sorriu como se tivesse certeza disso. E estava certo

— Dublê de Bradley.

Ele riu.

— Uau. Criativo.

— Era tudo o que eu tinha. Me ajuda.

— Aí é que está. Agora nós temos essa história enorme que inventamos. Chego a sentir necessidade de inventar um nome para combinar com esse momento de expectativa.

Olhei impaciente para ele.

— Fala logo, dublê de Bradley, ou é isso que vai ser de agora em diante.

— Já percebeu que um dublê sempre envolve uma mentira? Irônico, não?

Dei vários tapinhas em seu braço enquanto dizia:

— Fala o seu nome.

Ele riu e agarrou a minha mão, que empurrou para o console do carro e imobilizou.

— Meu nome é...

— Tem razão. Isso está criando um clima de suspense. Nada do que você disser vai combinar com a expectativa que estou sentindo agora.

— Você não está ajudando.

— Quer que eu adivinhe?

— Nós temos uns quinze minutos. Você pode tentar.

— Tudo bem. Vamos brincar de Vinte Perguntas.

— Certo. Manda aí. — Ele afagou minha mão e a soltou.

Eu sorri.

— Primeira pergunta. Seu nome tem a ver com alguém famoso?

— Humm. Bom, sim e não. Tem pessoas famosas com o meu nome, mas ele foi escolhido por causa de alguém não tão famoso.

Inclinei a cabeça enquanto olhava para ele.

— Sério? Precisa ser tão confuso?

— Essa é uma das perguntas?

— Não. Se você vai seguir as regras à risca, não é. A próxima pergunta é se o nome pode ser um sobrenome ou parece com um sobrenome.

— Como assim, parece com um sobrenome?

— Tipo, se acrescentar uma letra. William não é sobrenome, mas Williams é. Phillip e Phillips. Edward e Edwards. É isso.

— Entendi.

— E tem os sobrenomes que podem ser nomes, como Taylor, Scott, Carter, Thomas, Lewis, Harris, Martin, Morris...

— Você acha que o meu nome é Morris?

— Foi só um exemplo.

— Você pensa muito em nomes. Espera. Não fala. Deve ser uma dessas meninas que já escolheram o nome de todos os filhos que vão ter.

— Não sou. — Bom, não *todos* os filhos.

— Fico feliz. E, sim, meu nome pode ser um sobrenome.

— Modificado?

— Não.

— Comum?

— Nem tanto.

Comprimi os lábios.

— É um nome que também pode ser um substantivo?

— Como assim?

— Ah, sei lá. Hunter, que é caçador; Forest, que é floresta; Stone, que é pedra...

— Ou Tree? Árvore.

— Ha-ha. Não, eu ia dizer Grant. Tipo, preciso de uma "grant" paciência para aguentar esse garoto com quem estou presa em um carro.

— Presa? Você praticamente implorou para vir comigo.

— Eu não imploro.

Ele gargalhou.

— Tudo bem, eu implorei na noite do baile, mas tanto faz. — Bati nele de novo, e foi então que me ocorreu uma coisa. — Aliás, por que você estava esperando no estacionamento? Você mora a seis quarteirões do colégio, e a sua irmã tem celular. E ela disse que você ia para outro lugar.

Ele ficou quieto por tanto tempo que tive medo de ter tocado em um assunto delicado. Finalmente, falou:

— Se eu contar, não quero que pense que eu sou esquisito.

— Não prometo nada.

— Eu estava preocupado com você.

— *Comigo?*

— Entrei no estacionamento bem na hora em que o Bradley soltou seus braços da cintura dele e te afastou. Depois vocês começaram a gritar. E a sua cara depois que ele foi embora... Eu só queria ter certeza de que você estava bem e tinha como voltar para casa. Peguei um livro para não parecer intrometido enquanto esperava para ver o que você ia fazer.

Dois sentimentos brigavam pela liderança dentro de mim. O primeiro era uma enorme vergonha. Eu devo ter parecido patética! O segundo era a gratidão por ele ter sido tão legal sem nem me conhecer. A gratidão venceu.

— Obrigada — eu disse. — Isso é muito...
— Esquisito?
— Não, fofo. Então foi por isso?
— Por isso o quê?
— Você disse que entrou no baile não por causa do meu sorriso, mas por outra coisa. Sentiu pena de mim?
— Talvez um pouco no começo, mas depois você pareceu tão...
— Gostosa? — provoquei.
Ele sorriu.
— Solitária.
O sorriso que acompanhava a piada desapareceu dos meus lábios.
— Solitária?
Ele não respondeu.
— Tenho muitos amigos.
— Não fica brava. Foi só um comentário. Devo ter me enganado.
— É, se enganou. — Pensei que ele tivesse visto em mim algo que eu não sabia ter, algo que ele havia descoberto. Esse era o principal motivo para ter desejado encontrá-lo. Ninguém nunca me olhou com a intensidade que ele demonstrou naquela primeira noite. Ninguém nunca pareceu enxergar dentro de mim, ver algo além do óbvio. Mas era só pena. Ele não me conhecia. Por que não fui à festa do Logan?
— Tudo bem, desculpa. Mas foi bom eu ter tido essa impressão, ou você não teria um namorado de mentira naquela noite.
— Verdade.
Ele passou a mão na cabeça e me olhou como se pedisse desculpas de novo. Ajudou.
— Meu nome. Não, não pode ser um substantivo.
Certo, de volta ao jogo.
— Tudo bem. Não é o nome de um famoso, pode ser sobrenome mas não é muito comum e não pode ser um substantivo. Difícil.
— Bom, só existe um milhão de nomes, então, sim... — O sorriso dele era bonito. Os dentes de cima eram alinhados, mas os de baixo bri-

gavam por espaço, espremidos em uma fileira ligeiramente torta. — E acho que essas são as únicas perguntas que você pode fazer sobre um nome. Então você desiste?

— Não. Tem mais perguntas que eu posso fazer sobre um nome. É um lugar?

— Tenho certeza de que todo mundo consegue achar um lugar com o seu nome.

— Não é um lugar que você conheça, então?

— Não.

— Bom, não é Dallas nem Houston.

— Você gosta do Texas?

— Foram os primeiros nomes em que eu pensei, só isso. — Olhei em volta, tentando encontrar alguma pista no carro. Correspondência, anotações. Nada.

— Vai trapacear?

— Talvez. O nome da sua irmã é Bec. Tem algum significado especial? — perguntei, pensando que podia haver um tema.

— Não dá para responder com sim ou não. Acabou o jogo?

— Tudo bem, sr. Seguidor de Regras. Retiro a pergunta.

Ele abaixou o volume do rádio, que era a trilha de fundo para a nossa conversa.

— Minha irmã se chama Rebecca. É um nome bíblico, mas isso não vai ajudar em nada, porque o meu pai escolheu o nome dela, e a minha mãe, o meu. O meu pai é muito religioso. A minha mãe é hippie, pintora e defensora do amor livre.

— Sério? Como pode?

— A minha mãe inscreveu algumas telas em uma exposição de arte organizada pela igreja que o meu pai frequentava. Vinte anos depois, eles continuam juntos.

— Legal.

— Sim, eles são muito legais.

Olhei para os números brilhantes da estação de rádio. Não era uma estação que eu costumava ouvir, por isso eu não reconhecia as músicas tranquilas.

— Sabe o que nós conseguimos com esse jogo?
— O quê?
— Aumentar a expectativa.
Ele riu.
— Eu sei. Posso ser "dublê de Bradley" para sempre?
— Não. — Eu me virei para ele no assento. — Quero saber o seu nome. Sério.

Ele estava com as duas mãos no volante e olhando para a frente. O sol havia se posto e o céu agora era cinza; ficava mais escuro a cada minuto. Ele lambeu os lábios, e sua voz se tornou rouca e suave.

— O visto, o conhecido, dissolve-se em iridescência, torna-se fugaz raio de luz que não era, era, é para sempre.

Eu não sabia o que ele tinha acabado de falar, mas tinha certeza de que queria ouvir de novo.

— Que bonito. O que é?
— Um trecho de um poema. Quando a minha mãe estava grávida de mim, ela foi ver uma exposição de arte que estava pela cidade. As *Ninfeias* de Monet estavam entre as pinturas expostas, e um poema de Robert Hayden estava sendo exibido com elas. A minha mãe sempre adorou essa pintura, mas naquele dia se apaixonou pelo poema. E me deu o nome do poeta.
— Robert?
— Não.
— Hayden... — Percebi que havia falado com uma nota de reverência, e pigarreei para fingir que era esse o motivo.
— Decepcionada?
— Não, de jeito nenhum. Gosto muito desse nome.
— Eu também gosto.
— Muito melhor que "dublê de Bradley".
— Como ele está, aliás? — Ele me olhou de lado.
— Não sei. Não falo com ele desde aquela noite. — Eu estava mentindo demais ultimamente, por isso senti necessidade de acrescentar: — Ele me mandou uma mensagem. Tentei ligar de volta, ele não atendeu.

Depois ele telefonou, mas eu não ouvi. Deixei recado. Ainda não sei se vou ligar de novo.

— Qual é o fator decisivo?

Boa pergunta. Já devia ter acabado. Eu não precisava ligar para encerrar o assunto.

— Não sei. Eu nem devia ter que tomar essa decisão. Ele terminou comigo no baile. No estacionamento. Eu não esperava. — Eu estava falando sem filtrar os pensamentos, por isso parei antes de dizer outras coisas que não queria.

Ele levantou as sobrancelhas, mas não consegui interpretar sua expressão. Um grande inseto bateu no para-brisa e fez barulho. Ele ligou o limpador e acionou o spray de água para limpar o vidro.

— Você queria que acabasse nos seus termos?

— Sim. Quer dizer, não, eu não queria que acabasse... talvez. E você? A Bec estava certa? Você quer voltar com a sua ex?

Ele deixou escapar um suspiro.

— Talvez.

Isso era o mais próximo de "é claro que eu quero" que alguém poderia ouvir de um garoto, pensei, mas continuei com o jogo.

— Qual é o fator decisivo?

Ele bateu no volante com os polegares, respirou fundo e disse:

— Esta noite, eu acho.

13

— Hayden.

Ele riu e desligou o motor.

— Está só repetindo o meu nome ou tem alguma coisa para me dizer?

— Estou repetindo porque agora eu posso, mas tenho uma pergunta.

— Qual?

— Você faz curso de teatro?

— Sim.

— Que bom. Tem muito talento.

Ele me encarou.

— Obrigado.

— E poesia? Sua mãe escolheu para você o nome de um poeta. Gosta de poesia?

— Está com medo de sair do carro?

— Ao contrário de você, eu não sou atriz. — Eu estava com medo de estragar os planos dele de reatar com Eve por causa da minha terrível falta de talento dramático.

— Não precisa ser. Viemos como amigos, lembra? Não precisa fingir nada.

— Certo.

Ele levou a mão à maçaneta da porta.

— Espera! Quero arrumar o seu cabelo.

— Sério?

— Sério. Você quer que ela se interesse por você, não quer? — Achei que ele sairia do carro, mas, em vez disso, Hayden se virou para mim com ar cansado. Peguei rapidamente o gel na bolsa, antes de ele mudar de ideia. — O segredo é usar pouco. — O gel era azul e prometia superfixação, então eu espremi na palma a quantidade equivalente a uma moeda pequena, esfreguei as mãos e passei o produto no cabelo dele. — Seu cabelo é ótimo. Só parece que foi a sua mãe que cortou.

— Você nem conhece a minha mãe.

— Bom, qualquer mãe. — A parte da frente ainda estava meio caída, então passei uma última camada de gel e sorri. — Pronto.

— Missão cumprida?

Olhei para ele e percebi que, para ajeitar seu cabelo, eu havia eliminado a distância entre nós. Recuei.

— Sim, ela vai estar apaixonada quando a noite acabar.

— Nunca pensei que o cabelo tivesse tanto poder. — Ele continuava olhando para mim, aquele olhar que parecia vasculhar minha alma, depois sorriu. Meu coração deu um pulo que me surpreendeu, e eu abaixei a cabeça.

Tirei o celular e o brilho labial da bolsa e os coloquei no bolso enquanto ele abria a porta e descia do carro. Quando enfiei a bolsa com o que restava dentro dela embaixo do banco, ele já estava abrindo a porta do meu lado. E me ajudou a descer. Depois de travar as portas, ele olhou para a casa e eu vi que respirava fundo, os ombros subindo e descendo com o movimento do ar entrando nos pulmões.

— Está nervoso? — perguntei, um pouco surpresa.

— Talvez. Obrigado por ter vindo comigo.

— Tudo bem.

— Bom, vamos lá.

— Hayden?

— O que é, Gia?

— Nada. Eu só queria dizer o seu nome.

Ele sorriu, e era isso que eu esperava. Ele só precisava relaxar. Eu sabia que Bec queria que eu o mantivesse longe de Eve, mas quem era eu para impedir, se o que ele realmente queria era reatar o namoro? Entramos e contornamos a lateral da casa até um portão que estava só encostado.

— Ah, olha só isso. A casa da sua ex tem o mar nos fundos. — Eu sabia que estávamos perto da praia, porque podia ouvir as ondas e sentia a brisa do mar, mas não percebi que a casa ficava tão perto.

— Bem legal, né?

A praia isolada estava repleta de gente comendo, conversando e dançando. Hayden deu uma olhada em tudo, e eu percebi o momento em que ele a viu, porque ficou tenso. Segui a direção do seu olhar e fiquei tensa também. Não que ela fosse linda ou alguma coisa assim, mas dava para ver que tinha mais atitude e personalidade do que eu jamais teria. O cabelo platinado era curto e repicado, com um lado mais comprido que o outro. O meu era castanho e sem graça, num corte comum. Ela era baixinha e cheia de curvas, enquanto eu era alta e magra. Ela usava uma camiseta com uma frase que eu não conseguia ler, mas tive certeza de que era engraçada ou inusitada, como a de Hayden. Eles combinavam, e depois desta noite provavelmente reatariam o namoro. Ele queria voltar, e, pelo jeito como ela olhava para Hayden agora, com os olhos brilhando de alegria, era evidente que queria a mesma coisa. Bec ia me matar.

Eve acenou, e ele a cumprimentou com um movimento de cabeça.

— Vou tirar a sandália. Não sabia que a festa era na areia. — Plataforma não servia para isso. Eu devia estar de chinelo. Agora entendia o olhar de Bec.

— Certo.

— Posso ir guardar a sandália no carro?

— É claro. — Ele me deu a chave, mas não se ofereceu para me acompanhar.

— Bom, então... a gente se vê em um minuto.

Voltei ao carro, tirei a sandália e a joguei no banco de trás. Normalmente eu ficava bem confiante quando chegava a um lugar novo. Por que estava tão nervosa? Acho que não devia ter ido. Só queria ver Hayden de novo, descobrir quais haviam sido suas motivações para entrar comigo no baile de formatura e parar de pensar nisso o tempo todo. Assim as coisas poderiam voltar ao normal. E foi o que eu fiz. Mas agora eu estava ali. Podia ficar um pouco pelo Hayden. Estávamos a vinte minutos da minha casa. Quando Hayden e Eve voltassem a namorar, eu ligaria para o meu irmão ou para Claire e pediria uma carona para ir à outra festa.

Voltei para a praia. Hayden havia se misturado aos convidados da festa e conversava com Eve e outro garoto. Eu tinha várias opções: a mesa de comida do outro lado da entrada, uma pista de dança improvisada ou um grupo reunido em volta da fogueira. Ou, é claro, eu podia ir ver como Hayden estava se saindo. Escolhi essa opção.

Dei dois passos na direção dele e pisei em alguma coisa pontuda. Puxando o ar por entre os dentes, dei uma olhada rápida para me certificar de que não era vidro. Era só um pedaço de concha, que me causou um arranhão superficial. Limpei a areia do pé e segui em frente.

— Foi só eu ficar descalça para pisar em uma...

— Gia — Hayden me interrompeu, segurando minha mão e me puxando para perto. Tropecei, mas ele me segurou. — Vem conhecer a Eve e o Ryan.

— Oi.

— Gente, esta é a minha namorada, Gia. — Ele deslizou a mão pelas minhas costas e beijou o meu rosto depois do anúncio.

Ei! O quê? Nos dois minutos em que me afastei, alguma coisa mudou e eu não sabia o que era. Sorri e os cumprimentei.

— Prazer.

O cara apertou a minha mão.

— Legal te conhecer.

Quando a soltou, ele segurou a mão de Eve. Ah. Era isso. A Bec estava errada. Eve estava interessada na opção número um. Queria Hayden ali para ter certeza de que ele ainda gostava dela, mas continuava firme com o outro cara, quem quer que ele fosse.

O sorriso brilhante de Eve se apagou de leve quando ela olhou para mim. Agora que estava mais perto, eu conseguia ler a camiseta. "Eu gosto de tartarugas." Eu não sabia se era uma piada, ou se ela realmente gostava de tartarugas.

— Você veio acompanhado — Eve comentou. — Não sabia que estava... saindo com alguém.

Com toda sua desenvoltura, Hayden respondeu:

— Espero que não se incomode. O convite era para duas pessoas.

Era? Ela parecia em choque.

— Certo. Tem razão. Sei que você e a sua irmã são muito próximos, então pensei... É claro que não me incomodo. Venham comer alguma coisa. Acho que você quer conversar com pessoas que não vê há muito tempo. Está todo mundo aqui.

— Sim, eu quero que a Gia conheça todo mundo. Preparada, amor?

Aceitei a mão estendida e a afaguei.

— Sim. — Começamos a nos afastar, mas eu me virei para trás. — Ah, obrigada por ter convidado a gente, Eve. Este lugar é incrível. Parabéns pela formatura.

Ela assentiu uma vez e se afastou.

— Desculpa, desculpa, desculpa — Hayden murmurou enquanto andávamos para a mesa cheia de comida no pátio da casa.

— Tudo bem. Eu te devia essa. — Paramos perto da mesa, e eu olhei para todos aqueles pratos. — Está com fome?

Ele olhava para o mar e estava tenso, com a mandíbula comprimida. Era como se nem houvesse escutado a minha pergunta.

Toquei suas costas.

— Tudo bem? — Não sei por que perguntei. Era evidente que ele não estava bem. Chegou ali pensando que a ex o havia convidado porque queria voltar, e tinha acabado de descobrir que não era nada disso. — Hayden?

— Quê? Sim, comida. Vamos comer. Está com fome?

— Nós podemos ir embora. Não precisamos ficar.

— Vamos ficar — ele disse, como se aceitasse um desafio.

— Tudo bem. Vamos ficar. Você tem outros amigos aqui, certo?

Ele assentiu.

— Então a gente vai se divertir.

— Combinado.

Cada um de nós colocou comida em um prato, depois encontramos lugares vazios em uma mesa redonda. Cumprimentamos algumas pessoas, e ele puxou sua cadeira para bem perto da minha. Enquanto comia com uma das mãos, Hayden mantinha a outra sempre no encosto da minha cadeira, ou em meu ombro, ou brincando com as pontas do meu cabelo. Eu sabia que era uma encenação, e tinha que repetir esse lembrete para mim mesma cada vez que ele me tocava e um arrepio subia pelas minhas costas.

— Por onde você anda? Não tenho visto você na escola — comentou um garoto sentado do outro lado da mesa.

Fiquei grata pela distração, porque Hayden apoiou os dois cotovelos na mesa e se inclinou para a frente enquanto falava.

— Estou por aí. Ocupado com as coisas da formatura.

Ocupado sendo um recluso, segundo Bec.

— É bom te ver. Onde vai estudar no próximo semestre?

— San Luis. E você?

— Eu também. — O garoto olhou para mim. — Você aguenta esse cara, é?

Eu sorri.

— Você não estuda com a gente, não é?

Abri a boca para dizer que não, mas Hayden foi mais rápido.

— Ela estuda no colégio novo da Bec. Foi assim que a gente se conheceu.

De certa forma, acho que foi assim. Ele fora deixar a Bec no baile de formatura, e eu o arrastei para dentro para interpretar o papel de substituto do meu namorado.

— Legal — o garoto falou, depois se levantou, se despediu com um movimento de cabeça e se afastou, levando o prato vazio.

Hayden apontou para as azeitonas que eu havia tirado da pizza.

— O que é isso?

— Não sou fã de azeitona.

— Tem outros sabores sem azeitona.

— Gosto do sabor que a azeitona deixa na pizza. Só não gosto da textura.

Ele riu e pôs na boca uma azeitona que pegou do meu prato.
— Esquisita.
— Ei!
— Eu gosto. O normal é chato.
— Certo. — O problema era que eu era a própria definição de normalidade. Provavelmente ele só havia notado o que eu tinha de mais interessante. Eu não era Eve. Não que isso tivesse importância.

Olhei em volta e percebi que éramos os únicos na mesa. Portanto, quando Eve e o namorado se aproximaram, havia espaço de sobra para eles.

— Estou muito feliz por você ter vindo — ela repetiu quando se sentou para comer ao lado de Hayden. Tão perto que podia pôr a mão no joelho dele enquanto falava. E pôs. Era óbvio que Hayden estava tentando deixá-la com ciúme, e era igualmente óbvio que estava conseguindo. Talvez ele conseguisse o que queria até o fim da noite. — Achei que não viria — Eve continuou. A mão finalmente se afastou da perna dele. Talvez meu olhar letal tivesse alguma coisa a ver com isso. Ela não tinha o direito de ficar brincando com Hayden. Ele a queria de volta, mas Bec estava certa. Essa garota era encrenca. De repente decidi seguir o plano de Bec para manter essa menina longe de Hayden. Encostei meu ombro no dele.

— Por que você achou que eu não viria? — Hayden perguntou, olhando para Eve. Fiquei orgulhosa da maneira como ele reagiu, sem se alterar e mantendo aquele ar inocente.

— Eu devia saber que viria — ela disse. — Você é muito legal. Ele não é legal, Mia?

— O nome dela é Gia — Hayden corrigiu.

— Tudo bem, baby — eu disse. Depois olhei para ela. — Nunca fico brava quando as pessoas entendem o meu nome errado, porque acho que pode ser problema de audição, cera no ouvido ou coisa parecida.

Hayden tossiu, e eu percebi que ele tentava segurar a risada.

— É bom ir dar uma olhada, Eve.

A expressão dela esfriou uns dez graus.

— Não tenho cera no ouvido. Às vezes você resmunga, Hayden. Como na peça da escola no ano passado. A plateia toda pensou que você tinha dito "Quero deixar você", quando o texto era "Quero beijar você".

Hayden, que permanecia bem sério desde que chegamos, não conteve um sorriso.

— Bom, a minha fala ficou melhor.

— Eu sei. Por que o Sky não ia querer deixar a Sarah, não é? — Ela riu.

Ryan parecia tão perdido com a conversa quanto eu. Legal. Piada interna.

— Deixa, nenê — Eve falou com um sotaque que parecia ser de Nova York.

Eu estava louca para deixar a minha mão na cara dela. Hayden não parecia ter a mesma vontade que eu, porque continuava sorrindo. Ryan passou um braço em torno de Eve, e Hayden recuou um pouco, o rosto duro outra vez. Segurei sua mão, e ele olhou para mim. Depois beijou meu rosto, e eu fechei os olhos.

Quando os abri, ele disse:

— Quero dançar com você. — A voz era rouca, aquela que ele usava de vez em quando.

Deixei Hayden me levar para a pista improvisada na areia. Não resisti quando ele pôs meus braços em torno do seu pescoço e apoiou as mãos no meu quadril. Por um momento, esqueci que tínhamos plateia e que era para eles que apresentávamos aquele espetáculo. Ele me fazia esquecer que eu estava ali tentando tirá-lo da cabeça.

Hayden se inclinou, e eu achei que fosse murmurar alguma coisa carinhosa no meu ouvido.

— Você é melhor atriz do que pensa.

As palavras trouxeram meus pensamentos de volta ao presente.

— Eu sou, né?

14

— Então, qual é a história? Quem é o Ryan? — Olhei para a mesa onde ele e Eve continuavam sentados, ela com a cabeça apoiada no ombro dele.

— Meu melhor amigo... Bom, *era* meu melhor amigo desde o quinto ano. — Uma linha surgiu entre seus olhos.

— Puxa. Sinto muito.

— Acontece.

— Nem por isso deixa de ser uma droga.

— Trocamos alguns olhos roxos. Agora está tudo bem.

— Mesmo? Ainda são amigos?

— Não, de jeito nenhum. Mas agora não quero mais bater nele até ele apagar, o que já é um progresso, acho.

A tensão em seu queixo me fez pensar que talvez não fosse verdade, mas não falei nada.

— É um grande passo, sim.

Ele afagou meu quadril e encostou a testa no meu ombro. Não pude deixar de notar que minha altura era ótima para isso. Com Eve ele não teria conseguido.

— Tenho que me desculpar. Falei que viríamos como amigos e acabei mudando de ideia. Acho que pensei...

— Que ela fosse pedir perdão? — interrompi.

— Sim. Isso é errado? Eu só queria um pouco de justiça. Carma, alguma coisa assim. Em vez disso, estou fazendo um jogo idiota. Não faço essas coisas. Não brinco com a cabeça das pessoas.

Afaguei o cabelo em sua nuca esperando que Eve estivesse olhando, porque a história me fazia sentir que eu tinha o direito de jogar também.

— Talvez desta vez você possa se permitir dar a ela um pouco do próprio veneno. E eu sei exatamente o que você está fazendo. Você não está se aproveitando da ingenuidade de uma garota qualquer para provocar ciúmes na sua ex. Eu sei o que estou fazendo aqui e apoio inteiramente a ideia de fazer essa garota sentir pelo menos um pouquinho de arrependimento esta noite.

— E amanhã nós dois seremos melhores que tudo isso, certo?

Eu ri.

— Com certeza.

Ele me enlaçou pela cintura, me tirou do chão e me girou no ar uma vez.

— Você é incrível. — Quando me pôs no chão, me olhou daquele jeito intenso, como havia feito no baile. — E aí, pronta?

Eu ri sem saber se realmente estava pronta, se a intenção dele era cumprir todas as etapas desse jeito.

— Sim.

Hayden segurou minha mão e me levou na direção oposta à de Eve, para a praia.

— Estamos indo para o lado errado — falei.

— Não. Ela vai ficar maluca com isso, com a gente saindo no meio da festa.

— Ah, certo.

— Tem um lugar por aqui que é mais reservado. Espero que não esteja ocupado.

Contornamos algumas pedras altas, depois ele olhou para trás, provavelmente para ver se Eve tinha notado.

Era verdade, o lugar era bem escondido. Um semicírculo de pedras nos impedia de ver a festa, mas oferecia a visão perfeita do oceano. Ele devia ter passado muito tempo ali com Eve. Hayden sentou na areia macia e puxou minha mão, e eu sentei ao seu lado. Ficamos ombro a ombro olhando o mar.

— Você não me contou que a sua irmã se vestia como uma...
— Traficante?
— Não era isso o que eu ia dizer. Mas foi por isso que eu não a reconheci na formatura. Ela estava muito diferente do colégio.
— É, eu sei. É só uma fase. Em poucos meses ela vai estar em outra.
— Como assim? Por quê?
— Não sei, acho que é um jeito de não deixar ninguém chegar muito perto. Ela gosta de manter o mundo a certa distância.
— Ela também já pôs a mão no fogo e se queimou?
Hayden inclinou a cabeça, com ar pensativo.
— Na verdade, não. Talvez aprenda com as pessoas com quem convive.
— Mas vocês parecem próximos.
— Nós somos. Temos uma família unida, mas isso pode ter sido prejudicial para ela, porque a minha irmã acha que ninguém pode amar quem ela realmente é, não tanto quanto nós a amamos. — Ele pegou um punhado de areia e deixou os grãos escorrerem lentamente por entre os dedos. — E você? Se dá bem com a sua família?
— Sim — respondi imediatamente, mas me detive. Lembrei o que Drew falou sobre meus pais não terem realmente me apoiado depois do rompimento com Bradley. Balancei a cabeça para me livrar do pensamento e assenti. — Sim.
Hayden levantou as sobrancelhas.
— Tem certeza?
— Me dou bem com os meus pais, mas o meu irmão... Não sei, ele está sempre tentando criar confusão. Agora que está longe, na faculdade, a casa está muito mais tranquila. — Pensei em Drew se oferecendo para me ajudar a descobrir se Bradley me traía. — Mas acho que ele tem boas intenções. Quer ser um bom irmão. Só não faz as coisas da melhor maneira de vez em quando.
— Isso é bom. Se está tentando, é porque ele se importa.
— Você acha? — Talvez eu não estivesse pronta para abrir mão de um relacionamento com o meu irmão, afinal. Ouvir que ele podia se importar mais do que eu pensava me deixou feliz.

— Sim, eu acho. — Ele se apoiou nas mãos e olhou para o mar, e eu vi várias ondas quebrando na praia. — Estou me sentindo egoísta. Eu devia levar você para casa.

— São oito da noite.

Um canto da sua boca se ergueu num meio sorriso.

— E a aluna do ensino médio não devia ir para a cama cedo?

Eu ri.

— Não tenho aula amanhã. Além do mais, você também está no colégio, e nós vamos nos formar daqui a quatro semanas. Falando nisso, por que a sua namorada está dando uma festa tão cedo?

— Todo mundo está planejando dar festas no fim do mês, e a Eve queria que a dela fosse a primeira e a melhor. Além do mais, ela deve viajar para algum lugar distante e exótico assim que se formar.

— Certo.

— E ela não é minha namorada. — Ele se inclinou para a frente e tirou os sapatos. — Estão cheios de areia — explicou, enquanto os deixava de lado.

A marca das suas mãos era visível na areia entre nós. Tracei uma linha em torno delas e coloquei minha mão dentro da marca.

— Você tem dedos longos — ele comentou, notando que os meus dedos quase alcançavam o topo da impressão na areia.

— Tenho. Mas a parte de baixo do desenho desapareceu.

— Acho que não. — Ele levantou a mão aberta e fez um gesto indicando a minha.

Grudei a mão na dele, alinhando as palmas. As pontas dos meus dedos mal alcançavam a primeira articulação dos dele.

— Acho que você tem razão — ele disse. Nossas mãos continuaram unidas por um bom tempo. — Você está com areia na mão. — Ele segurou meu pulso e começou a limpá-lo com delicadeza.

Meu celular tocou, e eu pulei de susto. Eu havia deixado o aparelho no bolso.

Ele soltou a minha mão.

— Quer atender?

— Não.

— E se forem os seus pais?

Olhei para a tela e vi o nome de Bradley. Hayden e eu ficamos olhando para o celular até ele parar de tocar.

— Ainda insistindo? — ele perguntou depois de um momento de silêncio.

Dei de ombros.

Hayden moveu os dedos, me pedindo o telefone.

— Não vai ligar para ele, vai?— Entreguei o aparelho.

— É claro que não. — Hayden digitou um número e mandou uma mensagem. Depois me devolveu o telefone. Eu li o texto enviado.

> Decidi que o Bradley não me faz bem. Não preciso falar com ele nunca mais. Ele me dispensou no baile de formatura, me deixou sozinha no estacionamento e sem carona para casa. Além do mais, ele é velho demais para mim.

— Para quem você mandou isto?

Assim que fiz a pergunta, o telefone dele apitou. Hayden pegou o celular, olhou para a tela e digitou alguma coisa, depois guardou o aparelho no bolso. E moveu a cabeça, indicando meu celular no instante em que uma mensagem chegou.

> Você é muito inteligente. Concordo totalmente. Fico feliz por ter tomado a decisão certa. H (vulgo DDB)

Eu ri.

— Você acha mesmo?

— Depois de ter sido Bradley por uma noite, posso dizer com toda a franqueza que ele não é bom para você. Você pegou o cara dando em cima de outra garota, lembra?

Bati no ombro dele.

— Acho que era a irmã dele.

— Eca. Pior ainda.

Eu sorri.

— Bom, se você vai tomar decisões por mim, eu também posso decidir por você.

— Tudo bem. É justo. Qual é a decisão?

— Você sabe o que eu vou dizer.

Ele não negou.

— Você merece coisa muito melhor. Ela traiu você de verdade, e com o seu melhor amigo. Você tem que esquecer os dois... pra sempre.

Como se percebesse que falávamos dela, Eve chamou:

— Hayden? Está por aqui?

Sem pensar duas vezes, me joguei em cima dele. Só queria sentar no seu colo, mas o impulso o jogou de costas na areia, e eu caí deitada em cima dele.

— Hum... oi — ele disse, olhando para mim.

— Oi. — De perto, seus olhos eram incríveis, azuis e transparentes.

A voz de Eve agora era mais alta, vinha de trás da pedra, a menos de três segundos de nos encontrar ali.

Hayden segurou meu rosto entre as mãos. Ele me puxou, e o desejo em seus olhos traiu sua intenção.

— Não faça isso, a menos que seja de verdade — cochichei a centímetros de seus lábios. Era para ser uma piada, mas minha voz saiu ofegante e séria.

Ele parou imediatamente, e a preocupação substituiu o desejo. Então ele virou minha cabeça e beijou meu rosto. Senti decepção e alívio ao mesmo tempo. Balancei a cabeça e lembrei o que estávamos fazendo de verdade. Se isso não provocasse o ciúme de Eve, nada mais provocaria.

15

— Ah — ouvi Eve exclamar. — Desculpem.
Sentamos como se tivéssemos sido pegos no flagra.
Hayden passou a mão no cabelo, se livrando da areia e bagunçando completamente o que eu havia arrumado.
— Oi, Eve. Precisa de alguma coisa?
— Não. Quer dizer, sim. O Spencer está te procurando.
Os olhos de Hayden brilharam.
— O Spencer está aqui?
— Acabou de chegar. Eu disse que você viria.
Hayden se levantou depressa e estendeu a mão para me ajudar. E fez isso com tanta força que quase fui parar no chão outra vez. Depois começou a andar, e olhou para trás uma vez para ver se eu o seguia. Eu tentava, mas ele estava indo rápido demais.
— Eles têm um caso de amigos — Eve comentou, e aí eu percebi que ela estava andando ao meu lado. — Mas você já deve saber disso.
— Ainda não conheci o Spencer.
— Não? Eles são praticamente a mesma pessoa. Apesar de o Spencer ser um pouco exagerado para o jeito tranquilo do Hayden.
Vi Hayden abraçar um cara, e eles trocaram vários tapinhas nas costas antes de se afastarem. Eu conseguia ouvir a risada dos dois de onde estava, a uns dez metros.
— Ele vai querer te apresentar — Eve falou e me deu um empurrãozinho.
— Ah. Certo. — Eu não queria que Hayden tivesse que sustentar a mentira com pessoas de quem gostava de verdade, mas, com Eve ali pa-

rada, eu não podia fazer nada. Continuei andando até parar ao lado dele. E pela primeira vez vi de fato o rosto de Spencer, os olhos escuros, quase pretos, com aquela luz, e quase recuei um passo. Eu o conhecia. Bom, não realmente. Ele tinha saído com a Laney uma vez havia dois anos, e eu fui fazer companhia. Só lembrava disso porque ele tinha sido um tremendo babaca, a tratou mal o tempo todo e ainda tentou transar com ela no fim da noite.

Hayden estava contando a Spencer sobre uma cena que ele teve que fazer na aula de teatro.

— ... e aí eu perguntei à professora: "Pode ser um monólogo?"

Spencer riu.

— O que a menina falou?

— Ela achou que eu estava brincando.

— E você continuou?

— O que mais eu podia fazer?

— Não sei... talvez parar de se preocupar com os sentimentos dos outros pelo menos uma vez e pensar na sua nota.

Hayden deu de ombros.

— Tanto faz. No fim deu tudo certo.

Spencer olhou para mim, e eu fiquei esperando que ele também me reconhecesse, mas não aconteceu. Ele só parecia se perguntar por que aquela garota esquisita estava interrompendo a conversa. Fazia dois anos, e o encontro nem havia sido comigo. Era compreensível que ele não me reconhecesse.

Hayden olhou para mim com aquela expressão feliz, e foi como se voltasse de repente à realidade.

— Ah, oi, Gia.

— Você conhece essa gata? — Spencer perguntou.

— Conheço. Ela veio comigo.

— Sortudo. Como um cara sem graça como você descola uma garota como ela?

— Deve ser meu charme fatal.

Spencer olhou para mim.

— E isso mesmo?

— Ele é bem charmoso.

— Humm. Pensei que charme fosse especialidade minha.

Eve, que havia se juntado a nós, riu.

— Existe uma diferença entre ser charmoso e ser atrevido, Spencer.

— E você deve conhecer bem essa diferença — ele respondeu.

Eve ergueu uma sobrancelha. Esperei pela resposta, mas ela e Spencer riram. Depois ele a agarrou e a jogou em cima de um ombro.

— Eu já volto. Só vou jogar esta garota no mar. Faz parte do presente de formatura. — E saiu correndo, como se fosse justamente essa a sua intenção.

— Nem vem! — ela gritou, batendo em suas costas. — Hayden, me salva!

Hayden se limitou a dar de ombros e continuou sorrindo.

— Ryan! — Eve berrou.

Hayden e eu vimos Spencer correr para o mar. Antes de ele chegar lá, Ryan os alcançou e os dois fingiram uma luta na areia. Hayden suspirou. Pela primeira vez na noite, ele parecia feliz. Eu não precisava contar a ele que Spencer havia sido um babaca com a minha amiga dois anos atrás. Spencer nem se lembrava disso, era evidente, e devia ter mudado muito depois daquilo. Parecia diferente, mais legal.

— Seus amigos são divertidos — eu disse.

— É, a gente se divertia muito.

— Tem saudade disso?

— Tenho saudade de como era antes. Agora é tudo diferente, e é inútil tentar fazer voltar a ser como era.

Eu esperava que isso significasse que ele tinha desistido de tentar reatar com Eve. Ela e Ryan não o mereciam.

Hayden estava sentado em uma mesa conversando com Spencer quando voltei do banheiro. Eu me aproximei dele por trás e passei os braços por cima de seus ombros, colando o rosto ao dele. *Segura essa, Eve*, pensei quando ela passou por nós com Ryan. A noite estava bem mais fria, e o rosto de Hayden era morno. Senti seu sorriso quando ele entrelaçou os dedos nos meus.

— Vocês dois são fofos de dar nojo, sabiam? — Spencer comentou.

Hayden ficou tenso e mudou de posição na cadeira. Seus dedos soltaram os meus, e ele cruzou os braços. Ah, não. Estava se sentindo culpado. Queria contar ao amigo que era tudo mentira. Eu sabia, porque conhecia o sentimento. Uma coisa era mentir para Jules, porque era como se ela merecesse; outra, completamente diferente, era mentir para Claire e Laney.

— Por favor, não — cochichei. Hayden não podia contar esta noite, não sem saber como o amigo reagiria à notícia. Spencer poderia contar tudo a Eve, e então a noite teria sido inútil. — Você pode terminar comigo amanhã e contar para ele.

Hayden assentiu, tenso. Beijei a pele sob sua orelha. Ele estava tão perfumado que eu queria ficar ali, tirar vantagem dos últimos momentos de contato físico que teríamos. Senti quando ele se arrepiou e me afastei.

— Quer ir embora? — ele perguntou.

— Fica aí conversando mais um pouco. Vou buscar seus sapatos.

Ele olhou para os seus pés descalços.

— Ah, é. Deixei perto das pedras. Obrigado.

Estava ficando tarde. Havia escurecido, e era mais difícil enxergar o caminho na praia. Contornei as pedras e vi duas pessoas se agarrando.

— Ai, desculpa!

Eve e Ryan levantaram a cabeça para olhar para mim, ela ajeitando o cabelo.

— Desculpa — repeti. — Só preciso pegar os sapatos do Hayden. Estão ali.

Peguei os sapatos.

— Vocês vão embora? — Eve perguntou.

— Vamos.

— Obrigada por terem vindo — Ryan falou quando eu estava prestes a sair dali. — É bom ver o Hayden feliz de novo.

É tudo encenação, seu babaca, eu quis dizer. *Você é o pior amigo do mundo, e não use a felicidade dele para se sentir menos culpado.* Mas não falei nada, claro.

— Ah, com certeza. A gente se vê.

Hayden estava caminhando na minha direção quando eu saí do semicírculo de pedras.

— Obrigado — ele disse, apontando para os sapatos quando nos encontramos. Eu me senti feliz por ter sido eu a pegar Eve e Ryan atrás daquelas pedras, e não ele. Hayden não precisava ver mais do que já havia visto naquela noite.

Ele me abraçou e escondeu o rosto no meu cabelo.

— Obrigado por hoje.

Fechei os olhos.

— Tudo bem. Foi divertido. — E me surpreendi ao perceber que estava sendo sincera. Hayden era uma companhia agradável.

Ele envolveu minha cintura com um braço, e com a outra mão acariciou minhas costas. Talvez também quisesse tirar proveito dos últimos momentos de contato físico que teríamos.

— Eu também me diverti. Vou te levar para casa. — Ele me soltou e pegou minha mão.

Olhei para trás e vi Eve parada ao lado das pedras, nos olhando. Eu devia ter imaginado que ela era a razão para o contato físico.

16

Paramos em frente à casa dele. Hayden desligou o motor e saiu do carro antes que eu pudesse detê-lo. Quando parou do meu lado e abriu a porta, eu disse:

— Desculpa. Eu devia ter avisado que precisava de carona para casa.

— Ah. — Ele olhou para os dois lados da rua, como se esperasse ver um carro parado em algum lugar. — Minha irmã foi te buscar?

— Sim.

— Ela é cheia de estratégias.

— Sim, ela é. — Continuei sentada no carro, esperando que ele fechasse a porta e voltasse para o banco do motorista.

Mas Hayden continuou onde estava. E apontou para a casa.

— Você precisa ir embora agora? A minha irmã vai querer um relatório. Acho que você pode contar tudo melhor que eu.

O relógio do painel marcava dez horas. Eu ainda tinha duas horas até o meu horário de voltar para casa.

— Tudo bem. Claro.

Andamos até a porta da frente, e Hayden a abriu e entrou. Sentada no sofá da sala, Bec desligou a TV imediatamente e olhou para nós.

— E aí?

Hayden me abraçou.

— Você vai gostar de saber que a noite foi de muitos joguinhos e muito ciúme. Não sei bem quem jogou mais e quem sentiu mais ciúme, mas a Gia fez tudo o que você a fez jurar que faria.

Bec olhou para mim.

— Tudo bem. Agora eu quero saber exatamente o que aconteceu. Nada dessa bobagem vaga.

Nesse momento uma mulher entrou meio agitada na sala. O cabelo formava um coque frouxo preso por um lápis e várias mechas haviam escapado do arranjo, dando a impressão de que ela havia enfrentado uma ventania.

— Hayden, eu sabia que tinha escutado sua voz. Preciso do seu rosto.

— Mãe, estou com uma amiga. — Ele apontou na minha direção.

A mulher sorriu para mim.

— Não sei em que isso muda as coisas. Pode trazê-la.

Bec se levantou e foi atrás da mãe, que já saía da sala sem esperar por uma resposta.

— Não adianta discutir — disse Hayden. — Ela sempre vence. — E me levou pelo corredor até uma sala grande com porta dupla e assoalho de madeira.

Dentro dela havia toneladas de pinturas, algumas concluídas e penduradas, outras pela metade, e também havia telas em branco. Uma delas repousava sobre um cavalete, e no chão embaixo dele havia uma folha grande coberta de manchas de tinta, como se alguém tivesse abandonado a pintura no meio. Todos nós entramos na sala.

— Mãe, esta é a Gia.

— Ai, desculpa, que falta de educação. — Ela estendeu a mão para mim. — Eu sou a Olivia. Peço desculpas por roubar este garoto, mas preciso desse rosto lindo. Ah, me fala se este rosto não inspira criatividade.

Hayden e Bec reviraram os olhos.

— Ela diz isso sempre que traz a gente aqui, e depois cria coisas como aquela. — Hayden indicou uma pintura que era meio inseto, meio zebra, um rosto que se abria para revelar uma flor desabrochando. — Eu não inspirei aquilo.

— Inspirou sim — a mãe afirmou.

— Ela se sente sozinha aqui — comentou Bec.

— Os meus filhos debocham de mim, mas são as minhas musas. — Ela me estudou. — Acho que você também pode ser uma musa. A sua estrutura óssea é incrível.

— Não acredite nisso — Bec interferiu. — O que ela está dizendo é que quer pintar ossos, ossos de dinossauro, provavelmente, ou coisa parecida, enquanto olha para você.

Olivia não parecia ofendida com a provocação. Só deu risada e começou a pintar, enquanto Hayden ficava sentado no banco diante dela. Pelo jeito como o analisava, ela parecia usá-lo como modelo, mas eu via a tela, e aquilo não era Hayden, definitivamente.

Bec olhou para mim.

— Desembucha. Quero saber tudo o que aconteceu hoje.

Olhei para a mãe deles sem saber se queria admitir a mentira na frente dela.

— Minha mãe já sabe — Bec falou. — Apesar de não concordar, ela entende por que o nosso cérebro imaturo pode achar que isso é necessário.

— Não foi isso que eu disse, Rebecca. Falei que a vingança é produto de emoções mal direcionadas, mas eu tenho algumas emoções com relação a Eve também.

— Você não disse mal direcionadas — Bec argumentou, em voz alta. — Lembro nitidamente de você falando "imaturas".

— Talvez eu tenha dito "pouco desenvolvidas".

— É a mesma coisa — Bec e Hayden falaram ao mesmo tempo.

Olivia deu uma pincelada larga de azul-marinho na tela, bem embaixo dos olhos roxos e tortos que já tinha pintado.

— O que eu quero dizer é que a vingança nunca é a resposta.

— Sei, sei. — Bec abanou a mão para a mãe e olhou para mim. — Conta logo sobre a vingança.

Olhei para Olivia e tentei descobrir se estava aborrecida com a discussão. Ela não parecia brava.

— Bom, a Eve estava lá com o Ryan.

— Eu sabia! — Bec gritou. — Eles ainda estão juntos, não estão?

Eu assenti.

— Mas você estava certa. Ela também queria o Hayden.

— Não queria — Hayden interferiu.

— Então por que o abraço? Por que sentar tão perto e tocar sua perna?

— Ela tocou sua perna? — A expressão de Bec endureceu.

— Tocou? — Hayden perguntou.

— Ah, por favor — disse Bec. — Você sabe que sim. Não se faça de inocente, Hayden. E você deve ter gostado.

Ele a encarou com uma expressão neutra, indecifrável.

— Quero saber se vocês deram o troco — Bec falou, olhando para mim.

— Ficamos de mãos dadas, trocamos abraços, dançamos...

— E a Gia pulou em cima de mim — Hayden contou.

Eu arfei, chocada, e Olivia me encarou.

— Eu não... Bom, mais ou menos. Foi um acidente. Eu não queria te derrubar.

— Espero que ela tenha visto — Bec falou, sorrindo.

— Viu.

Ela girou uma vez com os braços abertos, depois me segurou pelos ombros e me sacudiu.

— Você é incrível. A vingança é incrível.

Olivia pigarreou.

— Porque eu tenho uma mentalidade muito, muito imatura — Bec acrescentou.

— Amanhã todos nós vamos ser pessoas melhores — disse Olivia, e era quase a mesma coisa que Hayden dissera mais cedo. Olhei para ele, e Hayden assentiu uma vez.

Pessoas melhores. O jeito como eles falavam me fazia querer tentar.

17

Hayden se levantou do banco.

— Aonde você vai? Ainda não terminei de me inspirar — reclamou Olivia.

Ele pôs Bec sentada no banco no lugar dele.

— Preciso levar a Gia pra casa. Ela já aguentou a nossa família maluca por tempo demais.

— Tchau, Gia — disse Bec. — Obrigada por ter feito tudo o que eu pedi.

Era como se ela quisesse lembrar Hayden, ou a mim, de que essa noite havia sido só uma encenação, que não era de verdade. Hayden não precisava de lembrete. Ele tinha interpretado o papel com perfeição.

Olivia me abraçou sem usar as mãos, salpicadas de tinta, pressionando os pulsos contra os meus ombros.

— Foi bom te conhecer. Eu falei sério sobre a estrutura óssea. Volte para me ver.

Eu sorri.

— Ossos de dinossauro — Bec falou quando Hayden e eu saímos.

Hayden olhou para mim algumas vezes enquanto andávamos pelo corredor.

— Minha família é esquisita, mas eu amo essas pessoas.

— Sua família é incrível. Sua mãe não é... — Eu me detive. Não queria tocar em um assunto desagradável.

— Não é o quê? Normal? Equilibrada?

Balancei a cabeça.

— Não, é claro que não. É que ela e a Bec estavam discutindo e... Ela não é muito brava, é?

— Brava?

— Sim. Ela não ficou aborrecida com toda essa história da vingança?

— Não, ela não ficou brava. — Ele abriu a porta da frente para mim, e o ar frio atingiu meu rosto, que, só então percebi, estava quente. — E, se você acha que elas estavam brigando, é porque nunca viu a Bec brigar.

— Não acredito que você contou para a sua mãe sobre os planos de vingança.

— Foi a minha irmã. Ela é o centro da nossa loucura.

— Eu percebi.

— Imagino que sim, considerando o que ela te obrigou a fazer hoje.

— Ela não me obrigou — respondi. Eu me diverti, mas não podia admitir. Estava me sentindo estranha, como se quisesse algo mais dele, e não queria. Nós dois havíamos representado. Seria ridículo pensar que havia mais que isso.

— Bom, eu sei que ela pediu a sua ajuda, então obrigado. Você foi ótima. Nunca pensou em estudar artes cênicas?

Eu ri quando entrei no carro.

— Não, nunca.

— É divertido, sabia? Fazer uma cena como a que representamos esta noite equivale a uma droga natural. — Seus olhos brilhavam, e eu entendi que ele havia gostado da noite por um motivo diferente do meu.

— Foi divertido.

— Mas a minha mãe estava certa — ele disse. — Foi muito imaturo querer me vingar, mesmo eu me sentindo melhor agora.

— Pelo menos conseguiu encerrar o assunto? Eu sei que era isso o que você queria.

— Sim, consegui. Ficou para trás.

— Ficou para trás — repeti.

Fui explicando o caminho para minha casa e, quando ele parou, desci do carro antes de Hayden desligar o motor. Não queria que ele tivesse que fingir novamente que havia alguma coisa entre nós. Por isso me surpreendi quando, já a caminho da porta, percebi que ele estava ao meu lado.

— Você é rápida — ele disse.

— Ah, não precisa me levar até a porta.

— É mais forte do que eu. Meu pai me criou desse jeito.

— Onde ele estava hoje?

— Ele dorme cedo e acorda com o sol.

— Sua mãe escolheu o seu nome. Ok. Mas você é mais parecido com ela ou com o seu pai?

— Quer saber se eu sou um espírito livre ou um conservador que acorda cedo?

— Isso.

— O que você acha?

— Não sei. Você foi comigo ao baile de formatura sem fazer perguntas.

— Eu fiz perguntas.

— Não as que realmente importavam.

— Você estava bonita demais para essas perguntas.

Sorri e tentei não me envaidecer, mas algumas borboletas bateram asas no meu estômago.

— Solitária demais, você quis dizer?

Ele fez uma careta.

— É, também.

Chegamos à porta, e eu encarei Hayden.

— Então, o baile me fez pensar que você é parecido com a sua mãe. Mas...

— Mas?

— Mas você me trouxe até a porta porque foi educado para ser um cavalheiro, e isso me faz pensar que é parecido com o seu pai.

— A minha mãe poderia se ofender com isso.

— Por quê?

— Porque, se ela te trouxesse pra casa, provavelmente te acompanharia até a porta.

— E nesse caso eu estaria na minha varanda com a sua mãe.

Ele riu.

— É, não é uma boa imagem.

— Está dizendo que se parece com a sua mãe?

— Não. Você entendeu bem. Tenho um pouco da minha mãe, um pouco do meu pai e muito de mim.

— É uma ótima mistura. — Peguei a chave para abrir a porta. — Foi uma noite muito divertida.

— O que você teria feito hoje se não tivesse saído comigo?

A festa do Logan. Eu não pensava nisso desde o começo da noite. No início, imaginava que iria correndo para lá assim que Hayden me deixasse em casa, mas agora não tinha vontade de ir.

— Um amigo do colégio deu uma festa hoje. As festas dele são ótimas...

Fiz uma pausa, porque não conseguia lembrar a última vez em que uma festa tinha sido assim tão incrível. Hayden inclinou a cabeça, me esperando terminar. Ele me olhava daquele jeito de novo, como se procurasse alguma coisa além do que eu oferecia. Ele ainda não tinha se dado conta de que o que via era tudo o que existia?

— Continua — ele disse.

— Esquece. Era bobagem.

A porta da minha casa se abriu. Como eu pude esquecer que os meus pais sempre esperavam por mim? O meu pai apareceu.

— Gia?

— Sim, sou eu. Desculpa. Já estou entrando.

Ele deu um passo para fora.

— Olá. Eu sou o sr. Montgomery.

— É um prazer conhecê-lo, senhor. Eu sou o Hayden.

Meu pai me olhou esperando a explicação sobre quem ele realmente era, e eu não sabia o que dizer.

— Ele só me trouxe para casa. Obrigada, Hayden.

Entrei e ouvi meu pai se despedir com um boa-noite melhor que o meu, depois ele fechou a porta.

Minha mãe estava lendo no sofá.

— Estudaram bastante?

— Acho que ela não estava estudando — meu pai comentou.

— Quê? — Minha mãe parecia preocupada.

— Sabe a garota que você conheceu mais cedo? Era o irmão dela. Aquele de quem eu falei. Ele me trouxe para casa.

— Ah, por que você não disse? — meu pai perguntou.

— Acabei de dizer. — Olhei para um e para outro, esperando as próximas perguntas, imaginando que diriam que eu não estava onde falei que estaria. Minha mãe dobrou o cobertor que estava usando e o deixou sobre o sofá. Tentei imaginar o que aconteceria se eu falasse com eles sobre vingança e namoros de mentira. As imagens na minha cabeça estavam cheias de discursos inflamados e olhares confusos. — Vou dormir.

— Vai se despedir do seu irmão. Ele vai embora amanhã cedo.

— Tudo bem. — Bati de leve na porta do quarto de Drew, mas não houve resposta. Abri um pouco e vi que ele já estava deitado.

Ele se virou e levantou um pouco a cabeça.

— Oi, Gi. Já chegou.

— Sim. Só vim dar boa-noite. Boa viagem amanhã. Vai com cuidado.

Ele deixou a cabeça cair sobre o travesseiro.

— Qual é a da gótica? Por que você está andando com ela?

— É só uma amiga. Mais ou menos.

Meu irmão riu. Tensa, fechei a porta antes que ele dissesse alguma coisa grosseira. Hayden estava errado. Meu irmão não queria se aproximar de mim. Depois de passar um tempo com Hayden e Bec, eu entendia que o relacionamento que tinha com o meu irmão não era muito bom.

Quando cheguei ao meu quarto, criei um grupo no celular com Claire e Laney, para avisar que não iria encontrá-las na festa. Acabamos trocando mensagens sobre a minha noite. Elas me deram as respostas esperadas, vários pontos de exclamação e letras maiúsculas, mas esta noite isso não pareceu tão legal quanto normalmente era.

18

O sol da manhã entrou pela janela e eu me virei na cama, esfregando os olhos. Olhei para o teto e pensei na noite anterior, no que Hayden e a mãe dele haviam dito sobre ser melhor. O que significava ser uma pessoa melhor? Por onde eu devia começar?

Minha mãe bateu na porta antes de enfiar a cabeça pela fresta.

— Bom dia. Suas amigas estão aqui.

— Minhas amigas? — O celular dizia que não eram nem dez da manhã.

— Mando subir?

— É claro.

Ela fechou a porta e eu corri para a frente do espelho sobre a cômoda para avaliar o estado de descontrole do meu cabelo. Ruim. Tive tempo de passar uma escova nele antes de Claire, Laney e Jules entrarem no quarto acompanhadas por uma mistura de risadas e perfume.

— Oi. — Sorri e sentei na cama ao lado de Claire. — E aí? — Por que estavam todas juntas sem mim? Eu esqueci alguma coisa que tínhamos combinado?

Claire, que parecia ler meus pensamentos, disse:

— A Jules sequestrou a Laney e eu, e nós passamos para dar um oi.

— Ah. — Olhei para Jules pensando se passar na minha casa fazia parte do plano original ou se ela pretendia me excluir e depois, casualmente, comentar no colégio na segunda de manhã que tinham saído juntas.

Ela sorriu.

— Eu soube que você saiu com alguém ontem. Um encontro às escuras? Que loucura. Eu nunca toparia.

— Ah, é. Lembra que eu falei que tinha um encontro arranjado quando liguei e convidei você para vir me ajudar a escolher a roupa?

— Você não ligou para mim. Pode pensar que ligou, porque telefonou para a Claire e a Laney. Provavelmente esqueceu. — Um sorriso doce. — Tudo bem. Não faz mal.

— Jules. Eu liguei pra você.

Claire olhou para ela e para mim.

— Talvez tenha esquecido, Gia.

— Você acha que eu estou mentindo?

— Não. Já falei para a Jules que você nunca mentiria para nós. Deve ter alguma explicação.

Fechei os olhos. Certo. Eu nunca mentiria para elas. Como poderia ficar aborrecida e acusar Jules de mentir agora, se estava fazendo a mesma coisa? Engoli o orgulho e me forcei a deixar passar mais essa, pelo menos até poder contar a verdade e seguir em frente.

— Bom, eu sei que falei com você, então talvez você tenha esquecido.

Ela deu de ombros.

— Talvez. E aí, o encontro foi divertido?

— Foi.

— O que vocês fizeram?

As perguntas de Jules sempre davam a impressão de que ela era a investigadora chefe na cena de um crime.

— Fomos a uma festa de uma amiga dele.

— Ele é esquisito?

— Não, não é.

— Se a irmã tem que arrumar encontros para ele, deve ser um pouco esquisito. Só quero saber que favor você estava devendo a essa menina para aceitar um encontro arranjado.

— Falando sério — Claire interferiu —, também estou curiosa.

— Não fui muito legal com ela e os amigos. — Era verdade.

— Que bom que conseguiu ajudar a garota, então — disse Laney.

— É.

Meu laptop estava fechado em cima da mesa, e Jules apontou para ele.

— Posso usar um instante?

— É claro.

Ela sentou e ligou o computador, e eu fui escolher uma roupa no armário.

— Seu irmão ainda está na cidade? — Claire quis saber.

Olhei para ela com os olhos meio fechados, mas era difícil fazer cara de raiva enquanto eu sorria.

Ela riu.

— Que foi? O Drew e eu temos uma conexão.

Dessa vez eu gargalhei.

— Não, ele foi embora.

Claire fez uma careta exageradamente dramática.

— Então a aventura do sequestro acaba aqui? Ou vamos a algum lugar?

Laney mordeu o lábio.

— Bom... nós vamos sair, mas sabíamos que você não ia querer ir, então viemos só dar um oi...

— Aonde vocês vão?

— O Matt me mandou uma mensagem há dez minutos perguntando se a gente não queria ir surfar. O tio dele está na cidade, e parece que ele é campeão mundial de surfe ou algo assim. Ele ofereceu uma aula grátis para os amigos do sobrinho.

Claire assentiu.

— Pensamos em aproveitar para ver os meninos. Eu chamei o Tyler, e a Jules chamou o Garrett.

Olhei para Jules, que continuava usando o computador.

— Parece divertido.

Ela olhou para mim e inclinou a cabeça.

— Parece? — Claire perguntou. — Então você vai?

— Por que não? Preciso pelo menos experimentar antes de decidir que não gosto, né?

Ela bateu no meu braço.

— É o que eu estou dizendo faz tempo!

— Já estava na hora de eu ouvir.

— Você devia convidar o cara de ontem para ir também!

Seria muito divertido convidar Hayden para sair comigo e as minhas amigas. Ele era uma companhia legal. E, provavelmente, ia achar incrível surfar com um profissional. Mas havia um enorme problema. Quer dizer, devia haver vários problemas, mas eu não queria pensar que Hayden e eu estávamos só encenando, que ele provavelmente recusaria um encontro de verdade. O principal problema era que minhas amigas não podiam ver Hayden de novo. Nunca. Para elas, ele era Bradley.

— É muito cedo para sair com ele de novo. Mas eu adoraria ir, se não for segurar vela.

— É claro que não vai.

Eu me senti meio deslocada em um grupo de casais, mas entendi o que Claire dizia sobre a tranquilidade de surfar. O balanço suave das ondas enquanto esperávamos a "boa", a força do oceano nos levando. E o tio de Matt era muito legal. Sem ele, eu não conseguiria nem parar em pé na minha primeira experiência com o surfe.

Peguei várias ondas. E agora todo mundo estava subindo e descendo em cima da prancha, enquanto Claire e eu ficávamos deitadas sobre as nossas, de mãos dadas para não sermos afastadas pela correnteza.

— Você está muito quieta. Tudo bem? — ela perguntou.

— Tudo.

— Está se divertindo?

— Estou.

— Não precisa ficar tão surpresa.

Eu ri.

— Não estou acostumada a ser a pior em alguma coisa, é só isso. Isso e os meus argumentos originais totalmente válidos: água gelada, sal no cabelo e...

— Areia em todos os lugares. Eu sei.

Ela sorriu para mim.

— Estou impressionada, Claire. Você manda muito bem. E ensinou a Jules, certo?

Ela assentiu.

— Fez um bom trabalho. Ela também é boa.

Claire apertou minha mão.

— Vamos pegar mais uma onda?

Ela havia acabado de falar quando Jules se aproximou remando.

— Vocês viram essa? A mais longa até agora!

Sentei na prancha, e Claire me acompanhou.

— Perdemos. — Meus olhos seguiram Tyler, que descia uma onda. — Você viu o que ele acabou de fazer? Você pegou um surfista dos bons, Claire.

— Eu nem sabia que ele surfava. Só descobri depois do baile de formatura.

— E ele está saindo com a Claire, Gia — Jules comentou.

— Hum... eu sei.

— Você passou o dia todo dando mole para ele. Achei que seria bom lembrar.

— Quê?

— Jules — Claire interferiu. — Para, não foi nada.

Olhei para ela, porque "não foi nada" é bem diferente de "ela não fez isso".

— Eu nem pensei nisso, Claire, juro.

— Eu sei, Gia, você só foi simpática. Não tem importância.

Jules me olhou como quem diz "tem, sim", e eu me perguntei se elas já haviam conversado sobre isso antes. Sobre mim e o fato de eu dar mole para os garotos com quem elas saíam. E eu nunca fiz nada disso. Não de propósito.

— Vamos surfar — convidou Claire. — Essa é minha.

Sem mais nem menos, ela pegou a onda, e Jules e eu ficamos sozinhas.

— Por que você fez isso? — perguntei.

— Fiz o quê?

— Você sabe. Por que está mentindo sobre eu não te convidar para os lugares, e agora está me acusando de dar em cima dos caras que saem com as minhas amigas?

— Para de bancar a inocente e assume as coisas que faz. Você já deu em cima do Logan sabendo que a Claire estava a fim dele. Deixa o Tyler em paz.

— Eu não dei em cima...

Ela olhou para trás e pegou a onda seguinte.

Eu tentava não odiar a Jules, mas ela dificultava cada vez mais o meu esforço.

Quando saímos da água, remando sobre as pranchas até a orla, e nos despedimos do tio de Matt, vi Bec na praia com os amigos. Ah, não. Aquela era a praia mais próxima de onde nós morávamos, então não era incomum encontrar conhecidos. Dei uma olhada rápida em volta para ter certeza de que Hayden não estava com ela. Não estava. Relaxei um pouco, mas ainda temia que minhas amigas reconhecessem Bec do baile. Eu já estava na mira hoje por causa da suposta paquera com Tyler. Não precisava piorar a situação.

— Alerta de aberração — Jules falou atrás de mim.

Tentei conduzir o grupo para mais longe de Bec e dos amigos dela, mas o caminho mais curto para onde deixamos nossas coisas passava bem ao lado deles. A tentativa de desvio só fez todo mundo me ultrapassar, porque todos seguiram em linha reta. Quando me juntei ao grupo novamente, percebi que Garrett, que carregava sua prancha e a de Jules, havia reduzido a velocidade até quase parar.

— Eu não sabia que vocês podiam tomar sol — ele disse.

Jules deu risada.

Bec olhou para mim, depois para Garrett.

— Eu não sabia que você sabia falar.

Para mim seria melhor se ela não aceitasse a provocação. Isso só piorava as coisas.

Jules se adiantou um passo, como se fosse seguir em frente, mas arrastou o pé e chutou areia em cima do grupo. Todos se levantaram depressa, Bec limpando o rosto.

— Ei!

— Ops, desculpa — disse Jules, em tom sarcástico.

— Parem com isso — falei. — Deixem o pessoal em paz.

— Isso, escutem a líder — disse uma garota parada atrás de Bec, e a voz dela transbordava sarcasmo.

O comentário piorou a situação. Indicar o meu suposto status só aumentou a crueldade de Jules. Ela passou um braço em torno do meu pescoço.

— Como é evidente que vocês nunca vieram à praia, nossa líder gostaria de recitar as regras, começando pelo traje adequado. Certo, Gia?

— Não. Errado. — Eu me desvencilhei do braço dela. — Podem fazer o que quiserem.

Bec sorriu com deboche.

— Eu não sabia que você era a dona da praia, mas agradeço pela permissão para fazermos o que quisermos.

Jules encarou Bec, e, quando eu achava que ela ia responder com mais um comentário maldoso, ouvi:

— Acho que já vi você em algum lugar.

Meu coração parou quando o olhar penetrante de Bec encontrou o meu outra vez. Ela ia contar. Eu vi no jeito como os lábios pintados de cor escura se ergueram nos cantos.

— Estudamos no mesmo colégio. — Foi tudo o que ela disse.

Suspirando aliviada, agarrei o braço de Jules com uma das mãos, a outra ainda segurando a prancha alugada, e arrastei garota e prancha para longe dali. Os outros nos seguiram. Demos uns dez passos e Jules se soltou, puxando o braço com força.

— Desde quando você é boazinha com as aberrações? — ela perguntou.

— Eles não fizeram nada. Você não precisava ser tão maldosa.

— Não fui maldosa até eles comentarem que o Garrett não sabia falar.

— Foi o Garrett que começou.

— Ele só estava brincando.

Por que todos olhavam para mim como se concordassem com Jules?

— Tanto faz. Achei que a gente fosse trocar de roupa e sair.

Claire enganchou o braço no meu.

— Nós vamos. Vem.

Eu havia acabado de interromper uma briga entre os meus amigos e a turma de Bec antes que a coisa esquentasse. Isso me fez sentir uma pessoa melhor. Pena que meus amigos não estavam cientes do meu esforço.

19

Olhei para o notebook e fiquei confusa. O Facebook de um cara chamado Bradley estava na tela. Não o reconheci nem entendi por que a página estava aberta. Meu irmão havia usado o computador? Eu me aproximei da mesa para fechar a página e notei algo embaixo da foto. UCLA. Olhei novamente para a foto. Não era o meu Bradley.

Jules.

Ela usara meu computador naquela manhã. Era isso que ela estava procurando. E havia deixado a página aberta para eu ver. Mas ainda não tinha descoberto nada. A Jules estava tentando me mandar um recado, avisar que ainda desconfiava de alguma coisa? E o que estava procurando? Ela tinha encontrado algo? Por que se incomodava tanto? Saí da conta dela e entrei na minha. Abri a página do verdadeiro Bradley, e, como eu esperava, sua foto de perfil continuava sendo a de um halterofilista negro de quem era fã. Mesmo que Jules encontrasse a página, nunca ia pensar que aquele era o verdadeiro Bradley. Fechei a página e fui dar uma olhada no Twitter e na minha conta de e-mail.

O telefone fixo tocou e eu esperei meus pais atenderem, mas lembrei que eles tinham saído. Levantei e caminhei até a cozinha, mas a secretária eletrônica atendeu quando eu me aproximava do aparelho.

Uma voz começou a deixar seu recado.

— Oi, sr. e sra. Montgomery. Aqui é o professor Hammond, da UCLA. Estou ligando para falar sobre o seu filho, Drew.

Peguei o telefone e senti a ansiedade apertando meu peito.

— Alô. Pois não?

— Ah, oi. Eu estava deixando um recado.
— O Drew está bem?
— Bem? Ah, sim, claro. Sou professor dele, e só queria avisar a senhora e seu marido sobre um prêmio que o seu filho vai receber por um curta que produziu.
— Sou a irmã dele.
— Gia?

O professor do Drew sabia o meu nome? Meu coração inflou de alegria. Eu não devia estar tão orgulhosa, mas estava. Isso significava que ele havia falado de mim uma vez, pelo menos.

— Ah, que bom falar com você. Pode avisar os seus pais? E você também deve comparecer, claro. Ele vai receber o prêmio e exibir um pequeno trecho do filme em um jantar no próximo sábado. Seus pais devem ter recebido o convite pelo correio há duas semanas, mas estou ligando para as famílias dos premiados só para ter certeza de que receberam. O convite é para quatro pessoas. É uma homenagem muito especial. Tenho certeza de que ele vai gostar do apoio de vocês.

— Isso é ótimo. Obrigada por telefonar. Vou avisar os meus pais.
— De nada. Vejo vocês no sábado.

Desliguei e estava prestes a pôr o fone no gancho quando mudei de ideia. Liguei para o Drew.

— Alô.
— Oi, sou eu.
— Oi. E aí, Gia?
— Acabei de atender a ligação do seu professor. Parabéns pelo prêmio.

Ele ficou em silêncio por três segundos.

— Ah, obrigado.
— Eu vou ao jantar. — Eu tinha acabado de decidir.
— Já conversei com nossos pais sobre isso. Meu professor está transformando essa história em algo maior do que é. Não vale as três horas de viagem de jeito nenhum. Prefiro que vocês venham para o festival de cinema da universidade no mês que vem. Vou apresentar um projeto e quero que vejam.

— Não me importo de ir duas vezes.

— Gia, é sério. Vai ser chato. Eles vão exibir um trecho de três minutos, e, se somar a viagem de ida e volta e a cerimônia de premiação, que deve durar duas horas, você vai perder o dia inteiro.

A alegria de antes desapareceu.

— Tudo bem.

Ele deve ter notado a decepção na minha voz.

— Acabei de sair daí.

— Mas a gente mal se viu.

— Tenho uma proposta: na próxima vez que eu for para casa, vamos sair só nós dois.

Não consegui me lembrar da última vez em que fizemos isso.

— Combinado.

— Legal. A gente se vê no mês que vem. — Ele desligou. E estava certo. Era bobagem ir a Los Angeles por causa de três minutos sob os holofotes.

Meus pais chegaram carregando sacolas, que deixaram sobre a bancada da cozinha.

— Você está em casa — minha mãe constatou.

— Estou. Vocês foram ao supermercado?

— Passamos lá na volta para casa. — Ela tirou um litro de leite de uma sacola. — Como foi o seu dia?

— Divertido.

Meu pai bagunçou o meu cabelo.

— O cara da prancha ensinou alguma coisa boa?

— Sim. A nunca chamá-lo de cara da prancha.

Meu pai riu.

— O professor do Drew telefonou para falar sobre um prêmio que ele vai receber no sábado.

— Foi gentil da parte dele ligar.

— Vocês vão? — perguntei, mesmo depois de Drew ter dito que não.

— Nós íamos, mas o Drew falou que não vale a pena. Ele quer que a gente vá no mês que vem.

— Devíamos ir assim mesmo — opinei. — Fazer uma surpresa. Acho que ele não quer dar trabalho, só isso.

Meu pai apontou para o armário em cima da geladeira.

— Ainda tenho o convite para quatro pessoas.

— Marquei umas visitas para o sábado — minha mãe explicou enquanto guardava os legumes na geladeira.

— Ah. — Dei uma olhada para o meu pai, pensando em sugerir que fôssemos nós dois, mas ele deu de ombros como se acatasse a justificativa da minha mãe.

— Acho que devemos respeitar a vontade do Drew.

— Sim, mas ele pode ter dito isso só para não dar trabalho. Talvez queira que a gente vá.

— Não quero discutir sobre isso, Gia — minha mãe avisou.

Fiquei surpresa.

— Eu não estava discutindo.

— Nós já decidimos.

— Tudo bem — suspirei. — Vou arrumar o meu quarto.

— Obrigada — minha mãe falou quando saí da cozinha.

Mas, em vez de arrumar o quarto, fiquei sentada na cama. Meu vestido de formatura ainda estava pendurado no encosto da cadeira, provocando uma melancolia que eu não queria sentir.

Em um impulso, peguei o celular e mandei uma mensagem.

> Tentei ser uma pessoa melhor hoje, mas o mundo não cooperou.

Hayden respondeu quase que imediatamente:

> Ah, não. O que aconteceu?

Eu suspirei.

> Meu irmão ganhou um prêmio e eu queria dar uma força pra ele, mas meus pais não querem ir. E ele não quer que a gente vá mesmo.

Em vez da notificação de mensagem que eu estava esperando, meu celular começou a tocar. Eu me assustei, mas sorri ao ver o número de Hayden na tela.

— Oi.

— Que tipo de prêmio?— ele perguntou, como se já estivéssemos no meio da conversa.

— Pelo que entendi, ele produziu um curta. Meu irmão faz algumas aulas de cinema.

— Você devia ir.

— Foi o que eu falei, mas os meus pais não concordam. Minha mãe tem que trabalhar, e o meu pai aceitou a desculpa bem depressa.

— Você não precisa deles.

— Ah, aí é que está. Preciso. Não tenho carro. Cada vez que eu pedia o carro emprestado para ir visitar o Bradley, era como se eu arrancasse os dentes deles. Como a minha mãe tem que trabalhar, não vai rolar.

— Eu posso te levar.

— Por que você faria isso?

— Porque eu te devo uma e estou tentando ser uma pessoa melhor.

Eu ri.

— Você não me deve nada. Estamos quites. Se for me levar, eu fico devendo de novo.

— A Bec também iria. Ela adora essa coisa de cinema de arte — Hayden continuou como se eu nem tivesse falado nada. — Seria divertido. Uma aventura.

Puxei um fio solto na bainha do jeans.

— Não sei. Meu irmão foi bem insistente sobre não irmos.

— Provavelmente ele não quer pressionar a família. Eu odeio que as pessoas tenham trabalho comigo.

— Tem razão. Acho que ele ficaria feliz se a gente fosse. Talvez até quisesse que meus pais insistissem para ir.

— Provavelmente. Você falou que não é muito próxima dele?

— Sim.

— Isso vai servir para mostrar que ele é importante para você. Que você o apoia.

Era estranho deixar Hayden me levar em uma viagem de três horas, mas ele estava certo: seria uma boa demonstração de apoio. Lembrei da conversa que ouvi entre Hayden e Spencer. Spencer havia insinuado que Hayden era legal demais, que fazia coisas sem pensar em si mesmo. Eu esperava que essa vez não fosse um exemplo disso.

— Tem certeza?

— É claro.

— Eu pago a gasolina.

— Se você faz questão...

— Obrigada, Hayden.

— De nada, Gia.

20

— Nem vem com ideia — Bec falou quando sentei na sala de aula na manhã seguinte.

— Que ideia?

— Você e o meu irmão. Ele é bom demais para você.

— Não tenho ideia nenhuma. — Bom... algumas, talvez, mas estava tentando não alimentá-las. Se Hayden entrasse na minha vida de verdade, eu teria que dar muitas explicações. Precisaria abrir o jogo. Principalmente porque Jules não parecia disposta a abrir mão das suspeitas.

Bec piscou uma vez, franziu a testa como se ouvisse meus pensamentos, depois disse:

— Eu vou com vocês no sábado só para ficar de olho. Não estou tentando ajudar. Nada disso.

— Pensei que agora fôssemos amigas — respondi.

— Não sou amiga de quem não reconhece a minha existência em público.

— Você também não reconheceu a minha na praia.

Ela riu.

— Você me olhou como se implorasse para eu ficar de boca fechada.

— Mas isso tem a ver com o baile. Elas não podem saber que era você.

— Sei. Continua tentando se convencer disso.

— É verdade — eu quis insistir. Se as minhas amigas soubessem que foi com ela que Hayden brigou no baile, o mundo teria explodido ali na praia. Na frente de todo mundo. Eu não sabia por que precisava fazê-la acreditar nisso. Bec nem era minha amiga. Eu devia esquecer tudo e seguir em frente.

Mas não conseguia.

— Ei, eu te ajudei ontem. Eles não teriam desistido...

Ela riu novamente.

— É sério? Você acredita mesmo que praticou uma boa ação? Salvou a gente dos esnobes com quem anda. É praticamente uma santa. — E virou para a frente.

Passei o dia todo incomodada com a conversa que tive com Bec. Por isso, quando Claire e eu seguíamos para o estacionamento na hora do almoço e eu a vi, falei:

— Oi, Bec.

Ela me olhou, surpresa, balançou a cabeça e sorriu.

— *Touché*.

— O que foi isso? — Claire perguntou quando nos afastamos. — Quem era aquela?

— Era a Bec. A garota que armou o encontro com o irmão.

— Foi ela? — Claire perguntou, claramente chocada.

— Sim.

— Ela é...

— Muito legal — completei, antes que ela pudesse usar um adjetivo de que eu não gostasse.

— E agora vocês são amigas?

— Acho que ela não quer ser minha amiga.

Claire grunhiu.

— Você não está invertendo as coisas?

— Não. — A mochila estava pesada, e eu a passei para o outro ombro.

— Está tudo bem, Gia? Você parece diferente nos últimos dias. Distante...

Respirei fundo e soprei o ar com força.

— Acho que estou pensativa. Vamos nos formar, e tenho pensado muito no que realmente conquistei.

— Você é uma das garotas mais populares do colégio. Daqui a dez anos, quando as pessoas pensarem no ensino médio, vão lembrar do seu nome. Vão saber quem você era.

Como as pessoas saberiam quem eu era, se nem eu mesma sabia? Ela inclinou a cabeça na direção de Bec.

— Ela não vai nem passar pela cabeça de ninguém.

— Ser lembrada, então? É isso que importa na vida?

— Melhor que ser esquecida.

— Mas eu acho que prefiro ser lembrada por alguma coisa.

— Tipo o quê?

— Não faço a menor ideia.

Olhei para Bec, que se afastava. Muita gente do colégio não se lembraria dela daqui a dez anos, mas as que não a esqueceriam pensariam nela como alguém confiante, barulhenta e até cruel, às vezes, mas que sempre sabia exatamente o que queria.

Chegamos ao carro de Claire, onde Laney e Jules já estavam esperando.

— Onde vamos almoçar, meninas? — Jules perguntou.

Laney e Claire olharam para mim, como se a decisão fosse minha.

— Tanto faz. Podem escolher.

Claire e Laney se olharam, como se eu nunca tivesse dito isso antes. Eu tinha certeza de que elas já haviam escolhido o lugar. Mas, agora que pensava nisso, lembrei que sempre comentava estar com vontade de uma ou outra coisa. Não considerava uma exigência. Era mais uma sugestão.

— O que acham do Las Palapas? Estou com vontade de comida mexicana — tentou Jules.

Por alguma razão, o fato de Jules ter escolhido me fez querer propor outra coisa, mas não fiz isso.

— Acho legal.

Quando Claire dirigia, eu sentava no banco do passageiro. Quando Laney dirigia, Jules sentava no banco do passageiro. Era assim que funcionava, como sempre fazíamos. Contornei o carro depois que Claire destravou as portas e, quando vi Jules abrir a porta do passageiro, parei. Laney olhou para mim por cima do capô, o rosto revelando espanto.

Sorri para ela e sentei no banco de trás. Claire me olhou confusa pelo retrovisor e ligou o motor.

— Noventa e seis dias para a UCLA! — Jules gritou pela janela. Quando ela havia entrado na nossa contagem regressiva? Ela subiu o vidro e ligou o rádio. Depois começou a dançar e cantar. Claire riu e bateu no braço dela.

Mandei uma mensagem para Hayden:

> Estou sendo extremamente paciente com a minha amiga da onça. Isso conta para ser uma pessoa melhor?

> A amiga da onça que conheci?

> Sim.

> Ser uma pessoa melhor não significa aceitar abuso.

> Ela não é abusiva.

> Respeito sua opinião, mas discordo.

> Tem outro jeito de discordar?

> Muitos outros, mas acho que nesse caso é a maneira mais apropriada.

Eu ri e Laney olhou para mim.

— O cara do encontro às escuras?

Eu sorri, e ela falou:

— Acho que nunca te vi tão contente por causa de um garoto.

O comentário apagou o sorriso do meu rosto.

— O quê? É claro que eu já fiquei feliz assim com outros garotos.

— Eu sei, mas você está... Não sei. Diferente. Tem um brilho nos seus olhos.

Claire provocou:

— Está radiante, Gia?

— O quê? Não. Eu mal conheço o cara. Ele disse uma coisa engraçada, só isso. — Guardei o celular. Claro que não ia deixar um garoto me afetar desse jeito. Especialmente Hayden. Nossa história era complicada demais para virar alguma coisa real.

— Você ainda não disse como ele se chama — Claire comentou.

Tinha sido tão difícil descobrir o nome dele que eu me sentia meio protetora. Não queria revelá-lo, mas sabia que era ridículo não dizer.

— Hayden.

— Hayden? — Jules repetiu. Não sei se em um tom meio de desprezo, porque ela sempre usava esse tom, então era difícil saber quando ela realmente se sentia assim.

— Sim. Hayden — confirmei. — Eu gosto desse nome.

— Eu também — disse Claire.

Ela parou no estacionamento, e fiquei feliz por sair do carro. Havia sempre toda essa tensão quando eu estava com as minhas amigas?

Esperei a semana chegar à metade para conversar com meus pais sobre ir à UCLA de carro com Hayden e Bec, mas sabia que não podia mais adiar a conversa. O jeito como minha mãe falou — "já decidimos" — na última vez em que tocamos no assunto me deixava sem coragem. Era raro eu brigar com meus pais. Normalmente eu concordava com eles. Quanto mais pensava nisso, mais me dava conta de que era raro eu brigar com alguém. Eu não gostava de brigar. Discordava muito das pessoas em pensamento, mas raramente em voz alta.

Dessa vez, porém, eu não podia evitar o confronto. Precisava da permissão deles. E pensar em uma possível discussão com meus pais fazia meu estômago ferver.

Estávamos sentados à mesa, jantando frango assado comprado pronto. Mau sinal. Significava que minha mãe tinha trabalhado o dia inteiro e não teve tempo de cozinhar. Quando trabalhava o dia todo, ela ficava de mau humor.

— Está muito bom — comentei, soltando a carne do osso com o garfo e sentindo o estômago apertado demais para comer.

— Que bom que gostou — minha mãe respondeu.

— Como foi o trabalho?

— Passei o dia inteiro com um casal e eles ainda não decidiram.

— Comprar uma casa é uma decisão importante — meu pai comentou. Minha mãe o encarou, e ele acrescentou: — Mas eles deviam ter pesquisado antes.

— Sim, deviam.

Esperei meu pai defender o casal com outro argumento, mas ele não falou mais nada. Seguiu o script. Os dois sempre seguiam o script. Abri a boca e quase falei: "Mas o seu trabalho é mostrar casas para as pessoas". As palavras estavam tão perto de sair que tive que engolir em seco. Não era hora de falar alguma coisa estúpida. Eu queria ir a um lugar no fim de semana. Precisava da permissão deles.

— Então... estive pensando. Sei que vocês dois não podem ir à cerimônia de premiação do Drew, mas eu queria ir.

— Sozinha? — meu pai perguntou.

— Lembra dos meus amigos que você conheceu na outra noite? A menina com quem eu fui estudar e o irmão dela? Eles se ofereceram para ir comigo.

Meus pais se olharam, como se pudessem conversar por telepatia e estivessem discutindo a resposta. Minha mãe falou primeiro.

— Tínhamos decidido fazer a vontade do Drew, não?

— Acho que o Drew só não quer dar trabalho. E vocês não precisam ir. Seria só eu.

— E os seus amigos que nós não conhecemos direito.

— Podem falar com os pais deles. Acho que vocês vão gostar da mãe. Ela é muito legal. — Peguei o celular. — Vou mandar uma mensagem para o Hayden pedindo o número da casa dele.

— Gia, nós ainda não decidimos nada.
— Eu sei, mas isso vai ajudar vocês a decidir.

> Ei, pode me dar o telefone da sua mãe?

> Minha mãe já é comprometida, mas eu entendo seu interesse.

> Engraçadinho. É para o fim de semana. Meus pais precisam de um incentivo para concordar.

> Minha mãe é boa nisso.

Ele mandou o número e eu levantei a cabeça devagar. Demorei um pouco para perceber que estava sorrindo como uma idiota. Deixei o sorriso desaparecer.

— Já tenho o número. Pensem no assunto.
— Não quero discutir por causa disso — minha mãe respondeu.
— Não estamos discutindo, mãe. Só conversando. — Naquele instante eu entendi o Drew mais do que nunca. Sempre pensei que ele gostasse de criar confusão, mas talvez meu irmão só quisesse expressar uma opinião diferente. E talvez fosse a hora de eu começar a expressar a minha.

21

Enquanto eu esperava na cozinha, olhando pela janela a todo instante para ver se Hayden já havia chegado, eu me sentia mais feliz do que me sentira a semana inteira. O convite para a cerimônia de premiação de Drew estava na minha mão.

Minha mãe entrou toda arrumada, usando o que eu chamava de roupa de corretora, que hoje eram blazer vermelho e saia lápis preta.

— Ainda não me sinto confortável. Não conheço bem esses garotos, e o seu irmão nem sabe que você vai.

— Mãe, é surpresa. Por favor, não conte ao Drew. E você conversou com os pais do Hayden. Pensei que estivesse tudo bem.

— Estava. Agora estou incomodada outra vez.

— Você pode conhecer o Hayden quando ele chegar. Vai se sentir melhor.

Ela olhou para o relógio, provavelmente calculando se tinha tempo para isso. Quando eu estava prestes a perguntar a que horas ela teria que sair, ouvimos a campainha. Minha mãe abriu a porta, comigo bem atrás. Quase desejei que Bec tivesse ficado no carro, porque o efeito calmante que Hayden poderia ter sobre a minha mãe, com aquele cabelo infantil caindo sobre a testa e o sorriso afável, foi, provavelmente, revertido pela ansiedade que Bec parecia produzir nela.

Hayden estendeu a mão.

— Oi. Sra. Montgomery? Eu sou o Hayden.

— Oi, Hayden.

— Oi, sra. M. É bom te ver de novo — Bec cumprimentou.

— Oi. Eu só... — A cabeça da minha mãe ia explodir, eu sabia. A boa educação lutava com a preocupação.

— Mãe, vai dar tudo certo. Obrigada por me deixar ir. Eu telefono assim que chegar lá e assim que entrarmos no carro pra voltar pra casa.

Ela juntou as mãos em um gesto aflito, e Hayden sorriu para ela. Isso a fez soltar o ar e assentir.

Eu a abracei antes que ela mudasse de ideia, passei por ela e saí.

— Obrigada, mãe.

— Comporte-se. Amo você.

Bec sentou no banco do passageiro, como se quisesse me mostrar qual era o meu lugar, e eu sentei no banco de trás.

Hayden engatou a ré.

— Sua mãe não confia na gente?

Revirei os olhos.

— Minha mãe não confia em ninguém que não conhece, mas nunca diz não na frente dos meus amigos. Ela não quer que as pessoas pensem que as coisas em casa são menos que perfeitas.

Bec riu.

— Bom saber que você encontrou um jeito de manipular a sua mãe.

— Eu chamo de orientação criativa.

Hayden entrou na avenida principal.

— Como foi a semana?

— Tudo bem. E a sua?

— Longa.

Tentei interpretar essa única palavra.

— Muita coisa no colégio?

— Não, pelo contrário. Foi uma semana realmente lenta. Estamos nos preparando para as provas finais, tem muita revisão.

— Entendi. Nós também.

— Vocês dois são tão chatos — disse Bec. — Acho que eu devia ter ido no banco de trás. — E pôs os fones de ouvido.

— Ela tem bem pouco do meu pai — Hayden comentou.

Eu ri.

— E aí, que comida você acha que não pode faltar em uma viagem de carro? — ele perguntou, parando na mesma loja de conveniência onde falei com Bec no outro dia.

— Não sei se tenho alguma coisa indispensável.

Ele abriu a porta.

— Nesse caso, é melhor acharmos alguma coisa para você.

— Quero amendoim e chocolate — Bec falou alto, sem se dar conta de que a ouvíamos bem. — E o Nate gosta de alcaçuz.

Hayden tirou um fone do ouvido dela.

— Não sou seu empregado, e pensei que o Nate não iria.

O comentário arrancou um suspiro de Bec.

— Ele acabou de me mandar uma mensagem. Decidiu ir.

Achei que ela fosse sair do carro para ir com a gente, mas não foi o que aconteceu.

— A Bec não vai entrar? — perguntei.

— Não. Ela sabe que eu vou me sentir culpado e comprar as coisas que ela pediu.

Eu ri.

— Ela condicionou você, então?

— Exatamente. — Hayden abriu a porta para mim e um sininho anunciou nossa entrada na loja.

— O Nate também vai?

— Algum problema?

— É claro que não. Você é o motorista. E o convite é para quatro pessoas, tudo certo.

— Ah, é verdade. Esqueci que precisamos de convite. Ainda bem que o seu é para quatro. — Ele me levou ao corredor de doces. — Tudo bem, um doce é indispensável. — E pegou um pacote de M&M'S. — Mas tem que vir depois de alguma coisa salgada. — Ele pegou um pacote de pretzels. — E preciso de cafeína, claro. — Ele se aproximou da geladeira e pegou um refrigerante. — E aí está a combinação perfeita para uma viagem de carro.

— Você viaja muito de carro?

— Nós viajamos muito. Teve um verão em que a minha mãe obrigou a gente a passar três semanas rodando pelos Estados Unidos em um trailer. Foi uma tortura.

— Como assim?

— Você ouviu o que eu disse? Três semanas em um trailer.

— Eu acho divertido.

— É porque você nunca passou três semanas em um trailer. É como morar empilhado. Às vezes eu tinha a impressão de que estava assim com Bec. — E deu dois passos na minha direção, colando o peito ao meu ombro. Senti o cheiro do perfume que ele usava e quase fechei os olhos, porque era muito bom.

— Não é tão ruim — falei, olhando para ele.

Hayden sorriu.

— Bom, foi ruim. — E passou um braço por trás das minhas costas para pegar uma embalagem de Cheetos na prateleira. Segurou o pacote entre nós. — Este é o seu salgado. É gostoso.

Torci o nariz.

— Não gosto de Cheetos.

Finalmente ele recuou um passo, e eu voltei a respirar.

— Que comida te inspiraria a escrever uma carta para o fabricante?

Olhei para os pacotes coloridos organizados nas prateleiras do corredor. Ou não havia experimentado muita coisa industrializada, ou não me inspirava facilmente, porque nada parecia bom.

— Nada? — ele perguntou. — Exigente. Vamos fazer um exercício de visualização. Fazemos nas aulas de teatro de vez em quando.

Eu fazia visualizações antes de apresentar trabalhos no colégio. Imaginava exatamente o que eu queria dizer e como ia dizer. Mas não ia fazer isso no corredor de salgadinhos de uma loja de conveniência.

— Tudo bem, vou escolher aqui... — E peguei a primeira coisa que minha mão tocou.

Hayden ergueu as sobrancelhas.

— Banana desidratada?

— É.

— Tudo bem. E o doce?

— Só isso é suficiente. Já é doce e salgado.

— Você precisa de duas coisas.

— O Nate só tem uma — falei, apontando o alcaçuz que já estava na mão de Hayden.

— Não sou responsável pelo Nate.

Ergui uma sobrancelha.

— Mas é responsável por mim?

— Hoje sou, e acho que você não está entendendo a importância do lanchinho para a viagem de carro. Fecha os olhos.

Duas crianças entraram no corredor onde estávamos, rindo e procurando alguma coisa nas prateleiras.

— Não se preocupa com eles, fecha os olhos.

Suspirei e obedeci.

— Imagina que estamos dirigindo, erramos o caminho e nos perdemos em uma floresta fechada.

— Tem uma floresta no caminho para a UCLA?

— Shhh. — Ele tocou minha boca com um dedo, e eu não contive o riso. — Estamos visualizando, Gia, visualizando.

— Certo. Floresta — falei com dificuldade, apesar do dedo.

Ele mudou a mão de lugar, segurou meu ombro, e eu não sabia se estava mais perto de mim, mas tive a impressão de que a voz era mais baixa e, ao mais tempo, mais próxima.

— Ficamos sem gasolina tentando encontrar o caminho e acabamos presos na floresta por três dias. Eu, que sou forte e corajoso, decido sair do carro e ir procurar ajuda.

— Isso é o começo de todos os filmes de terror.

— Metade de mais um dia passa, e você está faminta. Pega a sacola e encontra...

— Se foram três dias, eu não encontro nada. Já comi tudo.

Ouvi o sorriso na voz dele quando disse:

— Sobrou uma coisa só.

— Seu pacote de M&M'S. Você esteve ocupado demais sendo forte e corajoso para lembrar de levar os M&M'S quando saiu do carro. E é o que eu vou comer.

Ele pegou o pacote de banana desidratada da minha mão, e eu abri os olhos.

— Banana desidratada e mais um pacote de M&M'S — Hayden decidiu. — É isso. Você não vai roubar os meus.

— Joguinho divertido — falei atrás dele a caminho do caixa.

Quando chegamos ao carro, Bec havia passado para o banco de trás, provavelmente porque agora o namorado dela também iria.

— Gente chata na frente. — Ela estava toda esparramada. — Cadê a comida?

— Eu disse que não sou seu empregado. Não trouxe nada pra você.

Bec não disse nada. Só estendeu a mão aberta entre os dois bancos. Hayden balançou a cabeça e entregou as coisas que ela havia pedido.

— Um dia você vai ficar sem comida.

— Um dia vou entrar na equipe das líderes de torcida e o meu apelido vai ser Becky.

— Isso não aconteceu no ano passado?

— Ah, é. Acho que a comparação não foi boa, então.

— Você foi líder de torcida? — perguntei, sem saber se eles estavam brincando ou não.

— Ela foi. E das boas.

Lembrei que Hayden havia comentado na festa que Bec gostava de fazer tipo para manter as pessoas afastadas. Ser líder de torcida era outro exemplo disso?

— Das boas? — Ela olhou para mim. — Por que a cara de espanto, sra. Presidente? Eu também já fui popular.

— Espera — Hayden interrompeu. — Você é a presidente do conselho estudantil?

Bec fingiu surpresa.

— Ah, não, o serviço secreto tinha que vir? Isso é uma falha de segurança?

Hayden ignorou a irmã.

— Você disse que era do conselho estudantil, só isso.

— É verdade. Sou a presidente do conselho estudantil.

135

— Para conseguir bolsa ou porque gosta de liderar?

— As duas coisas, acho.

— É uma conquista muito importante, Gia. Parabéns.

Dei de ombros com a sensação de que ele exagerava a importância disso tudo.

— É, acho que sim.

— Não, ele tem razão — disse Bec, me surpreendendo pela segunda vez naquele dia. — Muita gente se esforça para chegar aonde você chegou. E isso faz de você a popular entre os populares.

— Eu era o nome que mais gente conhecia, só isso. Acho que tive vinte por cento dos votos apenas. O resto ficou dividido entre os outros dois candidatos, Mickey Mouse, Elvis e uma centena de variações de nomes famosos.

— Qual foi a sua estratégia de campanha? Prometeu almoço fora do campus para todos? Fim da educação física?

— Basicamente, passei muito tempo socializando com um monte de gente pela internet, pessoas que eu nem conhecia, e assim gravei o meu nome na cabeça delas.

— Esperta.

— Deixa eu ver se entendi — disse Bec. — Você usou as pessoas para conseguir o que queria? E deu unfollow em toda essa gente depois de se eleger?

— Não. Não dei.

— Mas parou de falar com elas, provavelmente.

Bec tinha um jeito muito especial de me fazer sentir a pior pessoa do planeta. Era um talento, um dom.

— Bec, para de ser intragável.

Fiquei feliz quando Hayden interrompeu, porque não queria ter que explicar que respondia quando as pessoas me chamavam, mas nunca chamava ninguém.

Entramos em um bairro mais antigo e seguimos para uma casa velha. Bec pulou do carro e correu para a porta, ajeitando o cabelo antes de bater.

— Ela é maluca por esse garoto.

— É compreensível, considerando que o cara é namorado dela.

— Não é. Ela quer que seja. Talvez você possa ajudar a Bec com isso.

— Hum. Eu podia jurar que eles estavam juntos. — Vi Nate sair e trancar a porta da casa. O espaço entre ele e Bec quando se aproximaram do carro era mais aparente agora. Eu não havia notado antes.

— Oi, Nate — Hayden cumprimentou quando eles entraram no carro.

— Oi — eu disse.

— Oi.

Assim que as portas foram fechadas, Hayden voltou ao roteiro da viagem.

— Eu trouxe seu alcaçuz — disse Bec.

Hayden levantou a mão.

— Na verdade, *eu* trouxe seu alcaçuz.

Bec bateu na cabeça dele com o pacote antes de entregá-lo a Nate.

— Legal — ele disse e abriu a embalagem imediatamente.

Hayden apontou a sacola da loja de conveniência perto dos meus pés.

— Pronta para ser copiloto?

— Não sei o que isso significa.

— Significa que tem que abrir os meus pacotes de comida.

— Tenho que te alimentar também?

— Eca. Não — Bec reagiu.

Hayden sorriu.

— Acho que consigo cuidar dessa parte.

Abri os pacotes e os coloquei no console.

— Agora vamos fazer brincadeiras de viagem de carro.

Bec gemeu.

— Hayden, foi por isso que as três semanas no trailer foram insuportáveis.

— Não. Foram insuportáveis porque nós tínhamos que jogar o nosso próprio lixo fora e dormir em beliches.

Ela sorriu.

— Verdade. Mas as suas brincadeirinhas ficaram em terceiro lugar.

— É, as minhas brincadeiras. — Ele pôs um pretzel na boca. — E aí? Espião ou Você Prefere? São as opções. Bom, nós também podemos brincar de Vinte Perguntas, já que a Gia perdeu feio na última vez que jogamos.

— Ei.

Ele riu.

— Tem razão. Preciso de uma revanche. Sou muito boa nesse jogo.

— Prove — ele desafiou.

— Vou provar. — Abri a embalagem de banana desidratada. — Pensa em alguma coisa.

— Você não vai comer isso de verdade, vai?

— Por que não comeria? Vai, pensa em alguma coisa.

Ele bateu com os polegares no volante algumas vezes, depois disse:

— Pensei.

Eu me virei para Nate e Bec.

— Vamos fazer perguntas sobre o que ele pensou. Quem adivinhar primeiro ganha. Se não descobrirmos com vinte perguntas, ele ganha.

— Não vou entrar nessa sua brincadeira idiota — Bec reagiu.

— Vamos jogar — disse Nate.

— Tudo bem — Bec concordou sem discutir.

— Eu começo — avisei. — É maior que uma caixa de pão?

Hayden abriu e fechou a boca.

— Sério? Essa é a sua primeira pergunta? As pessoas ainda usam caixas de pão? Você tem oitenta anos?

— Eu brinco com os meus pais. A pergunta é muito inteligente. Porque, se a resposta for não, eu posso eliminar uma pessoa ou um lugar sem desperdiçar duas perguntas. Se for sim, elimino insetos, roedores e tudo que pode caber em uma mochila sem ter que fazer várias perguntas.

— Era isso que você devia ter perguntado. É maior que uma mochila?

— Não critique as minhas perguntas. Eu tenho uma estratégia.

Ele abaixou um pouco a cabeça.

— Eu não sabia que tinha jogado com a mestre da última vez. Mas devia ter percebido, considerando a quantidade de perguntas que você fez sobre um nome.

— E aí? É maior que uma caixa de pão?
— Que tamanho de caixa de pão?
— Eu pergunto, você responde.
Ele sorriu.
— Sim, é maior que uma caixa de pão.
Nate foi o próximo a perguntar.
— É um macaco?
Bec bateu com o dorso da mão no peito dele.
— Você não pode chutar sem ter mais pistas.
— Eu quis arriscar. Faz parte da minha estratégia.
— Que estratégia é essa? A mais idiota de todas?
Hayden me olhou e moveu os lábios sem emitir nenhum som: "Viu? Ela precisa de ajuda".
Eu ri.
— Não, não é um macaco — Hayden respondeu. — Sua vez, Bec.
— Tem sangue frio? — Bec olhou para mim como se insinuasse alguma coisa além da pergunta.
Hayden pareceu pensar na resposta, porque lhe lançou um olhar demorado.
— Não.
Tive a sensação de que o dia poderia não ser tão divertido quanto eu esperava.

22

— Não acredito que vocês levaram três horas para fazer dezesseis perguntas. Três horas.
— Culpa da Gia. As perguntas mais longas foram as dela — Bec declarou.
Eu ri.
— Se você não analisasse cada uma das minhas perguntas, Hayden, eu não teria demorado tanto. E ainda temos mais quatro.
Ele entrou no estacionamento da universidade.
— Tenho a sensação de que vou ter que mudar minha resposta para alguma coisa mais empolgante, depois de tanta expectativa. Como na última vez.
— Espera. Você está dizendo que o seu nome não é Hayden?
Ele bateu de leve no meu braço com a mão fechada.
— Não, só que construímos uma expectativa enorme na última vez, e eu tive a sensação de que precisava mudar meu nome.
— Você não pode mudar a resposta. Isso é trapaça. Mas vamos parar o jogo, porque já chegamos.
— Ah, que bom, mais expectativa. — Ele parou em uma vaga e desligou o motor.
Olhei para os prédios grandes à nossa frente. Descemos do carro, e Hayden o trancou.
— Estou animada para surpreender o meu irmão. Nunca fiz nada parecido.
Ele colocou algumas moedas no parquímetro.

— Ele vai adorar, tenho certeza.

— Ou vai ficar irritado. Uma coisa ou outra — Bec opinou, com um sorriso de provocação.

Hayden a imobilizou com uma gravata, e ela gritou de um jeito que nunca imaginei que pudesse.

— Que é isso, Bec? Irritado? Como é que pode dois irmãos se irritarem? — Ele a soltou, e ela deu um soco em seu peito. Hayden permaneceu entre nós enquanto andávamos, e Nate ficou do outro lado de Bec. Depois de um minuto, Hayden apoiou um braço nos ombros de Bec e o outro sobre os meus. Ah, que bom, entrei na categoria "irmã".

Peguei o convite para ver o nome do prédio onde aconteceria a cerimônia: Macgowan Hall. Eu havia estado naquele campus algumas vezes, duas por causa do Drew, duas para visitar Bradley, mas não lembrava onde ficavam todas as coisas. Paramos na frente de um mapa do campus.

Vi imediatamente o café onde conheci Bradley. Esperava sentir alguma coisa, a perda, saudade, mas não havia nada.

— Deve ser no departamento de teatro e cinema, certo? — O dedo de Hayden tocou, no mapa, o prédio ao lado daquele para o qual eu estava olhando.

— Já veio aqui antes?

— Não, mas tenho pensado em me transferir para cá. O programa do curso de teatro é incrível.

Por isso ele quis vir? Para conhecer o campus, encontrar motivação?

— Você devia começar o curso aqui, então — sugeri. Seria divertido ter Hayden na UCLA comigo.

— Preciso fazer as matérias básicas em algum lugar mais barato.

— É, nem todo mundo tem bolsa — Bec comentou.

Como ela sabia disso? Bec pesquisou sobre mim?

— Você tem bolsa para a UCLA? — Hayden perguntou. — A cada minuto que passa aprendo mais sobre você.

— Preciso tirar uma foto — falei, em parte para mudar de assunto, em parte porque tive uma ideia. — Fiquem ao lado do mapa do campus.

Hayden ameaçou protestar, mas dei um empurrãozinho nele.

— Vai logo.

Recuei vários passos e peguei o celular.

— Tudo bem, hum, Nate, chega um pouco mais perto da Bec. Isso, melhor. Um pouco mais perto, na verdade. Muito bom. Agora abraça a Bec, como o Hayden está fazendo. Vai ficar mais legal. — O rosto de Bec ficou um pouco corado, e a cara aborrecida de Hayden virou um sorriso. — Digam UCLA.

Depois de comer alguma coisa, chegamos ao teatro com uns dez minutos de antecedência, mas não vi meu irmão em lugar nenhum.

— Ligo para ele?

— Seria divertido se ele te visse na plateia — opinou Bec. — A gente pode falar com ele depois.

— É, boa ideia. — A ideia era boa porque eu estava nervosa. Ele havia pedido para eu não vir, e eu tinha medo de estragar a noite especial do meu irmão com a minha presença. Ignorei o receio. Ele ia ficar feliz. Eu ficaria, no lugar dele, se o visse na plateia no dia do meu discurso de campanha, ou em uma das várias vezes em que tive que discursar diante do colégio.

Alguns minutos antes das seis, as luzes foram apagadas e um telão se acendeu no palco. Eu ainda estava tentando localizar meu irmão, que agora imaginava estar sentado na primeira fila. Mas a parte de trás de sua cabeça parecia tanto com a de tantas outras: cabelo preto na metade da gola da camisa. Quando o relógio do meu celular marcou seis horas, um homem alto ocupou o pódio no palco e bateu com o dedo no microfone algumas vezes.

— Olá, amigos, familiares e, é claro, alunos do curso de cinema. É um prazer ver todos aqui. Sou o dr. Hammond, chefe do departamento de cinema. Bem-vindos à nossa cerimônia de premiação de fim de ano, na qual destacamos as melhores produções do período letivo. Sei que o tempo de vocês é valioso, então vamos direto ao ponto.

Meu irmão estava certo: a cerimônia era lenta. Um trecho de cada filme era exibido depois do anúncio do prêmio que ele havia recebido.

Eram trechos curtos demais para entender o filme, mas longos o suficiente para a cerimônia se tornar arrastada. Peguei o celular e mandei uma mensagem para Hayden.

> Serve para uma competição esportiva?

Era minha vez de perguntar, e eu tinha certeza de que reduzia suas possibilidades de resposta no Vinte Perguntas a poucas opções. Não era uma pessoa, não era um lugar, não respirava. Podia ser carregado.

Um segundo depois, o celular dele vibrou e ele sorriu ao pegar o aparelho e ler minha pergunta.

Seus dedos se moveram sobre a tela digitando por mais tempo do que o necessário para um simples sim ou não. Apertei de leve seu joelho, e ele riu. É claro que, quando a resposta chegou, era uma análise da minha pergunta.

> Competição esportiva é uma expressão muito ampla. Está pensando só em uma competição? Ou quer saber se um dos usos pode ser em uma competição esportiva?

> As pessoas gostam de jogar com você? Ou é uma coisa que só acontece uma vez, e aí elas aprendem a lição?

> Essa é uma das suas perguntas? Porque, nesse caso, seriam dezoito. E, como essa é a segunda vez que joga comigo, é você quem tem que me dizer.

Bec me deu uma cotovelada, e eu levantei a cabeça a tempo de ver o nome do meu irmão no telão com o título de sua produção: *Reprogramando uma geração*.

— O projeto a seguir — disse o dr. Hammond — é um dos meus favoritos. A visão e a perspectiva trazidas por Drew são brutas, honestas e reais. Por causa disso, além do prêmio pelo processo de documentação, Drew ganhou o maior prêmio do ano: melhor filme. Parabéns, Drew! Eu queria exibir o filme todo hoje, porque há muito para mostrar, mas não será possível. Sendo assim, vamos ver um trecho e depois, por favor, venha receber seu prêmio.

Na tela, o nome de meu irmão e o título do filme desapareceram, substituídos pela imagem do campus da UCLA. Os alunos seguiam para as salas de aula, os corredores estavam cheios e a câmera focalizava pessoas com seus celulares. Reconheci imediatamente o local da cena seguinte: nossa casa. Ouvi a voz de Drew.

— Como o valor pessoal é medido hoje? Pela quantidade de curtidas em um post, pelo número de amigos que temos em uma rede, pela soma de retuítes que acumulamos? Pelo menos sabemos o que realmente pensamos antes de postar nossos pensamentos e deixar outras pessoas nos dizerem se eles são importantes ou não? — Enquanto ele falava, a câmera se movia lentamente pelo corredor. Meu rosto estava dormente, porque eu sabia para onde ele ia. Eu me lembrava daquela câmera na frente de seu rosto todas as vezes que ele foi para casa no último ano.
— Gi, o que está fazendo? — ele perguntou.

Eu estava sentada no sofá com o celular na mão. Ele repetiu a pergunta. O que ele não mostrava no filme era que havia repetido a mesma pergunta quatro vezes, e eu havia respondido a todas elas. Agora ele mostrava a única vez em que o ignorei, porque ele tinha ultrapassado oficialmente o estágio irritante.

— Gi, o que está fazendo?

Finalmente levantei a cabeça na tela.

— Estou postando nossa foto no Instagram.

— Quantas curtidas?

Minha versão na tela sorriu, e minha versão real abaixou a cabeça.

— Só quinze. Se não tiver mais, eu deleto.

Drew deu risada.

— Vou transformar isso em vídeo para uma aula. Tudo bem?
— Tipo um Vine, ou alguma coisa assim?
— Não, é para um projeto.
— Não consigo pensar em um vídeo mais chato.

A plateia riu.

Bec resmungou do meu lado.

— Meu cérebro está vivendo outro momento de imaturidade.
— O meu também — Hayden falou e afagou meu braço.
— Tudo bem — cochichei, tentando ficar bem de verdade.

A exibição prosseguiu, e eu queria muito que ela chegasse ao fim. Agora era só Drew, o que era melhor, andando pelo corredor novamente no mesmo dia, um pouco mais tarde.

— Se eu postasse a foto de uma árvore que vi caída na floresta e ninguém curtisse, eu ia começar a duvidar de que realmente aconteceu?

— Muito original — Bec resmungou.

Agora Drew estava na cozinha, e minha mãe estava usando o computador para, provavelmente, pesquisar sobre o mercado imobiliário, enquanto meu pai olhava para o celular, talvez jogando alguma coisa para relaxar. Drew segurou o próprio telefone diante da câmera, mostrando uma mensagem da minha mãe:

> Desce para jantar.

— Você me mandou uma mensagem para eu vir jantar, mãe?

Ela levantou a cabeça e sorriu desconfortável para a câmera.

— Sim, está pronto. Vai chamar a sua irmã.

Eu não queria que ele fosse, porque sabia o que aconteceria a seguir. Eu esperava que o tempo de exibição acabasse e que, como nos outros filmes que vimos esta noite, a projeção fosse interrompida no meio da cena. Mas não tive essa sorte. Apareci na tela, dessa vez no meu quarto.

— Jantar, Gi — Drew avisou. Dessa vez eu estava na frente do meu laptop. Antes eu tinha feito a lição de casa, mas isso ele não mostrou.

— Quantas curtidas agora?

— Quarenta curtidas, cinco retuítes.

— Então isso significa que é bom.

— É. — Fechei o laptop e levantei sorrindo para ele e para a câmera. — O seu rosto agrada, eu acho. Quem diria.

— Que bom que os seus amigos avisaram, ou a gente nunca saberia.

Eu sabia que era sarcasmo, e respondi de um jeito igualmente sarcástico.

— Verdade.

Mas isso só reforçou o que o filme tentava mostrar. A tela ficou escura. Drew subiu ao palco e se dirigu ao palanque. Ele exibia um sorriso confiante.

— Obrigado por essa grande honra — disse, segurando a plaquinha que o professor lhe entregou. — Espero que meus amigos estejam tuitando sobre isto, ou não terá acontecido, certo? — Ele apontou para duas pessoas na primeira fila, e a plateia riu. — Eu também queria que um trecho maior do filme fosse exibido esta noite, porque no fim eu mostro o lado mais sombrio desse vício, da necessidade de aprovação. E, muitas vezes, as pessoas de quem esperamos aprovação são totalmente desconhecidas. Não importa quem está dizendo que gosta de alguma coisa. O que importa é a quantidade de gente que diz isso. Se eu tiver cem curtidas por isto mais tarde no Instagram, saberei que é especial. — Ele segurou a placa. — Se eu tiver só duas, é porque não tem valor nenhum. O que esse vício está criando? É tarde demais para desfazer o estrago?

Escorreguei na cadeira, detestando ser a protagonista da perspectiva debochada que meu irmão exibia da sociedade. Senti Bec e Hayden me olhando, mas agora eu estava concentrada no veludo vermelho da cadeira na minha frente.

O professor de Drew voltou ao palco.

— Obrigado, Drew. E a boa notícia é que, se quiserem ver esse filme ou qualquer outro dos exibidos esta noite, podem visitar este site. — O endereço apareceu no telão. Eu não queria ver o filme de Drew, mas memorizei o endereço mesmo assim.

Quando as luzes do teatro foram acesas, eu pulei.

Hayden tocou meu ombro.

— O que quer fazer? Quer falar com ele?

— Eu quero socar a cara dele — disse Bec.

— Bec, isso não tem a ver com você — Hayden lembrou.

Nate levantou a mão.

— Também quero socar a cara dele.

— Ele editou muito as imagens.

— Não precisa explicar, Gia.

Por isso Drew não queria que a gente viesse, e eu não devia ter vindo.

— Tudo bem. — Levantei e olhei para Drew lá embaixo, cercado de amigos e com o professor.

Uma estudante atrás de mim disse:

— Ei, você é a menina do filme. E ficou mexendo no celular durante a cerimônia. Que ironia.

Eu me encolhi, e Bec olhou feio para a garota.

Forcei um sorriso.

— Quero ir para casa — falei para Hayden. — Converso com ele amanhã, quando Drew estiver menos ocupado.

— Eu posso ir falar agora, enquanto ele está cercado de gente cuja opinião considera importante?

Bec deu um empurrãozinho no ombro do irmão.

— Sim. Pode.

— Não. Só quero ir para casa — repeti.

Saímos do teatro lotado e do campus, e só então eu respirei fundo. Hayden, Bec e Nate estavam quietos demais. Eu queria que eles falassem e agissem como se tudo estivesse normal. Se fingíssemos que nada daquilo havia acontecido, seria muito mais fácil.

Quando chegamos ao carro, eu me acomodei no banco. A primeira coisa que pensei em fazer foi pegar o celular e me distrair, esquecer a realidade do que havia acabado de acontecer, mas não consegui. Não com a minha imagem fazendo exatamente a mesma coisa ainda tão nítida na minha cabeça.

Hayden deu partida e saiu do estacionamento.

— Se serve de consolo, não acho que ele falou especificamente de você. Foi só um exemplo para ilustrar o que ele queria provar. Ele disse que o problema é de uma geração. Não é um problema específico seu.

Assenti.

Bec bateu no braço dele.

— Isso não é consolo. Ele é irmão dela, não devia ter feito isso. Ponto.

— Eu sei — Hayden concordou.

— O problema não é esse — falei, e minha voz era tão baixa que não sei se me ouviram.

— Qual é?

— O problema é que é verdade. Eu sou aquela pessoa.

Eu me importava com o que os outros pensavam sobre mim. Apagava fotos ou tuítes que não tinham muitas curtidas. Media meu valor nesses termos. Devia ser a garota mais superficial da face da Terra, e só agora eu descobria isso.

— Todos nós somos aquela pessoa, Gia. Por isso ele ganhou o prêmio. Todo mundo se identifica.

Talvez Hayden estivesse certo, mas, por alguma razão, eu sentia que aquilo se aplicava mais a mim. Apoiei a cabeça no vidro do carro e fechei os olhos.

B

Quando abri os olhos, o carro estava parado. Luzes brilhantes me fizeram piscar algumas vezes. Endireitei as costas e me espreguicei.

Bec pigarreou.

— Acordou.

— Cadê o Hayden?

Ela apontou para a janela, e vi Hayden e Nate em pé ao lado de uma bomba de combustível.

— Ah. Combustível. — Alcancei minha bolsa no chão para pegar a carteira. Tirei dela duas notas de vinte dólares e as enfiei no porta-copos no console.

Bec olhou para o dinheiro por um instante e disse:

— Vou falar uma coisa, e só vou falar porque estou com pena de você depois do que aconteceu hoje, mas também porque é verdade.

— Tudo bem — eu disse e me coloquei em estado de alerta. Não era o tipo de declaração que resultava em algo bom de ouvir.

— Você disse que estava chateada porque era aquela pessoa, o tipo que seu irmão criticou naquele filme idiota.

— Sim.

— E é verdade. Você era aquela pessoa.

— Obrigada, Bec.

— Eu disse "era". Não é mais.

Entendi o que ela estava tentando dizer, e percebi que sua intenção era me animar, mas eu sabia que não era bem assim. Eu não era menos superficial hoje do que seis meses atrás, quando meu irmão me filmou.

Ela deve ter sentido que eu não acreditava nisso, porque continuou:

— Ultimamente, você parece estar se esforçando para melhorar. Me cumprimentou no colégio na frente das suas amigas. Ajudou meu irmão com a Eve. E nós estamos juntas há oito horas e eu ainda não quis te estrangular. Isso deve significar alguma coisa.

Eu ri. A relação das minhas supostas boas ações era muito curta.

Hayden se sentou diante do volante e os olhos dele encontraram os meus.

— Tudo bem?

— Sim. — Era a terceira vez que eu repetia isso, e a terceira vez que mentia. Apontei para o porta-copos. — Obrigada.

Ele olhou para o dinheiro.

— Pra que isso?

Forcei um sorriso.

— Pela diversão.

Nate e Hayden sorriram, mas também parecia forçado.

Meu telefone tocou e eu me assustei, lembrando no mesmo instante que não tinha ligado para minha mãe quando entrei no carro, como prometi. Atendi imediatamente.

— Desculpa, mãe. Estou voltando pra casa. Falta uma hora de viagem, mais ou menos.

— Fiquei preocupada.

— Eu sei, desculpa. Esqueci de ligar.

— Pensei que tinha ido comemorar com o seu irmão depois da cerimônia. Como você não ligou, eu liguei para ele.

— Você ligou? — Eu gemi. — O que ele disse?

— Ele não atendeu, mas deixei um recado na caixa postal. Deve estar ocupado.

— É, deve ter saído com os amigos, alguma coisa assim. Que recado você deixou?

— Só perguntei se você estava com ele, porque não tinha telefonado, apesar de ter prometido que faria isso.

— Desculpa — repeti, mas só conseguia pensar que o meu irmão agora sabia que eu havia estado lá. Quanto tempo ele demoraria para ouvir o recado? E o que ele diria quando telefonasse para mim? — A gente se vê daqui a pouco.

— Tudo bem. Boa viagem.

— Obrigada, mãe. — Desliguei.

— Ele sabe? — Bec perguntou.

Dei uma olhada no celular para ver se tinha alguma chamada perdida.

— Ainda não. Mas vai saber.

Uma hora mais tarde, depois de deixar Nate, paramos na casa de Hayden e eu olhei para ele, tentando entender por que não tinha me levado para casa.

— Tchau — ele falou para Bec.

— Tchau.

Eu também saí do carro e a abracei antes que ela pudesse se afastar.

— Obrigada por ter ido e por ter tentado me animar.

Ela retribuiu o abraço.

— Eu disse que não queria te estrangular. Isso não significa que quero te abraçar. — A voz dela sugeria um sorriso. — Obrigada por ter me ajudado com o Nate — Bec falou antes de entrar.

Hayden também havia saído do carro, e fez um gesto me convidando para segui-lo. Ele me levou para o balanço na varanda.

— Senta — disse.

— Você acha que ainda é responsável por mim?

— Não gosto quando alguém fala "tudo bem" ou "estou bem". Minha mãe sempre diz que essa é a mentira mais contada no nosso idioma. E eu não preciso dela para saber disso. Você não pode estar bem depois do que aconteceu hoje.

— Hayden, obrigada por tudo o que você fez hoje. Muito obrigada. Mas eu não consigo conversar sobre isso agora.

O jeito como ele olhou para mim fez meu coração doer. Era piedade... de novo.

— Estou preocupado com você. E não posso te mandar para casa assim, porque você já contou que conversa pouco com seus pais, e eu sei como são as pessoas com quem tem amizade. E agora eu vi seu irmão. Isso vai ficar revirando aí dentro. Só quero que fale, desabafe.

— Não é assim que eu lido com as coisas.

Por um tempo, cheguei a pensar que compreendia meu irmão. Pensei ter descoberto o grande mistério das brigas dele com meus pais: ele só tentava expressar a própria opinião. Mas, se era esse o sentimento que expressar opiniões despertava em outras pessoas, eu não me importava em retomar a estratégia de manter a paz. Não falar o que eu pensava.

Hayden sentou no balanço, e era evidente que não ia sair dali até eu falar alguma coisa. Eu não sabia o que ainda tinha para falar. Ninguém nunca havia feito esse esforço para me convencer a desabafar. Se eu começasse a falar sobre outras coisas, talvez ele percebesse que eu não queria lidar com esse assunto. Se tentasse, não conseguiria conter as emoções. Sentei ao lado dele no balanço.

— Nunca tivemos um balanço na varanda. Você sempre fica aqui sentado?

— Não tanto quanto todo mundo acha que fica uma pessoa que tem um balanço na varanda.

— Acho que nunca analisei o tempo que uma pessoa passa em um balanço na varanda.

— Bom, eu já, e o nosso é pouco usado.

Eu sorri.

— É uma prancha de surfe?

Ele parou por um momento, como se estivesse confuso, depois assentiu.

— Sim.

— Dezessete perguntas.

— Dezoito.

— Não, porque você não respondeu a da competição esportiva. Só analisou a questão.

— Verdade.

Puxei os joelhos para cima do balanço.

— Você gosta de surfe?

— Sim.

— Fui surfar outro dia.

— Eu sei. A Bec falou que viu você na praia.

A Bec disse a ele que tinha me visto. Também contou como foi tratada pelas minhas amigas? Como eu a tratei? Naquele dia, fiquei muito orgulhosa de mim por nada. Não fiz nada por ela, só por mim mesma. Eu me perguntei se Hayden tinha começado a juntar todos os pontos negativos que descobria em mim.

Ele não parecia estar pensando nas injustiças praticadas contra Bec quando disse:

— Foi isso que me fez pensar em uma prancha de surfe para o jogo. Muito anticlimático, eu sei.

Ele olhou para a minha boca, e, quando eu já começava a imaginar que ele pensava em outras coisas, coisas melhores, coisas que me fariam esquecer completamente esta noite, ele franziu a testa com um suspiro frustrado.

— O que foi?

— Você está sorrindo.

— Isso é bom, não é?

— Gia. — Ele fez uma pausa e segurou minha mão. — Não combina com o que você está sentindo.

— Eu não choro, se é isso o que está esperando.

— Em que você está pensando?

— Eu estava pensando em surfar. Agora estou pensando que a sua mão é quente. — E que era muito bom segurá-la.

— Chega. Você vai conversar com a minha mãe.

— O quê?

Ele não respondeu, só levantou e entrou em casa. Não podia estar falando sério. Eu não ia conversar com a mãe dele. Mas, alguns minutos depois, Olivia saiu e sentou ao meu lado no balanço.

Eu falei primeiro.

— Desculpa. Seu filho é muito exagerado. Só quero ir para casa.
— Tudo bem, eu te levo.
— Obrigada.

Era como se Hayden soubesse que a mãe era a pessoa mais fácil do mundo com quem desabafar, porque, depois de dizer a ela onde eu morava e antes mesmo de termos percorrido o primeiro quarteirão, comecei a falar sobre como aquele filme me fez sentir.

— Sou a pessoa mais superficial da face da Terra. Não tenho nenhuma profundidade. E não sei como mudar isso. Minha vida é normal. Meus pais estão juntos. Eles não me batem, nada disso. A morte nunca tocou minha vida. Sou boa aluna. Não somos pobres, mas também não somos ricos. Nunca tive uma doença grave ou ferimento sério. Nunca vivi uma tragédia, por isso não tenho sabedoria ou grandes conclusões para oferecer.

Olivia riu. Não uma risada debochada, mas um riso afetuoso, que me fez relaxar um pouco.

— Ah, Gia, meu bem. Você vai ter muitas provações para enfrentar na vida; não precisa desejá-las agora.

— Mas eu sou cheia de defeitos. E sou assim porque nunca vivi nada que pudesse me ensinar lições de vida valiosas que me fizessem uma pessoa melhor. Meu irmão capturou tudo isso muito bem e com facilidade.

Olivia ficou quieta, e eu me convenci de que era uma causa perdida. Ela não tinha conselhos para dar a uma menina ingênua, superficial. Mas em seguida ela disse:

— Raramente encontramos profundidade quando a procuramos dentro de nós mesmos. A profundidade é encontrada no que podemos aprender com as pessoas e as coisas que nos cercam. Todo mundo, todas as coisas, têm uma história, Gia. Quando você conhece essas histórias, descobre experiências que a preenchem, expandem sua compreensão. Você acrescenta camadas à sua alma.

Assenti uma vez, apesar de ela estar dirigindo e provavelmente não ter visto. Olivia parou o carro na frente da minha casa e me encarou.

— O que o seu irmão fez não foi correto. Ele devia ter pedido sua permissão.

— Ele pediu, de certa forma. No próprio filme.

— Nós duas sabemos que ele devia ter pedido de outro jeito. Debochar de alguém para parecer inteligente e profundo só prova o contrário.

— Ele sabia que aquilo ia me incomodar. Duvido que ele achou que eu não me importaria. Caso contrário, não teria pedido para eu não ir.

— Sinto muito, Gia. Eu sei que você está constrangida. Espero que converse com seus pais sobre isso. Conte a eles como se sentiu. Deixe que eles tratem o assunto como uma questão de família.

Eu ri, mas sem humor.

— A minha família não é como a sua. Nós tratamos tudo superficialmente. Ou nem falamos sobre o que sentimos.

— Bom, talvez você tenha que mudar isso com a sua profundidade recém-encontrada.

Eu sorri.

— Talvez. — E segurei a maçaneta.

— Gia?

— Sim?

— O meu filho não gosta de garotas superficiais, portanto deve haver muito mais em você do que você acha que tem.

— O Hayden não gosta de mim. O que aconteceu foi um arranjo benéfico para nós dois que, infelizmente, acabou. — Depois da festa, ele sentiu que me devia um favor. Mas agora o favor havia sido pago. Estávamos quites. E, depois de ter passado o dia com ele, eu percebia que estava triste com isso. Queria que ele gostasse de mim porque, por mais que tentasse, eu não conseguia mais negar que gostava dele.

Eu lhe dei um meio sorriso e desci do carro.

— Muito obrigada pela carona.

21

Meus pais me cumprimentaram quando entrei em casa.

— Como foi? — A expressão do meu pai era esperançosa. Eu queria fazer exatamente o que a sra. Reynolds havia sugerido e contar a eles a verdade. Mas, antes, daria a Drew uma chance de se explicar. Porque não queria magoar meus pais e, acima de tudo, esperava que o trecho que vi fosse a pior parte do filme, que veria na internet algo que não debochava da família toda de uma vez só.

— Foi legal. Podemos conversar sobre isso amanhã? Estou cansada da viagem.

— Claro. Fico feliz por você ter ido apoiar seu irmão — minha mãe confessou. — E me arrependo de não termos ido.

— Foi melhor assim. Ele estava ocupado. — Eu fiz uma pausa e a encarei. — Você está maquiada.

A mudança de assunto pareceu surpreendê-la por um instante. Ela levou as mãos ao rosto.

— Sim, claro.

— Já é tarde.

— Ainda não me preparei para dormir.

— Desculpa por ter deixado vocês esperando.

Quando eu estava a caminho do quarto, meu celular apitou. Li a mensagem.

> Não assista ao filme. Não é legal.

O conselho de Hayden não me deteve. Eu tinha que assistir. Precisava saber o que estava disponível na internet para todo mundo ver. Vesti o pijama e peguei meu notebook. Tentei assistir ao vídeo como se não fosse eu ali na tela. Como se aquela fosse outra menina qualquer de dezessete anos. Apesar de não conseguir me distanciar completamente, mesmo nos poucos momentos em que tentei visualizá-la, ainda me sentia humilhada pela garota viciada em redes sociais. A menina viciada na aprovação de desconhecidos. Ela nem sabia o que pensava até alguém dizer a ela o que pensar. Não sabia nem quem era. Era horrível pensar que Hayden tinha visto aquilo.

Fechei o notebook com um movimento brusco, depois enfiei a cabeça embaixo do travesseiro. Hayden estava certo. Eu não devia ter assistido. Devia ter me contentado com os três minutos que já tinha visto.

Drew ligou por volta das nove da manhã. Eu não queria atender, mas queria ouvir o pedido de desculpas. Queria que ele tivesse uma justificativa.

— Alô.

— Gia, você não devia ter vindo.

Não falei nada. Não me senti capaz de falar. Se era um pedido de desculpas, não era dos melhores.

O tom de voz dele se tornou defensivo.

— Eu falei no próprio vídeo que ia usar as imagens para um projeto da faculdade.

As lágrimas ardiam nos meus olhos. Fiz um esforço para contê-las, como sempre.

— É que... eu pensei que você quisesse falar comigo porque se importava comigo, não porque estava fazendo um projeto.

— Gia, é claro que eu me importo com você. Estou tentando ajudar você e muitas outras pessoas abordando esse assunto. Sabia que foi comprovado que o Facebook pode causar depressão? Comparar-se a outras pessoas, a necessidade de aprovação, nada disso é bom para a saúde mental.

— Bom, o seu filme teve um efeito mais poderoso sobre mim do que o Facebook jamais conseguiu ter, Drew. Eu me senti um lixo. Uma garota superficial e idiota que não sabe nem o que pensa de verdade. — Tive que fazer um grande esforço para admitir essas coisas. Já tinha sido bem difícil admiti-las para a mãe de Hayden.

— Era essa mensagem que eu queria transmitir para a plateia. As pessoas deviam se reconhecer em você.

— Acho que não funcionou. Riram de mim depois da cerimônia.

— Então eram idiotas.

— Isso não parece um pedido de desculpas.

— Eu devia ter falado com você sobre o filme.

Também não era um pedido de desculpas.

— Quando foi que você virou um babaca pretensioso?

— Eu postei no Facebook. Você não viu?

Deixei escapar um leve gemido.

— Gia, eu...

Desliguei o telefone. Era isso ou gritar vários palavrões para ele, e minha cabeça já estava doendo o suficiente.

Rasguei um pedaço de papel do caderno em cima da mesa e escrevi o endereço do site em que o filme podia ser visto. Depois fui à cozinha, o peito tão apertado de raiva que tive medo de desmaiar. Meus pais estavam sentados à mesa, meu pai lendo o jornal, minha mãe com o caderno de imóveis. Os dois levantaram a cabeça quando pus o pedaço de papel na mesa com uma pancada forte.

— Ei — meu pai falou com um sorriso. — O que é isso?

— Seu filho é um cretino. Achei que vocês deviam saber. Pai, vou pegar seu carro emprestado. Vou à biblioteca. — E saí da cozinha.

Meu pais ficaram chocados e em silêncio atrás de mim.

A bibliotecária franziu a testa com ar desaprovador.

— Acho que não temos nenhuma biografia sobre gente que teve que lidar com cretinos.

— E com babacas pretensiosos? Quem você acha que é o maior babaca pretensioso da história? Quero ler a biografia dessa pessoa. — A sra. Reynolds me dissera para conhecer a história das pessoas. Achei que esse seria um ótimo começo. Talvez me ajudasse a lidar com a minha vida.

O rosto da bibliotecária se iluminou com uma repentina compreensão.

— Acabou de terminar um namoro? Tenho livros sobre como lidar com isso...

— Não. Eu só queria ler uma biografia. Qual é a mais popular?

— As de presidentes são bem populares, e a do Einstein, Anne Frank, Cleópatra...

— Cleópatra? Ela não era uma rainha egípcia?

— Sim, a última rainha do Egito. Uma mulher poderosa e, muitas vezes, cruel. Ela se recusou a dividir o poder até com o próprio irmão.

— Sim. Quero essa. Onde está?

— Eu te mostro.

Eu tinha lido quarenta páginas quando recebi uma mensagem de Hayden:

> Tá tudo bem?

> Você sabia que a Cleópatra teve que casar com o próprio irmão? Casar com ele!

> Humm...

> Era normal. Mas é nojento, né? Ela o odiava. Principalmente porque não queria dividir o poder com ele. Tenho certeza que ele não fez um documentário com ela como protagonista, então não sei qual era a bronca. Mas logo vou descobrir.

> Vc acabou de usar a palavra "bronca" em uma frase?

> Algum problema?

> Talvez. Onde você está?

> Em busca de profundidade.

> Tudo bem com você?

> Mostrei o filme para os meus pais.

> O que eles disseram?

> Não sei. Mas vou descobrir logo.

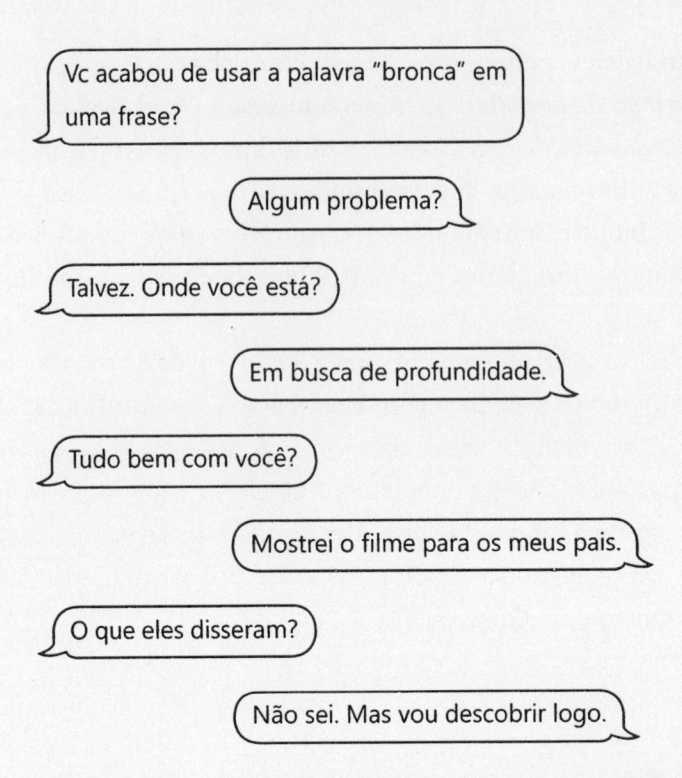

Eu temia ver a reação dos meus pais. Já sentia raiva suficiente do meu irmão. Não sabia se seria capaz de lidar com ainda mais raiva quando visse a mágoa deles também. Especialmente porque não era sempre que os via magoados. Eles eram tão bons no papel de Pais Perfeitos que eu não sabia como ficariam na posição de Pais Devastados. Meu celular vibrou e eu atendi com um sussurro.

— Alô.

— Por que você está sussurrando?

Fechei o livro, deixei-o sobre a mesa e segui até a porta.

— Estou na biblioteca.

— É daí que estão saindo todos os fatos sobre a Cleópatra?

Abri a porta e saí. A brisa fez meu cabelo voar para trás e eu sentei no banco mais próximo.

— Sim. O que está fazendo?

— Nada. Liguei porque você não respondeu à mensagem.

Fiquei confusa.

— Respondi a várias mensagens. Você mandou mais alguma coisa?

— Você evitou minha pergunta em todas as respostas. Perguntei se está tudo bem.

— Ah. Sim. Acho que sim. Não sei.

Ele riu.

— O que é isso? Múltipla escolha?

— O meu irmão é só um babaca.

— Ah, eu sei. Sinto muito, Gia. De verdade.

— Sabe o que é engraçado? Ele não foi capaz nem de pedir desculpas pelo que fez, e o erro foi *dele*. Você não teve nada a ver com isso e já lamentou umas três vezes. — Num impulso, acrescentei: — Está ocupado?

— Só ensaiando uma cena.

— Quer tomar sorvete? Eu ajudo com o ensaio.

Ele considerou por um instante, e eu achei que ia recusar o convite, por isso acrescentei:

— As minhas amigas e eu sempre tomamos sorvete quando alguma coisa ruim acontece. É assim que supero as coisas. — Eu odiava fazer o Hayden sentir pena de mim outra vez para convencê-lo a ir me encontrar.

— Tudo bem, vamos. Manda o endereço por mensagem.

25

Só depois de desligar e enviar o endereço, eu percebi que não estava vestida para me encontrar com alguém. Não que fosse um encontro. Mas era uma situação do tipo "estou a fim desse cara e quero que ele goste de mim, em vez de sentir pena, por isso não devia aparecer vestida com calça de ginástica e regata e sem nenhuma maquiagem". Mas eu já tinha marcado. Ou ele me via assim, ou eu desmarcava.

Eu não queria cancelar. Não tinha importância, de qualquer forma. Ele viu o filme do meu irmão, e nele eu parecia, além de burra e superficial, horrível. E me preocupar com o fato de ele ter me visto horrível, além de burra e superficial, talvez me tornasse ainda mais burra e superficial, e era assim que eu me sentia. Mas eu queria muito vê-lo, então deixei tudo isso de lado. Meu dia estava péssimo, e pensar em vê-lo era o único destaque até agora.

Estava frio na sorveteria. Eu queria saber se tinham que manter a temperatura baixa por causa do sorvete ou se era só a preferência dos funcionários. Como consumidora, eu preferia um pouco de calor. Sempre ia parar nas mesas de metal do lado de fora.

Dei uma olhada em todos os sabores novamente enquanto esperava o Hayden, sem saber se devia pedir ou continuar esperando.

— Vai pedir agora? — perguntou o funcionário atrás do balcão.

— Estou esperando uma pessoa — respondi novamente.

— Acho que estudamos no mesmo colégio. Seu nome não é Gia?

Olhei para ele. Mais uma pessoa que eu não conhecia. Estar na liderança do conselho estudantil significava que muitas pessoas sabiam o meu nome sem que eu soubesse o delas, mas, ultimamente, isso me incomodava muito.

— A gente se conhece?

— Não.

— Que bom — falei com um suspiro, depois percebi que impressão isso dava. — Não que eu não quisesse te conhecer. Só pensei que tinha esquecido o seu nome.

Ele apontou para o crachá com o nome Blake.

— Ah. Certo. Eu só quis dizer que pensei que devia saber o seu nome sem olhar e... Deixa para lá.

— Vai pedir?

Ergui as sobrancelhas. Eu estava pegando o hábito do Hayden?

— Ah, é. Você está esperando alguém. — Por que ele falava como se não acreditasse em mim? Eu não estava esperando havia muito tempo, estava? Olhei para o celular. Estava ali havia quinze minutos. Talvez Hayden tivesse mudado de ideia.

— Vou esperar lá fora... É o que eu teria dito alguns dias atrás.

Vi a linha de confusão se formar entre os seus olhos.

— Então... — Olhei de novo para o crachá. — Blake. Está no último ano?

— Sim.

Eu assenti.

— Qual é a sua história?

— O quê?

— O que você gosta de fazer? Pratica esportes?

— Eu corro.

— Legal.

A porta se abriu, uma campainha soou, e eu me virei com um suspiro aliviado.

Hayden sorriu para mim. Ele estava usando os óculos dos quais eu quase havia esquecido. Ficava fofo com eles. Como eu pude pensar que caras de óculos não faziam meu tipo? Eu tinha a sensação de que qualquer coisa que Hayden usasse seria meu tipo.

— Oi.

Ele nem olhou para minha roupa, como eu imaginei que faria. Só se aproximou, parou do meu lado e olhou os sabores.

— Quais são os melhores? — perguntou ao Blake.

— Não sei. Não gosto muito de sorvete.

— Quê? — Hayden reagiu incrédulo. — Como um cara que não gosta de sorvete trabalha em uma sorveteria?

— Meus pais são os donos.

— Ah, faz sentido. Há quanto tempo eles têm a sorveteria?

— Vinte anos.

— Você cresceu aqui, então?

Blake apontou para o chão.

— Sim, cresci aqui.

— Criado com sorvete. Entendo por que você não gosta muito.

Blake riu.

— Eu odeio sorvete.

E é assim que você descobre a história de alguém, pensei. Como ele fazia isso com tanta naturalidade?

Hayden sorriu para mim.

— O que vai querer?

— Hum... Pensei em rocky road, mas não gosto muito de castanha.

— Blake, a Gia gosta do sabor da castanha, mas implica com a textura. Você pode tirar todas da massa?

Dei uma cotovelada nele.

— Na verdade, também não gosto do sabor.

— Então por que estava pensando em rocky road?

Dei de ombros.

— Não sei. Gosto tanto das outras coisas que acabo relevando a castanha.

— Gia, você é estranha.

— Obrigada. O que vai pedir?

— Queria baunilha, mas aí pensei: "Baunilha é sem graça. A Gia vai pensar que sou a pessoa mais sem graça do mundo".

— É verdade.

— Daí, pensei: "Vou deixar o Blake escolher por mim", mas ele também não ajudou. Muito obrigado, Blake.

— De nada.

— Agora acho que morango é a minha única opção. — Ele assentiu para Blake uma vez. — Deste tamanho. — E apontou para o copo médio antes de olhar para mim. — Você continua olhando para o rocky road. Por quê?

— Não sei. Parece muito bom, eu me convenço de que vou gostar dessa vez, mas não gosto. Nunca.

— Vou te salvar, então. Você não pode pedir rocky road. Qualquer outra coisa... menos baunilha, porque é sem graça. Quem pede baunilha? Não sei por que ainda oferecem.

Eu sorri.

— Na verdade, é o sabor mais pedido — Blake contou enquanto servia uma bola de sorvete de morango em um copo.

— Bom, agora me sinto validado. Devia ter pedido baunilha.

Fiquei tensa com a escolha de palavras. Aprovação. A coisa na qual, aparentemente, eu era viciada. Talvez eu devesse perguntar no Twitter que sabor de sorvete pedir.

— Quero o de caramelo crocante — falei antes de começar a sentir pena de mim. — Mesmo tamanho.

Cada um pagou seu sorvete, e nós trocamos o frio por uma mesa de metal do lado de fora. Ele sentou e levantou imediatamente, tirando do bolso da calça alguma coisa que jogou em cima da mesa, um livreto que havia sido dobrado ao meio e agora se desdobrava lentamente.

— Você disse que passaria as falas comigo. Eu não estava brincando. Preciso ensaiar. Vou apresentar a cena amanhã.

— Ah, é claro. — Peguei o roteiro, mas meus olhos continuavam fixos nele.

— Que é? — ele perguntou. — Está olhando para o meu cabelo como se quisesse pegar seu frasquinho de gel e me pentear pela terceira vez.

Eu sorri. Não estava pensando nisso. O cabelo era ele, e eu havia aprendido a gostar.

— Não. Eu gosto do seu cabelo. E dos óculos também, aliás. Fica fofo.

Ele os empurrou para cima no nariz.

— Senti os olhos cansados depois da viagem de ontem.

— Desculpa.

— Não, por favor. Eu queria ir.

Assenti e li o título da peça.

— *Um estranho casal*. Não é aquela história de uma pessoa muito bagunceira com a outra neurótica por arrumação?

— Sim.

— E você é qual?

— O bagunçado. — E olhou para o livreto nas minhas mãos. — Ah, quer saber na peça? Sou o louco por organização. Felix.

— Espera. A bagunça é na vida real?

— É, não dá para notar?

— Você parece organizado.

— Eu sou bem limpinho. A bagunça é de outro tipo.

— Como assim?

— A coisa é mais ampla do que temos tempo para discutir. — E apontou para o roteiro. — Segundo ato, cena um.

— Bom, se você é uma bagunça, eu sou um desastre natural.

— O mais lindo que já vi.

Meu rosto ficou quente.

— Tudo bem. Segundo ato, cena um.

26

Passamos a cena duas vezes, e eu só tive que ajudá-lo uma vez.

— Você faz muito bem o papel de cara meio doido.

Ele inclinou a cabeça.

— Obrigado.

— Quem vai interpretar o Oscar?

— Outro aluno da turma.

— E ele é tão bom quanto você?

Ele me encarou e sorriu.

— Como vou responder? Se eu disser que não, vou parecer arrogante. Se disser que sim, você vai achar que eu não sou nada especial.

Girei a colher dentro do copo vazio.

— Eu queria poder assistir à cena.

— Seria chato para você.

— Não seria, não.

— Você gosta de teatro?

— Não sei. Nunca fui.

— Sério?

— Sério.

Hayden pôs a mão no peito.

— Estou chocado, Gia. Não sei se podemos ser amigos.

Quando eu me preparava para rir, ouvi uma voz atrás de mim que me paralisou.

— Gia?

Fechei os olhos por um instante, depois me virei para Jules.

— Oi.

Ela sorriu para Hayden.

— Bradley, certo?

Eu me encolhi, respirei fundo e disse:

— N...

Hayden ficou de pé e me interrompeu.

— Sim. E você é...?

Hayden sabia quem ela era. Mas a aparência inocente em seu rosto não revelava. Eu queria rir, mas me controlei.

— Jules. A gente se conheceu no baile... Você não lembra porque estava ocupado com... outras coisas. — Ela olhou para mim, depois para ele de novo. — Não sabia que estavam juntos de novo. A Gia falou sobre outro cara com quem estava saindo.

— Não, não estou saindo com outro cara — interferi depressa, temendo que Hayden pensasse que eu estava dizendo às pessoas que estávamos saindo. Apontei para ele. — E também não estamos juntos de novo. Estamos só conversando. — Ela queria me encrencar com o "Bradley" contando que eu estava saindo com outra pessoa?

Jules me mediu da cabeça aos pés.

— Acabou de sair da academia? Está com uma aparência tão... natural.

— Tem razão — disse Hayden. — Ela tem uma beleza natural. — Ele entrara no personagem. Até segurou minha mão, apesar de eu ter acabado de dizer a Jules que não estávamos juntos. Olhei para ele, mas não soltei sua mão.

Jules viu o livreto em cima da mesa.

— De quem é o roteiro? A Gia disse que você fazia administração.

— Também faço um curso de teatro. É uma válvula de escape para mim.

— Que divertido. — Ela ajeitou a alça da bolsa sobre o ombro. — Usa óculos — comentou, quase como se fizesse uma lista.

— Quando não estou de lente de contato, sim.

— A Gia nunca mencionou que você usava óculos.

Franzi a testa.

— Por que deveria ter mencionado?

— Bom, parece uma dessas coisas que você mencionaria. Enfim, vim fazer umas compras para a minha mãe. Sabe como ela é. Liga para mim, Gia.

A gente nunca ligava uma para a outra. Ela subiu a rua. Hayden ficou ali parado ao lado da minha cadeira, segurando minha mão e observando Jules.

— Não gosto dessa menina.

Afaguei a mão dele, depois a soltei. Teria continuado de mãos dadas pelo tempo que ele quisesse, mas seus olhos brilhavam daquele jeito, como se ele tivesse acabado de fazer uma apresentação excelente. Eu não queria mais ser só uma coadjuvante nessa encenação.

Hayden sentou, pegou o roteiro e o dobrou ao meio.

— Ela lembra de tudo o que você fala?

— Só para poder usar contra mim no futuro.

— Por que você anda com ela mesmo?

— Porque as minhas amigas gostam dela.

Ele olhou para a rua, onde Jules não era mais visível.

— Eu piorei a situação?

— Não acredito que possa ficar pior. Está tudo bem. — Mexi a colher no copo vazio novamente e mordi o lábio. — Mas eu ia contar a verdade a ela.

— Eu sei, mas acho que devia contar às outras amigas primeiro.

— Tem razão. Tenho que contar às outras primeiro. — Eu tentava negar esse fato. Tentava fingir que não precisava contar tudo a elas. Como se todas nós houvéssemos seguido adiante, superado. Mas não era assim que funcionava. Eu estava mentindo para elas, e não é isso que os amigos fazem. Eu precisava contar a verdade.

Alguns minutos mais tarde, vi Jules sair da cafeteria no fim da rua segurando um copo.

— Já volto.

As palavras de Laney ecoavam em minha cabeça. "Tenta ser legal com ela. A Jules tem passado por tanta coisa..." Eu disse a Claire que ia tentar. E não estava tentando.

— Jules!

Ela parou e se virou.

— Oi?

— Eu... — Não sabia nem como começar. Pensei nas coisas que ela falava quando estávamos todas juntas. Jules tinha um relacionamento horrível com a mãe. No começo pensei que ela reclamava dos pais como todo mundo faz, mas, obviamente, era pior do que eu havia percebido.

— Está tudo bem? Com a sua mãe?

— A Claire te falou alguma coisa? — Ela parecia brava.

— Não. Da última vez que almoçamos juntas, você comentou que tinha brigado com ela. Ainda estão brigadas?

Ela olhou para o copo térmico em suas mãos.

— Estamos sempre brigadas.

— Por quê?

— Ela quer mudar... de novo. Só quero que ela espere até eu me formar, até ir para a faculdade, mas ela está fugindo do homem cinquenta e um ou setenta e cinco. Perdi as contas. E já empacotou metade da casa.

Uau. Devia ser horrível. Eu não conseguia imaginar minha mãe juntando tudo e mudando de casa cada vez que tinha um problema. Estava me sentindo mal por ela. Lembrei que ela havia comentado alguma coisa sobre a mãe namorar demais. Homens horríveis, normalmente.

— Sinto muito.

Os olhos dela encontraram os meus e endureceram.

— Não é tão grave. A Claire disse que eu podia ir morar com ela por algumas semanas, se isso acontecesse.

— Ah. Bom, que legal. Isso vai ajudar. Só queria saber se você estava bem.

Ela olhou por cima do meu ombro, para onde Hayden continuava sentado.

— Está fingindo que se importa porque está preocupada comigo, ou porque tem medo do que eu sei?

— O quê?

Ela forçou um sorriso.

— Fica esperta, Gia. Estou quase descobrindo. — Ela começou a se afastar, então disse sobre o ombro: — Noventa dias.

27

Jules acabara com o clima, e, depois de quatro horas evitando minha casa, eu sabia que tinha que voltar e enfrentar meus pais. Então eu disse a Hayden que era melhor encarar o problema de uma vez, e a gente se despediu. Eu queria saber se os meus pais já tinham ligado e conversado com Drew. Queria saber se ia encontrar um poço de histeria quando chegasse em casa. Não conseguia nem imaginar essa situação.

Respirei fundo e entrei. Estava tudo quieto. Eu não sabia se esse era um bom ou mau sinal. Atravessei o hall a caminho da sala de estar, a tevê estava ligada. *Ai, por favor, tomara que não estejam assistindo ao filme agora*, pensei. Mas, quando cheguei e vi os dois sentados no sofá, minha mãe com as roupas de corretora, meu pai segurando o prato do almoço, percebi que só assistiam à programação normal.

Meu pai riu de alguma coisa.

Eu pigarreei.

— Oi. Cheguei.

Minha mãe pegou o controle remoto ao lado dela e desligou a televisão.

— Gia, você não pode sair desse jeito de novo, entendeu? Tem uma maneira certa de pedir permissão para ir à biblioteca, e não é essa.

— Tudo bem... — Olhei de um para o outro.

— Você tem se comportado de um jeito muito diferente desde que começou a andar com aquela Bec.

— Quê? Eu quase nem ando com ela.

— Bem, a sua nova atitude hostil coincide com a chegada dessa menina na sua vida. Quero que se afaste dela por um tempo.

Atitude hostil? Essas eram as palavras que ela sempre usava com Drew.

— Não tem nada a ver com ela. Assistiram ao filme do Drew?

— Sim, nós vimos — meu pai respondeu.

— E?

— E é um trabalho interessante sobre a transformação da cultura e os efeitos colaterais dessa mudança. — Ele deixou o prato sobre a mesinha de centro e sentou na beirada do sofá.

— Ele usou a nossa família como exemplo.

— E que outra família ele poderia ter usado? Ele só tem uma.

— Não sei, uma família que quisesse participar de um documentário no qual seria alvo de deboche.

— Não foi deboche. Foi só uma visão da sociedade.

— Talvez você tenha essa opinião por não ter aparecido muito no filme. Eu apareci. E me senti ridicularizada.

Minha mãe tocou o braço do meu pai.

— Gia, lamento que se sinta desse jeito. Eu entendo, mas esperava que, depois de um tempo, você pudesse entender que a intenção não foi debochar de você.

— Bom, depois de toda a plateia ter rido de mim ontem à noite, vai ser difícil acreditar que a intenção não foi essa.

— É um trabalho sobre a sociedade, Gia. Tente aceitar a obra como ela é.

— Então vocês não vão fazer nada? Não vão nem falar com ele?

— Já falamos. Dissemos que ele devia ter sido mais claro quando esteve em casa e falado exatamente o que ia fazer com as cenas que estava filmando, e que ele não levou em consideração seus sentimentos, mas que o trabalho foi muito bem feito. Estamos orgulhosos dele.

Engoli em seco.

— Orgulhosos?

— Você não está?

— Não. Não estou. Estou furiosa.

Meu pai assentiu.

— Entendo. Espero que vocês dois consigam resolver tudo isso.

Meu queixo caiu, e uma onda quente de raiva explodiu em meu peito e ardeu nos olhos. Palavras que eu queria dizer se acumulavam no fundo da garganta. Se eu as dissesse, só faria minha mãe pensar que minha atitude era hostil.

Pigarreei para tentar parecer calma.

— Posso ir visitar minha amiga?

— Que amiga?

— A Claire.

— É claro. Não volte tarde e telefone se for a outro lugar.

— Tudo bem. — Saí de casa me sentindo sufocada, como se não conseguisse respirar. Tomei a direção da casa de Claire, mas mudei de rumo na esquina e fui para a casa de Bec. Talvez por estar brava com meus pais e sentir necessidade de fazer alguma coisa meio rebelde, ou porque realmente quisesse vê-la. De qualquer maneira, foi lá que eu fui parar.

Só quando estava na varanda da casa, batendo na porta, pensei que ela podia não querer me ver.

A sra. Reynolds me recebeu.

— Gia. Que bom te ver.

— A Bec está em casa?

— Está, vou chamá-la. Entra.

Entrei e fechei a porta. Depois de alguns minutos, Bec apareceu vestida com calça de moletom e camiseta. Com o rosto sem maquiagem, ela parecia diferente. Mais jovem? Menos zangada?

— Gia. O que está fazendo aqui?

— Estou furiosa.

— Tudo bem...

— Preciso de alguém que me deixe ficar furiosa.

Ela sorriu para mim.

— Bom, essa é a minha especialidade. Vamos lá. — Ela me levou para o quarto e apontou para a cadeira da escrivaninha. — Senta. Pode começar a falar quando quiser. Estou aqui para incentivar. — Ela se jogou na cama e levantou em seguida. — Espera aí. Acho que a gente precisa de música furiosa na trilha sonora. — Ela pegou o celular, rolou algumas telas e apertou play. A música brotou das caixinhas de som sem fio em cima da prateleira da estante. Ela ajustou o volume para não ficar muito alto.

Eu ri.

— Risada e raiva não combinam.

— Então para de tentar me fazer rir.

— Não estou tentando. Estou com você nessa, do seu lado. Por que nós estamos furiosas mesmo?

— Meu irmão.

Ela levantou o punho.

— Totalmente do seu lado. Continua.

— Ele telefonou hoje de manhã, não para pedir desculpas, mas para me dizer que eu não devia ter ido à porcaria da cerimônia.

— Ele não fez isso.

— Fez.

— Que babaca.

— E depois os meus pais assistiram ao filme.

— Ficaram arrasados?

— Não, ficaram orgulhosos.

— Orgulhosos?

— Sim! — Levantei e comecei a andar pelo quarto. — E disseram que esperam que eu também fique orgulhosa com o passar do tempo.

— Eles viram o filme? Tem certeza?

— Não vi quando assistiram ao vídeo, mas tenho certeza.

— Isso é ridículo.

— Não é? Estou sendo idiota? Tenho o direito de ficar brava?

— Gia, eu estou furiosa e nem sou você.

— Mas você fica brava com tudo.

— Não é bem assim, mas eu gosto dos meus momentos de raiva. — Ela ficou sentada na cama por um instante, olhando para mim. — E aí?

— E aí o quê?

— Você está furiosa. O que vai fazer?

Parei de andar, os ombros ainda duros de tensão.

— Não sei. — É claro que eu já havia ficado furiosa antes, mas meu objetivo era sempre sufocar a raiva, mantê-la dentro de mim, não deixar ninguém perceber. Gemi ao me dar conta de que era exatamente como meus pais. Era isso que eles sempre faziam. Não gostavam quando expressávamos sentimentos ruins, porque isso seria um sinal de que nossa família era menos que perfeita. Até a aparência da minha mãe era sempre perfeita. Eles guardavam todos os sentimentos. Eu guardava todos os sentimentos.

— Grita.

Olhei para a porta.

— Não costumo gritar. — Mesmo depois do que tinha acabado de perceber sobre meus pais, sobre mim, era difícil mudar tudo, mudar um hábito de vida. Mas eu queria. Precisava mudar. Estava queimando por dentro, e sabia que precisava extravasar um pouco desses sentimentos.

— Só grita.

Respirei fundo e gritei.

Ela sorriu.

— Você tem que trabalhar muito, mas foi um bom começo. Agora grita com o seu irmão.

— Não vou ligar para o meu irmão.

— Não, só grita as coisas que queria que ele escutasse. Tipo... — Ela jogou os ombros para trás. — Como é mesmo o nome dele?

— Drew.

— Drew, você é um tremendo babaca e um irmão horrível!

— Que não sabe nem como se desculpar direito!

— E que tem um cabelo esquisito!

Inclinei a cabeça.

— Você acha o cabelo dele esquisito?

— É claro. Ou corta ou deixa crescer mais. E pode contar para ele que eu disse isso.

Eu ri.

— Ajuda um pouco, não é?

— Sim. — Ajudava de verdade. O fogo em meu peito não era mais tão intenso.

Ela deitou de costas na cama e olhou para o teto. Também olhei e vi que, além das fotos nas paredes, havia algumas lá em cima.

— Lindas fotos. Você coleciona imagens de todos os lugares que visita?

— Eu tiro as fotos.

— São suas? Não sabia que era fotógrafa.

— Eu tento. Fizemos uma viagem de três semanas pelos Estados Unidos. Foi quando eu fiz a maioria das fotos.

— O Hayden me falou dessa viagem.

Ela sorriu.

— É verdade. Ele deve ter dito que foi como uma viagem ao inferno ou coisa parecida, e eu gosto de fingir que também odiei tudo, mas nós dois adoramos. Ele nos obrigou a fazer seus joguinhos idiotas. Brigamos muito, rimos muito e aprendemos muito.

— Deve ter sido divertido.

— Divertido não é a palavra certa, mas foi uma experiência.

No silêncio que seguiu a declaração, eu me senti desconfortável. Como se não tivesse o direito de estar ali pedindo a ajuda dela. Mal nos conhecíamos.

— Vai fazer alguma coisa hoje? Vai sair com o Nate?

Ela suspirou.

— Não. É difícil sair com o Nate. Ele é... — Bec deu de ombros. — Não sei. Ele é o Nate, só isso.

— Você quer ficar com ele?

— Às vezes. — Ela pegou o travesseiro, virou do outro lado e afofou com alguns tapinhas. — E às vezes quero estrangular o cara. Acho que vou ter que me esforçar para controlar o segundo impulso antes de trabalhar no primeiro.

— Por que você quer estrangular o Nate?

— Porque ele é sem noção. É apaixonado por uma garota que não tem nada a ver com ele.

De repente me deu um estalo. As acusações de Jules sobre eu dar mole para os garotos, o olhar furioso de Bec quando a conheci, tudo voltou à minha cabeça.

Ela interpretou meu olhar.

— Ah, fala sério. Não é você.

— Não pensei que fosse.

Ela revirou os olhos.

— É claro que pensou.

Meu rosto ficou quente com a acusação.

— Tanto faz. Você tem razão de pensar isso, porque é o tipo de garota que ele gosta. Por isso eu te odiei no começo. Por isso e porque você acabou com a banda dele.

— A banda era dele?

— Ele é o baterista.

Apoiei as costas no encosto da cadeira.

— Talvez você deva gritar isso.

— Que eu te odeio?

— Não, que o Nate é sem noção.

— Nate, você é sem noção!

— Tem uma garota incrível bem na sua frente, e você fica aí ocupado sendo cego! — gritei.

— Muito cego!

A porta se abriu de leve e Hayden enfiou a cabeça na fresta.

— Devo me preocupar com o que está acontecendo aqui?

28

Hayden ainda não tinha me visto, mas meu rosto ficou vermelho do mesmo jeito. Ele olhava para a irmã, e havia em seus lábios um sorriso afetado, como se estivesse acostumado com os gritos no quarto dela.

— Estamos exorcizando nossos demônios — Bec respondeu, olhando para mim.

Foi quando Hayden virou, me viu e arregalou os olhos.

— Gia? O que está fazendo aqui?

— Acabei de falar — Bec respondeu por mim. — Estamos expulsando o mal do nosso corpo.

— Espera. Você também estava gritando? — Ele parecia não acreditar.

— Sim, ela estava — Bec respondeu por mim de novo. — Agora sai. Talvez a gente tenha que gritar com você daqui a pouco. Vamos ter que gritar com ele?

— Não, não vamos — eu disse.

— Que pena. Tenho gritos ótimos — Bec comentou.

Hayden cruzou os braços.

— Estou confuso.

— O irmão dela é um babaca. Os pais se orgulham disso. Estamos gritando de raiva. O que é tão difícil de entender?

— Seus pais não se incomodaram? — ele me perguntou.

— Nem um pouco.

— Caramba. Sinto muito.

Dei de ombros.

— Não tem tanta importância.

Bec suspirou.

— Gia, é muito importante. Estamos furiosas, por isso estamos gritando. Você não está brava com os seus pais por não reconhecerem o que sentem? Para de fazer o que eles te ensinaram.

Hayden sorriu.

— Você veio ao lugar certo. Aqui ninguém esconde o que sente. Se precisar, tem um balde de bolas de beisebol no quintal.

Bec sentou.

— Ah, é. Vamos levar as bolas para a casa do Will.

— Casa do Will? — perguntei.

Hayden olhou para o celular, provavelmente para ver as horas.

— Não precisa levar a gente a lugar nenhum — eu disse. — Se estiver ocupado.

— Ele não está ocupado. Vamos nessa — Bec decidiu.

— Na verdade, eu estou — ele protestou. — Mas é sério, vai ajudar. Vocês duas deviam ir. — Ele acenou para mim e saiu do quarto, deixando a decepção em seu lugar.

— O que ele está fazendo? — perguntei, tentando parecer casual.

O olhar de Bec era a prova de que eu não tinha conseguido.

— Quem sabe? Talvez tenha combinado alguma coisa com os amigos. Ele tem alguns.

— Certo. — Passei um dedo pela borda do vaso onde ela guardava os vidros do mar. — Você sabe se ele falou com a Eve depois da festa? Ou o nosso esforço deu certo?

— Está preocupada com isso?

— Não... quer dizer, sim. Eu conheci a garota, e você tinha razão. Ela não serve para ele. Mas eu sei que a Eve ficou com ciúme do Hayden por ele ter me levado à festa. Minha preocupação é que o efeito do seu plano tenha sido o oposto do que você queria.

— Você acha que ela terminou com o Ryan para tentar reconquistar o Hayden depois de ver vocês juntos?

— Não sei.

— Hum... — Ela entortou a boca para o lado. — É melhor a gente fazer alguma coisa para garantir que ele não a queira de volta. Amanhã depois da aula. Você, eu e o Hayden vamos jogar as bolas de beisebol na casa do Will.

Balancei a cabeça.

— Bec, chega de armação.

— Armação? Não é armação. Vamos sair com o meu irmão. O que tem de errado nisso?

Sair com o irmão dela. Senti meu coração apertar quando pensei nisso, e soube que passar mais tempo com ele poderia me fazer muito mal. Eu estava começando a gostar dele. Muito. E, normalmente, não me permitia gostar de ninguém antes de ter certeza de que o sentimento era recíproco. Mas me ouvi respondendo:

— Tudo bem.

*Andamos de carro por uns vinte minutos até que chega*mos a um bairro afastado onde todas as casas pareciam precisar de uma reforma. Hayden subiu por uma alameda de terra que era a entrada de uma propriedade, um terreno cheio de árvores e ainda mais entulho. Carros velhos e enferrujados, ferramentas quebradas, grandes máquinas agrícolas.

Vários cachorros apareceram quando viram o carro, latindo e correndo atrás de nós.

— Onde estamos? Isto aqui parece o cenário de um assassinato coletivo.

Hayden sorriu para mim.

— É a casa do Will. Ele é membro da nossa igreja. Por vinte dólares, ele deixa a gente jogar as bolas de beisebol no terreno dele.

— Não podíamos ter jogado as bolas no seu quintal de graça?

— Sim, mas ele deixa a gente jogar nas coisas dele. — Bec apontou para um carro velho com um buraco enorme no para-brisa. — O efeito é muito melhor.

Hayden buzinou. Um velho saiu da casa dilapidada e chamou os cachorros. Todos correram para ele. O homem os trancou atrás de um portão, depois entrou em casa com uma careta que sugeria que ele não queria a gente ali.

— Ele está de bom humor — comentou Bec.

— Esse é o bom humor dele?

— Normalmente ele faz a gente prender os cachorros, e não é tão fácil quanto pode parecer.

— Se ele não gosta de receber vocês aqui, por que permite que venham?

Hayden desligou o carro e pegou o balde de bolas de beisebol no banco de trás.

— Ele adora a gente.

— Adora o nosso dinheiro — Bec o corrigiu, mostrando uma nota de vinte dólares. — Eu pago.

— *Essa foi a pior tentativa de arremesso que já vi* — *Hayden* falou da minha... horrível tentativa de arremesso. Não consegui nem sacudir o para-brisa, muito menos quebrá-lo.

— Imagina o rosto do seu irmão atrás do vidro — Bec sugeriu, jogando uma bola para cima e pegando de volta várias vezes.

— Imagina que ele está segurando a filmadora — Hayden acrescentou.

— Vocês têm esse balde cheio de bolas só para isso? — perguntei.

— Não. Nós temos as bolas porque o Hayden tentou jogar beisebol no colégio, como todos os amigos dele. Mas nem todas as bolas do mundo conseguiram transformar o meu irmão em atleta.

— Obrigado, Bec.

— Por quê? É verdade.

— Você não entrou no time?

— Eu não estava realmente interessado.

— Ele é amigo do mesmo grupo desde o ensino fundamental. Todo mundo virou atleta. Ele virou...

— Não fala — Hayden avisou.

— Geek.
— Ela falou.
Eu ri.
— Ele se sentia excluído e solitário. Por isso tentou entrar no time de beisebol. Não por gostar do jogo.

Solitário. Hayden se sentia solitário com seu grupo de amigos. Por isso achou que eu fosse solitária quando me conheceu? Como se sentisse o que eu estava pensando, ele afagou meu braço e disse:

— Eu não sou solitário. Agora joga a bola.

Eu me preparei para mais um arremesso, e ele disse:

— Tudo bem, vem cá. Você precisa de ajuda.

Hayden me puxou para mais perto e se colocou atrás de mim.

Bec gemeu.

— Jura que você está usando o truque do "me deixa te ajudar a fazer"?

Eu não conseguia ver a cara de Hayden, por isso não sabia se ele estava tão vermelho quanto eu.

— Não é truque, Bec. Ela precisa realmente de ajuda.

— Ei. — Dei uma cotovelada de leve no estômago dele.

— Se eu quisesse usar algum truque, faria alguma coisa assim. — Ele pôs a mão na minha cintura, me puxou contra o seu peito e aproximou a cabeça da minha orelha. — Ei, gata, você precisa de ajuda? — falou em voz baixa e rouca.

Congelei. Minha nuca e a orelha direita se arrepiaram. Bec deve ter visto minha expressão, porque começou a rir. Muito.

Ele recuou um passo.

— Que foi? Não funcionou?

— Ah, sim. Acho que teria dado certo se você estivesse tentando ganhar a Gia — Bec falou rindo.

— Tanto faz. Não foi tão bom assim — eu disse.

— Tudo bem, agora vamos à lição de verdade. — As mãos dele estavam novamente em minha cintura, me posicionando. — Você precisa inclinar um pouco o corpo. Depois apoie um pé na sua frente e arremesse. Use esse movimento do pé para dar mais impulso e força à bola. —

Hayden se afastou completamente, e eu senti vontade de dizer que não havia entendido bem a técnica, só para ele me explicar de novo.

— Não sei se devia ouvir conselhos de alguém que não conseguiu entrar em um time de beisebol.

— Joga a bola — ele falou, em tom neutro.

Eu sorri e arremessei.

— Melhor.

— Mas você precisa gritar alguma coisa enquanto arremessa. — Bec pegou uma bola de beisebol e gritou: — Olhem o que estão perdendo! — E arremessou.

Hayden levantou as sobrancelhas.

— Para quem foi isso?

— Garotos estúpidos.

— Entendi. — Ele me deu outra bola.

— Não esquece de gritar — disse Bec.

Era mais embaraçoso com Hayden por perto, mas tentei assim mesmo.

— É tão difícil pedir? — A bola quicou no para-brisa.

Hayden girou uma bola entre as mãos.

— Você teria permitido se ele tivesse pedido para usar a sua imagem no filme?

— Não sei. Provavelmente não.

Ele assentiu.

— Hayden? — Bec apontou para a bola. — Você tem algum demônio para exorcizar?

Ele olhou para o para-brisa por um momento. Várias bolas cobriam a grama seca em torno do carro enferrujado. Diferentemente de mim e de Bec, ele não gritava nada, mas a velocidade com a qual as bolas atingiam o para-brisa me fazia pensar que talvez ele tivesse alguns demônios. O vidro estalou alto e várias linhas se formaram em torno do ponto de impacto, desenhando uma teia.

Foi minha vez de levantar as sobrancelhas para ele.

— O que foi isso?

— É divertido quebrar coisas — foi a resposta, mas eu não acreditei muito nela.

Todos nós arremessamos outras bolas, e depois de alguns minutos Hayden levantou as mãos.

— Parem.

— Por quê? — perguntei.

— Vai estilhaçar — disse Bec.

Hayden pegou uma bola do balde e jogou para cima. Quando a pegou de volta, ele a ofereceu a mim e sorriu de um jeito meio maldoso.

— É toda sua.

Peguei a bola da mão dele.

— Se não quebrar, vou ficar muito envergonhada.

— Vai quebrar.

Inclinei um pouco o corpo, dei um passo para frente e arremessei. O para-brisa estilhaçou com um estalo alto.

Eu sorri.

— Isso foi incrível!

— Libertador, não é? — perguntou Bec.

— Sim. — Suspirei, feliz.

Ela pegou algumas bolas do chão.

— Vou brincar com os cachorros. Volto daqui a pouco.

Hayden começou a recolher as outras bolas e a guardá-las no balde. Eu o ajudei.

— Vocês fazem isso sempre?

— Não. — A quantidade de vidros rachados e quebrados nos carros à nossa volta sugeria o contrário.

— Ele trouxe aquele carro há pouco tempo? — Apontei para um automóvel enferrujado, mas inteiro, parado perto de uma árvore do outro lado do terreno.

— Não. Nós não tocamos naquele. É um Camaro 68. Estou tentando convencer o Will a vender esse carro para mim desde que começamos a vir aqui, mas, como você viu, ele é um velho rabugento e cheio de manias.

— Mas a Bec falou que ele gosta de dinheiro.

— Ela estava brincando. Eu acho que ele gosta de visitas, na verdade. Vem, você precisa ver esse carro.

29

Hayden seguiu até o carro, e eu fui atrás dele.
— Está bem destruído. Eu teria muito trabalho para restaurar.

Uma janela estava aberta, e o interior do Camaro estava cheio de folhas secas, com os bancos rasgados e as molas enferrujadas visíveis. Mesmo assim, Hayden pôs as mãos no teto do carro e se apoiou nele para entrar pela janela. Colocou um pulso sobre o volante e fez cara de modelo: olhar oblíquo, lábios entreabertos.

— O que acha?

Eu ri.

— Combina com você.

— Concordo. Não quer entrar?

O banco do passageiro parecia ainda mais sujo que o do motorista. Ele deve ter percebido minha hesitação, porque pôs o braço para fora e me agarrou. Pulei para trás com um grito. Ele abaixou a mão e bateu na porta pelo lado de fora, como se acariciasse um animal de estimação. Eu me surpreendi chegando perto do carro e entrando pela janela, primeiro a cabeça, desabando em cima dele. Hayden riu e me ajudou a entrar. Sobrava pouco espaço com ele ali sentado, e meu quadril roçou no seu peito e no volante. Minha calça enroscou em alguma coisa e eu parei, as mãos no banco do passageiro, os pés ainda do lado de fora.

— Fiquei presa — anunciei.

— É, ficou. — A voz dele sugeria um sorriso.

— Me ajuda.

Ele riu.

— Mas eu estou gostando.

— Se eu não estivesse com as mãos ocupadas, você já estaria apanhando. — Tentei puxar a perna de novo e ouvi o barulho de tecido rasgando.

Hayden riu, mas segurou meu tornozelo, onde parecia estar o problema.

— Ficou preso no pino da trava. Vou tentar soltar.

Meus braços começavam a tremer com o esforço de sustentar meu peso.

— Consegui — disse Hayden, e soltou minha perna. O impulso me jogou de cara no banco.

— Ai.

— Ah, não. Desculpa.

Minhas pernas estavam em cima dele; meus braços, presos embaixo do corpo. A alavanca do câmbio havia deixado um hematoma em algum lugar, com certeza. Com cuidado, rolei para a direita, em direção ao banco, e ele me ajudou a sentar.

— Tudo bem? — Hayden olhava para mim.

— Tudo bem. — Passei as mãos no rosto, certa de que estava coberto de sujeira. Ele tirou uma folha do meu cabelo. — Estou bem — garanti, com um sorriso envergonhado.

— Foi um movimento muito elegante.

Bati em seu braço, e ele fingiu que doeu.

— Bom, espero que tenha valido a pena — Hayden concluiu, sorrindo.

Olhei em volta, e o interior sujo parecia ainda pior de perto.

— É, não muito — respondi, com uma careta.

Ele se recostou no banco e segurou minha mão. Tudo bem. Talvez tenha valido a pena.

— Como foi hoje no colégio? A cena de *Um estranho casal*?

— Foi muito bom. Obrigado por ter me ajudado ontem.

— Você não precisava de ajuda.

— Eu preciso da sua ajuda. — O tom de voz sugeria que não estávamos mais falando sobre as falas de uma peça.

Talvez ele não estivesse.

— Que demônios estava expulsando hoje? — Inclinei a cabeça em direção ao carro que havíamos acabado de atacar.

— Alguns que já deviam ter sido postos para fora — ele respondeu vagamente.

Eu queria saber se ele se referia a Eve, mas não ia tocar no nome dela. Não quando ele segurava minha mão sem ter que fingir nada para ninguém.

— Você nunca se pergunta se quem escolhe para ser seu amigo diz alguma coisa sobre quem você é?

Não era Eve, então. Era Ryan, com quem ela o havia traído. Ou ele se referia ao fato de estar sozinho em seu grupo, ser um excluído. Pensei um pouco na pergunta, em minhas amigas e no que isso podia revelar sobre mim. Pensei até no fato de a amiga de Bec ter me acusado de ser cruel por causa de um comentário de Jules.

— Está falando do Ryan?

— De várias coisas, mas, sim, ele era meu amigo.

— A escolha foi dele. Você não pode controlar o que os outros fazem. A escolha dele não diz nada sobre você.

— Não mesmo? Ele escolheu dar as costas para uma amizade muito antiga por causa de uma garota. Eu não devia ter previsto isso?

— Você não podia ter previsto. E não significa que você faria a mesma coisa só porque o escolheu para ser seu amigo.

— Eu sei. Mas acho que já devia ter superado.

Afaguei a mão dele.

— Ele te magoou. Não é uma coisa fácil de superar.

Hayden suspirou.

— O que a Bec falou sobre você ser diferente dos seus amigos...

— Eu não sou solitário — ele declarou, depressa demais.

— Mas não se identifica realmente com eles como gostaria, não é?

— Eu gosto de esportes, e às vezes eles assistem às peças. Funciona.

— Mas você se sente excluído?

Esperei que ele dissesse que Bec estava enganada, mas, em vez disso, Hayden falou:

— E aí, a experiência com as bolas de beisebol ajudou? Como se sente?

— Foi divertido, e, considerando tudo que aconteceu nos últimos dias, acho que isso é bom. Obrigada por me fazer dar risada.

Ele estudou meu rosto, e eu sorri para confirmar minha declaração.

— Não quero que me agradeça por isso. Você não parece ter dificuldade para rir. É ótima nisso. O que me intriga é o que existe atrás desse sorriso. Você não precisa ser perfeita o tempo todo...

Revirei os olhos.

— Não sou, pode acreditar.

Ele limpou alguma coisa do meu rosto, provavelmente terra do banco.

— Eu gosto quando você não é perfeita.

Senti o rosto esquentar novamente, e dessa vez não consegui esconder.

— E você, Gia? Nunca se sente sozinha no seu grupo de amigas?

Senti o impulso de responder automaticamente, dizer não. Mas ele estava certo. Eu sempre exibia uma aparência feliz. O dia de hoje devia ser de superação. Extravasar meus sentimentos. Não era algo fácil para mim, mas Hayden me fazia querer tentar.

— Antes eu não me sentia. Nunca.

— E agora?

— Não sei. Amo minhas amigas, mas, sim, estou descobrindo que elas não me conhecem muito bem. Não é culpa delas. Eu nunca me mostrei. Nunca me conheci de verdade.

— Isso não faz parte da adolescência? Descobrir quem somos? Quem queremos ser?

— Espero que sim. Caso contrário, estou bem atrasada.

— Acho que você se conhece melhor do que pensa.

Do outro lado do terreno, Bec gritou:

— Onde vocês estão?

Hayden recuou, e eu percebi quanto havíamos nos aproximado.

— Hora de ir embora.

Tive que respirar fundo várias vezes para voltar ao normal. Hayden saiu pela janela e ficou esperando para me ajudar.

— Não posso usar a porta? — perguntei, me aproximando da janela aberta.

— Está emperrada. Muita ferrugem. — Ele estendeu as mãos. — Não vou te deixar cair dessa vez. Prometo. — Seus olhos brilharam como se ele lembrasse minha entrada nada graciosa.

Eu me ajoelhei no banco tentando evitar as molas expostas, e passei a cabeça e os ombros pela janela. Usei a moldura para dar impulso e girei o corpo, sentando na janela de frente para o interior do carro, com as pernas ainda lá dentro. Foi quando Hayden me pegou, um braço embaixo dos meus joelhos, o outro nas minhas costas, e me tirou do carro. Gritei assustada e passei os braços em torno do pescoço dele para não cair.

Mesmo depois de me tirar do carro, ele ficou me segurando por alguns instantes. Finalmente, levantei a cabeça para olhar para ele, estranhando que ainda não tivesse me posto no chão.

Ele olhou nos meus olhos.

— Também me diverti hoje.

— Legal — respondi, mais ofegante do que pretendia.

Bec apareceu atrás dele.

— Usou o truque do "pula comigo dentro do carro"? Hoje você está se superando.

Meu coração, até então disparado, recuperou o ritmo normal, e Hayden me pôs no chão como se quisesse enfatizar minha decepção.

— Não foi um truque, Bec — ele disse, me amparando enquanto eu dava alguns passos inseguros.

Ela deu de ombros.

— Então você não vai precisar de nenhum truque para convidá-la para ir ver a peça na sexta?

Hayden a encarou com os olhos apertados.

Bec sorriu, inocente.

— Vou pegar as bolas. Encontro vocês no carro.

Ficamos sozinhos de novo. Ele passou a mão no cabelo.

— Ela é bem sutil, não acha?

— Você não é obrigado — falei.

E ele disse ao mesmo tempo:

— Quer ir?
— É claro — falei.
E ele disse ao mesmo tempo:
— Eu sei.
Nós dois rimos.
— Tudo bem. Vamos tentar falar um de cada vez — Hayden sugeriu. — Você primeiro.
— Eu disse que você não tem que se sentir obrigado a me convidar só porque a sua irmã forçou a barra.
— Não me sinto. Na verdade, eu ia mesmo falar que você tem que ir, porque eu não posso ser amigo de alguém que nunca viu uma peça de teatro.
— Bom, nesse caso...
Ele olhou para Bec, que jogava as bolas no balde.
— Não sei como se aproximou dela, mas conseguiu.
— Dez minutos gritando nossos problemas. Acho que foi isso.
Ele sorriu.
— Ela não teria deixado você entrar no quarto se não gostasse de você.
— Acho que não fiz nada para merecer. — Bec realmente gostava de mim ou eu era só o menor dos males? — Mas eu gosto dela.
— E aí? Sexta-feira às seis?
— Combinado.

30

Sentei na ponta da mesa, com os outros membros do conselho estudantil me olhando, esperando que eu dissesse alguma coisa. Normalmente eu gostava de liderar as discussões, mas até agora havia sido inútil nessa reunião.

— Gia — disse Daniel, o vice-presidente —, acho que podemos passar para o segundo item.

— Certo. — Olhei para o papel na minha frente. O segundo item era um assunto pelo qual eu havia lutado, uma festa na praia sem bebida alcoólica. — Todo mundo cumpriu as tarefas?

— Temos as autorizações — disse Daniel.

— Não consegui a banda — falou Ashley. — Alguma que se candidatou para o baile toparia fazer a festa?

— Não... — Eu me detive ao lembrar da banda de Nate. — Não sei, talvez. — O dia em que fizemos as audições foi longo. Talvez não tivéssemos prestado muita atenção nas últimas bandas. — Vou ver se tem alguma e te falo. E a comida? Tudo certo?

Clarissa assentiu.

— Tudo certo.

— A lista de inscrição pela internet está bem cheia. Acho que essa ideia da grande noite sem bebida vai dar um bom retorno — Daniel opinou.

— Por que a surpresa? Outros colégios fazem festas como essa.

— Só achei que todo mundo ia querer se divertir na noite da formatura.

— Nós vamos nos divertir. — Eliminei o segundo item da lista e bati duas vezes com a caneta na página. — E aí, alguém vai querer falar no discurso da próxima sexta? Fazer a palestra motivacional do "estamos nos formando"?

Daniel, que havia acabado de beber um gole de sua garrafa de água, tossiu e tentou recuperar o fôlego. Os outros ficaram me encarando.

— Que foi?

— Você não vai querer falar no último discurso do ano?

— Ah... Bom, estou perguntando se mais alguém quer falar.

Ashley balançou a cabeça, dizendo que não. Olhei em volta, e todos os outros a imitaram. Daniel disse:

— Não. Você é boa nisso, e esse ano foi seu. Você conquistou o direito.

Eu queria me orgulhar, mas não sabia mais se devia, se isso significava que eu era egoísta. Eu havia trabalhado duro esse ano, principalmente por causa da faculdade, mas também por gostar da liderança, de fazer discursos e de lutar por uma causa. Bati com a caneta na página mais algumas vezes.

— Tudo bem. Eu falo. Obrigada. Sobre os outros itens da pauta, deem uma olhada em todos e me mandem as perguntas por e-mail ou então para o Daniel. Acho que vamos encerrar mais cedo hoje.

Todo mundo levantou e começou a conversar, enchendo a sala com o som de vozes. Daniel olhava para mim. Não precisei olhar para ele para saber.

— O que é?

— Você está distraída. Normalmente, você é muito organizada e controlada.

— Desculpa.

— Não precisa se desculpar. Você foi mais... verdadeira.

Finalmente olhei para ele.

— Como assim?

— Não sei. — Ele olhou para a porta, por onde a última pessoa acabava de sair. — Acho que esse ano todo você pareceu meio intocável.

— Do que você está falando? A gente namorou. O que isso tem de intocável?

— Você foi... — Ele hesitou, como se temesse ferir meus sentimentos. — Não foi de verdade. Foi como se representasse o que uma namorada deve ser. — E apontou para o meu fichário. — A representação do que deve ser o presidente de um conselho estudantil. A imagem perfeita. Sem nenhum deslize. Você poderia escrever um manual.

Eu me encolhi.

Finalmente, ele levantou da cadeira.

— Não é ruim. Mas assim é melhor... É legal. Tenho até vontade de te convidar para sair.

— Você já me convidou. E eu falei que não gosto de reprises. — Joguei a caneta nele quando Daniel caminhava para a porta.

Ele riu.

— Você só está comprovando o que acabei de dizer.

Suspirei e olhei para a mesa, agora vazia. Sentei no mesmo lugar o ano todo, e o que fiz de verdade? Abri o fichário na seção "formatura". A folha de inscrição para as audições das bandas ainda estava lá. Vinte apresentações. Alguns solistas, dois ou três duetos. O coral do espetáculo já havia até ensaiado. Havia nove bandas. Eu não sabia qual delas era a do Nate, mas ia descobrir. Talvez eles ensaiassem na garagem e eu pudesse invadir o ensaio.

Ouvi a música quando saí do carro. A bateria reverberava em meu peito quando me aproximei da porta. Colei um sorriso no rosto e entrei pela porta lateral. Ninguém me viu, e a música continuou, a batida se espalhando e ecoando até nos meus pés. Era uma canção envolvente. O cantor tinha uma voz boa e era muito carismático. Eu o acompanhava com os olhos enquanto ele pulava pelo palco com o microfone na mão. Repeti seu nome mentalmente várias vezes para não esquecer: Marcus.

Eu não estava ali havia muito tempo quando a bateria parou. Nate olhava para mim com ar confuso. Os outros músicos continuaram tocando, mas, um a um, todos foram parando e olhando para mim.

— O ensaio é fechado — disse Marcus. Se sabia quem eu era, a garota que havia ofendido sua banda indiretamente alguns meses antes, ele não deixava transparecer.

— Eu sei. Queria falar com vocês sobre a possibilidade de tocarem em uma festa de formatura.

Ele riu.

— É piada?

— Não. — Mostrei a prancheta, como se isso me fizesse parecer mais profissional, mas percebi que, provavelmente, também dava a impressão de estar considerando outras bandas. E a deles era a única. — Vocês já participaram de uma audição para o baile.

— E você e as suas amigas recusaram a gente. Acho que agora a gente vai recusar.

Ele não tinha esquecido.

Os outros membros, inclusive Nate, assentiram, concordando com o vocalista, e o baixista comentou:

— O equipamento de som que vocês usaram naquele dia e no baile era horrível. Até o Metallica teria ficado ruim tocando com aquilo.

— Quem é Metallica?

Marcus gemeu.

— Você é a encarregada da música? Fala sério. O que a gente fez para merecer esse castigo? Que qualificação você tem para escolher uma banda?

— Nenhuma.

Ele abriu a boca, como se quisesse discutir, mas fez uma pausa antes de dizer:

— Exatamente.

— Mas eu gostei do que ouvi hoje. Vocês aceitam tocar na festa? Por favor. Vim fazer o convite pessoalmente.

Ele me olhou de cima, me mediu, e eu torci para Nate fazer alguma coisa, apoiar minha intenção, mas ele deixou Marcus assumir o comando. Eu não podia criticá-lo por isso.

— Não sei. Tenho que conversar com a banda. Talvez.

— Você pode me mandar uma mensagem com a resposta? — Dei a ele um cartão com o meu celular.

Ele olhou para o cartão e o guardou no bolso da calça.

— Gia Montgomery está me dando o seu telefone. Uau.

— Se não quiserem tocar... talvez possam indicar uma banda, porque, como você mesmo disse, eu não estou qualificada para escolher.

— É claro.

— Obrigada. — Estendi a mão para apertar a dele, e ele bateu com o punho fechado no meu. — Há quanto tempo vocês tocam juntos?

— Dois anos.

— E compõem suas músicas?

— Sim.

— Bom, dá pra ver que se esforçam. Obrigada de novo. — E me virei para sair.

— Tchau, Gia — Nate se despediu.

Sorri e saí. Quando estava quase chegando ao carro, ouvi alguém me chamar. Eu me virei e vi Marcus se aproximando.

— Olha só, a gente vai pensar sobre a festa.

— Eu sei, você já disse.

— Mas dessa vez estou falando sério.

— Ah.

— A gente se vê. — E, com isso, ele se afastou.

31

Pela primeira vez desde que conseguia lembrar, não convidei a Claire e a Laney para me ajudar com as roupas para o encontro com Hayden. Se é que seria mesmo um encontro. A irmã dele praticamente o obrigou a me convidar para assistir à peça. Era bem provável que ela ainda estivesse tentando manter Eve longe dele. Pensei até que Bec poderia ir conosco, mas, quando ele apareceu na sexta à noite sem ela e beijou minha mão na porta, comecei a pensar que talvez fosse um encontro de verdade.

— Linda como sempre, Gia.

— Obrigada. Você também.

— Você acha que eu sou lindo?

— Escolhi você a dedo em um estacionamento para fingir que era meu namorado. Você acha que eu teria escolhido qualquer um?

— Bom, a mensagem é meio confusa. Escolher a dedo significa que havia mais opções. E só tinha eu no estacionamento. Então, sim, acho que você teria escolhido qualquer um.

— Nesse caso, eu tive sorte por você ser lindo.

— É, teve.

Bati no seu braço, e ele riu.

Não houve nenhum outro contato físico no caminho para o teatro, e, quando eu me convenci de que ele havia me convidado como amiga, entramos no teatro com iluminação suave e ele segurou minha mão. Meu coração deu um pulo de felicidade. Ele apontou para algumas cadeiras na área central da plateia, e nós seguimos para lá. Estávamos descendo pelo corredor quando alguém o chamou pelo nome.

Nós dois nos viramos e vimos Spencer, o amigo que ele encontrou na festa, acenando.

— Tem mais um lugar vazio aí? — ele perguntou.

Hayden assentiu, e Spencer juntou-se a nós, na cadeira do outro lado de Hayden.

— Oi. É Gia, certo?

— Isso. Oi.

— Viu a Eve? — Spencer perguntou a Hayden.

Ele inclinou a cabeça.

— Sim, algumas fileiras para trás.

Eve estava no teatro? Bec provavelmente sabia que ela viria. Outra armação?

Não. Eu não podia pensar desse jeito. Só porque não tinha certeza das motivações de Bec, não significava que não podia confiar nas de Hayden. Ele queria minha companhia. Esta noite nós não estávamos representando. A presença de Eve no teatro era só coincidência. Mas... ele havia fingido para me proteger quando encontramos Jules na sorveteria. Era isso que estava acontecendo agora? Por isso ele segurou minha mão? Mesmo pensando nessa possibilidade, dessa vez eu não estava disposta a soltar a mão dele. E a afaguei. Ele olhou para mim e retribuiu.

Spencer olhou para trás.

— Cadê o Ryan?

— Você sabe o que ele pensa dessas coisas.

— Não pensamos todos do mesmo jeito? — Spencer bateu nas costas de Hayden. — Ah, é, menos você. Você gosta de ver gente cantando e dançando. Esqueci.

— Não precisa ficar, Spencer. — A voz de Hayden era tranquila, mas lembrei o que Bec havia dito sobre os amigos dele gostarem de coisas diferentes das que ele apreciava. Por que Spencer estava ali, afinal?

— Você sabe que é brincadeira. Estou condicionado. Culpa sua. Mas não estou acostumado a ficar sentado ao seu lado nessas ocasiões. Normalmente venho para te ver no palco.

Hayden falou alguma coisa que eu não pude ouvir, e Spencer riu. Depois Hayden olhou para mim.

— Você vai adorar.

— Tenho certeza disso. — Olhei para o programa na mão de Spencer. — *Caminhos da floresta*. É terror?

— É uma coletânea de contos de fadas.

As luzes se apagaram e a orquestra começou a tocar. Um holofote iluminou as cortinas, e elas se abriram. Hayden virou minha mão com a palma para cima sobre seu joelho e começou a deslizar um dedo bem lentamente para cima e para baixo em cada um dos meus dedos. Minha reação foi tão forte que os cabelos na minha nuca ficaram em pé. Apoiei a cabeça no ombro dele. Seu cheiro era incrível, uma mistura de desodorante e sabão de lavar roupa. Se queria me impedir de assistir à peça, ele estava fazendo um excelente trabalho. Quando chegou o intervalo, eu estava tão envolvida com o fato de estar ali que quase esqueci que havia mais gente na plateia. O aplauso alto me tirou do transe.

As luzes se acenderam e eu endireitei as costas.

— Incrível.

Hayden sorriu.

— Que bom que gostou.

— Por que você não está no palco?

Ele apertou a mandíbula, mas relaxou em seguida.

— Aconteceu muita coisa durante as audições.

— É, ser recluso é trabalho duro.

O sorriso dele voltou.

— Minha irmã te influenciou — ele disse, mas não rebateu meu comentário. — O intervalo tem só quinze minutos. Se quiser ir ao banheiro, a hora é essa. Também tem bebidas e biscoitos para vender no saguão. Quer alguma coisa?

— Não, nada.

— Tudo bem, então. Preciso ir ao banheiro. Já volto. — Hayden soltou a minha mão. Eu mal podia esperar para segurar a dele de novo.

— Tudo bem.

Respirei fundo algumas vezes, tentando devolver meu coração ao ritmo normal. Peguei o programa e comecei a virar as páginas. Havia fotos de cada pessoa do elenco, a descrição do papel que representava e o nome da escola onde havia atuado anteriormente. Spencer pulou para a cadeira ao meu lado, e eu percebi que a minha atitude era grosseira. Fechei o programa e sorri para ele.

— Oi. — Guardei o livreto embaixo da cadeira e apontei para o palco. — O Hayden também sabe cantar desse jeito?

— Sabe.

— Eu quero vê-lo no palco algum dia. Há quanto tempo você e ele se conhecem?

— Há anos.

— Onde se conheceram?

— Na escola. — Ele se inclinou para mim e baixou o tom de voz. — Tenho uma pergunta para você.

— Que pergunta?

— Vai ter uma reunião do pessoal do beisebol. Não quero reconquistar uma namorada nem nada disso, mas seria legal não ir sozinho pelo menos uma vez. Sabe como os caras são. Não cansam de fazer piadinhas. Passo semanas aturando as brincadeiras depois de cada reunião. Mas não quero lidar com o drama de um relacionamento de verdade, nem com as expectativas de convidar alguém para sair, alguém que vou ter que ver o tempo todo.

Ele estava sugerindo o que eu achava que era?

— Eu... vim com o Hayden. Seu amigo.

— Eu sei. Mas ele me contou sobre o plano, e é evidente que está funcionando. — E olhou para trás lentamente.

Hayden e Eve estavam conversando. Ela estava segurando o braço dele e rindo de alguma coisa que Hayden falara. Ele também sorria.

— Ele a quer de volta. E você ajudou na reconciliação. E comigo seriam três horas, no máximo. Quanto você cobraria por isso?

Fiquei gelada.

— O quê?

— Só vamos sair. Mais nada. — Ele ergueu as sobrancelhas. — A menos que você queira fazer alguma coisa depois.

A bofetada foi tão forte que minha mão ardeu.

— Ei! Por que você fez isso? — Ele segurou um lado do rosto.

— Você não mudou nada. — Ainda era o mesmo cara que saíra com a Laney dois anos atrás e a tratara tão mal. Levantei e me afastei. Cheguei ao carro de Hayden e descobri que estava trancado.

Fechei os olhos e contei até dez, porque senti as lágrimas chegando. Consegui segurá-las e me sentei na calçada. Meu telefone tinha uma chamada perdida do Bradley. Hesitei por um segundo, olhei para a entrada vazia do teatro e liguei de volta.

32

Bradley atendeu no segundo toque.

— Foi o esconde-esconde telefônico mais longo da história — disse.

— É, foi.

— Tudo bem?

Pensei que ouvir a voz dele mexeria comigo, me faria lembrar o que vivemos. Talvez até me fizesse sentir melhor. Mas só aumentou minha dor de estômago.

— Tudo. E você?

— Morrendo de saudade, Gia.

— É mesmo? — Era bom saber que alguém pensava em mim.

— Você lidou com o fim do namoro com mais maturidade do que eu esperava.

— Ah... Obrigada.

— Estou dizendo que esperava um milhão de mensagens, mas só recebi silêncio.

— Desculpa.

— Não, isso é bom.

Claro. Nada como o silêncio para reviver uma conexão.

— Eu vi o seu tuíte. Você entrou no baile de formatura e enfrentou suas amigas sozinha. Mostrou ainda mais maturidade com isso.

— Não foi bem assim. Um amigo acabou entrando comigo. — Mas éramos amigos de verdade? O que Spencer acabou de dizer era verdade? Fiquei surpresa por Hayden ter contado a Spencer sobre o falso namoro sem me avisar. Especialmente depois de ele ter ido sentar perto de nós. Hayden devia ter me falado que Spencer sabia. E quando ele contou? Hoje?

Bradley continuava falando. A voz dele me fez lembrar como o nosso relacionamento era fácil. Descomplicado. Não havia ex-namoradas para encarar, sentimentos para decifrar ou papéis para representar. Estávamos juntos, só isso.

O silêncio do outro lado da linha me fez perceber que ele esperava que eu respondesse alguma coisa que nem ouvi.

— Desculpa. O quê?

— Quero te ver de novo.

— Você quer?

— Quero.

Pensei em Hayden e no jeito como ele estava perto de Eve, rindo com ela.

— Posso fazer uma pergunta?

— É claro.

— Do que você gostava em mim? — Eu me sentia bem pouco agradável.

— Você é divertida. Tivemos bons momentos juntos. — Foi tudo o que ele disse. E parou, como se fosse uma declaração profunda, como se fosse o suficiente para me fazer voltar correndo. Não que eu o julgasse. Eu tinha certeza de que daria a mesma resposta, se ele tivesse feito a mesma pergunta.

— A gente se divertia, mas você tinha vergonha de mim.

— Não tinha.

— Você não quis conhecer os meus amigos e nunca me deixou conhecer os seus. Isso me magoou, Bradley.

— Uau. Você está... diferente.

Onde eu estava com a cabeça? Bradley não era a resposta para a dor que eu estava sentindo pelo que Hayden havia acabado de fazer.

— Acho que estou. Tenho que desligar.

— Espera, Gia.

— Não posso. Tenho que desligar. — Apertei o botão para encerrar a chamada e olhei para a entrada do teatro. Não sabia o que fazer. Acho que pensei que Hayden viria atrás de mim, mas ele não veio. Estava ocupado demais tentando voltar com Eve. Talvez eu devesse ouvir o que ele tinha a dizer, mas estava com muita raiva, e não voltaria lá de jeito nenhum. Não com Spencer e Eve por perto.

Eu não conhecia essa parte da cidade, mas vi um ponto de ônibus na esquina e várias pessoas esperando, o que indicava que ele poderia passar logo. Tirei os saltos e caminhei até lá. O ônibus chegou cinco minutos depois, tempo de sobra para Hayden ter ido me procurar. Ele não foi. Portanto, quando o ônibus se aproximou e vi a palavra "Orla" no letreiro digital, eu entrei. Eu tinha só uma nota de cinco dólares, e o motorista resmungou enquanto pegava o troco.

Sentei ao lado de uma mulher usando fones de ouvido, esperando que isso fosse um sinal de que não tentaria puxar conversa comigo, e me segurei para não chorar durante dez minutos.

Meu telefone vibrou. Ignorei a ligação de Hayden. Em seguida veio uma mensagem. Fiquei com receio de ler, mas li.

> Onde você está?

Não respondi. Não sabia o que dizer. Uma lágrima idiota escorreu pelo meu rosto. Eu a limpei, furiosa. Foi então que a mulher ao meu lado decidiu parar de me ignorar. Ela tirou os fones.

— Tudo bem com você?

— Sim, tudo.

— Sabia que essa é a mentira mais contada no nosso idioma?

Engoli um soluço.

— Ah, meu bem, não chora. — E bateu no meu braço de um jeito encabulado.

— Estou bem — repeti.

Ela deu uma risadinha.

— Por favor, não colabore com a mentira.

Outra notificação no celular.

> Pensei que você estivesse no banheiro. E comecei a pensar que tinha morrido lá dentro, por isso mandei alguém ir ver se estava tudo bem. Ela disse que o banheiro estava vazio. O Spencer falou que você saiu chateada. Onde você está, Gia?

A mulher ao meu lado ainda parecia preocupada.

— Problemas com garotos — falei, finalmente, esperando que ela me deixasse em paz. Mas isso a fez começar um monólogo sobre os adolescentes de hoje em dia.

> Se você não responder, vou chamar a polícia. Estou preocupado.

Digitei depressa:

> Como você falou para o seu amigo que eu sou uma garota de programa, achei que você estava com uma ideia errada sobre a gente. Não sabia que era esse o papel que eu tinha que interpretar esta noite. Arrumei carona para casa.

O telefone começou a tocar imediatamente. Eu não queria falar sobre isso pelo celular, ao lado de uma mulher que parecia pensar que os garotos deviam usar coleiras de choque a partir dos treze anos. Além do mais, Hayden podia estar ligando para dizer que eu estava reagindo como uma namorada, não como alguém que estava saindo com ele pela primeira vez. Eu estava reagindo como namorada. E não era namorada dele.

— Já vi que não estou ajudando — a mulher concluiu.

— Obrigada por tentar, de verdade. — O ônibus parou, eu levantei e andei pelo corredor. Senti o cheiro do mar no segundo em que desci.

A brisa e o som das ondas foram só uma confirmação secundária de onde eu estava.

Eram só oito horas. Eu tinha mais quatro para choramingar pela praia antes de encontrar um jeito de voltar para casa.

Uma hora depois, ouvi a notificação de mensagem.

> Sabia que os seus pais têm um rastreador com GPS no seu telefone?

33

*Eu me virei e vi alguém andando pela praia na minha di-*reção. Estava escuro demais para ver o rosto de longe, mas, considerando a mensagem que eu havia acabado de receber, tinha certeza de que era Hayden. Tentei me controlar. Não queria que ele percebesse quanto eu estava sofrendo.

— E agora, você acha que sou esquisito? — ele perguntou quando parou perto de mim.

— Talvez mais do que quando ficou parado no estacionamento para ter certeza de que eu estava bem.

— Dá pra entender. Isso exigiu muito esforço e engenhosidade. E convencer os seus pais de que você não estava perdida e, ao mesmo tempo, fazê-los me dizer onde você estava.

Ele sentou ao meu lado e olhou para o meu rosto. Eu não sabia o que Hayden procurava, mas tive que fazer um grande esforço para impedi-lo de encontrar.

— Quero ouvir o seu lado — ele falou. — Quero entender o que aconteceu.

— O meu lado? E o seu lado?

— O meu lado é bem simples. Fui ao banheiro. Minha ex-namorada me chamou e começou a conversar comigo e com um velho amigo nosso. Depois, quando voltei com um cookie de gotas de chocolate surpresa para você, não te encontrei mais.

— Um bom lado, mas o lado a que eu me referia era como exatamente você explicou "a gente" para o Spencer.

Ele pareceu pensar.

— Ah. Depois da festa de formatura da Eve, contei a ele como a gente se conheceu e como você retribuiu o favor que eu fiz.

— Pois é, ele teve a impressão errada.

— Como assim? Isso tem a ver com aquela mensagem confusa sobre garota de programa?

— O Spencer deve ter te contado o que aconteceu.

— O Spencer disse que você me viu falando com a Eve, ficou furiosa, soltou alguns palavrões e foi embora.

Meu queixo caiu.

— Ele disse isso?

— Sim, foi o que ele disse. — Hayden respirou fundo. — Posso te fazer uma pergunta?

— Sim.

— Você já conhecia o Spencer antes da festa da Eve?

Ah, não. Não era uma boa hora para essa história vir à tona.

Ele fechou os olhos por um momento, como se estivesse desapontado com o choque que provavelmente vira no meu rosto.

— Não. Quer dizer, eu o vi uma vez. Acho que ele nem se lembrou de mim. Olha, eu só vi você conversando com a Eve quando ele me mostrou. E ele só me mostrou vocês dois depois de me convidar para um evento de beisebol, porque não queria ir sozinho. Ele disse que você tinha contado sobre o nosso "acordo" e queria saber quanto eu cobrava.

— Ele disse isso?

— Sim, e aí disse que não queria nada depois do evento, a menos que eu quisesse.

— Eu nunca falei em pagamento.

— Bom, então ele chegou a essa conclusão sozinho.

— Não foi isso que ele me contou.

— É claro que não. Não queria que você ficasse bravo com ele.

— Ele disse a mesma coisa de você quando perguntei sobre a mensagem que me mandou. Disse que você estava inventando uma história para eu não ficar bravo com o seu ataque de ciúmes. E que você não gostava dele porque ele não convidou a Laney para um segundo encontro dois anos atrás.

— Ah, fala sério. Foi ótimo ele não ter convidado a Laney para sair de novo. Ele não vale nada.

Hayden ainda parecia cético. Não acreditava em mim. Senti as lágrimas se formando e mordi a bochecha por dentro.

— Por que eu inventaria uma história dessa?

— Por que *ele* inventaria?

— Porque ele viu o que aconteceu com a sua amizade com o Ryan quando ele te traiu.

— Está tentando dizer que essa situação é igual à que aconteceu com o Ryan, a Eve e eu?

— Não, de jeito nenhum. — Limpei uma lágrima errante, furiosa por tê-la deixado escapar. — Só estou tentando entender por que ele mentiu.

— Eu também. E quero acreditar em você, Gia. De verdade.

— Querer acreditar em mim e acreditar em mim são duas coisas completamente diferentes.

— É que a história dele é mais coerente que a sua. Se ele fez o que você está me dizendo, por que você fugiu? Por que não ficou para falar comigo? Por que não me contou?

— Porque, depois de o Spencer me convidar para o evento, eu disse que tinha ido com você, e ele respondeu que você estava ali para ver a Eve. Foi quando eu olhei para trás e te vi com ela. E, sim, eu fiquei com ciúme. Mas o seu amigo continuou falando, insinuou que queria transar comigo, eu dei um tapa na cara dele e saí.

— Eu quero acreditar em você.

— Você já disse isso.

— Porque é verdade.

— Então acredite em mim.

Ele suspirou.

— Ele é o meu melhor amigo, e você tem um histórico de... — Hayden não terminou a frase, e eu levei alguns momentos para deduzir o que ele pretendia dizer.

— Mentiras? — sugeri, incrédula.

Ele assentiu.

Agora eu não conseguia mais segurar as lágrimas, e as odiava. Odiava Hayden por ter esse poder sobre minhas emoções. E odiava que ele me visse chorar depois do que havia dito. Levantei, peguei meu celular e me virei de costas para ele.

— O que está fazendo? — Hayden perguntou.

— Vou para casa. — Digitei o número e esperei alguém atender. A voz do meu pai soou do outro lado. — Oi, pai. Pode vir me buscar? — Minha garganta queimava com a força da emoção, mas consegui parar de chorar.

— É claro.

— Eu te levo — Hayden falou atrás de mim.

Para o meu pai, eu disse:

— Estou na orla, no centro da cidade.

— Chego daqui a pouco.

— Obrigada. — Desliguei e guardei o celular no bolso.

Hayden parou ao meu lado e estendeu a mão. Recuei um passo. Isso doía mais que qualquer rompimento que eu já havia vivido antes, e nós nunca estivemos juntos de verdade. Nunca nos beijamos. Era assim que a gente se sentia quando deixava alguém se aproximar, pensei, quando conhecia alguém de verdade e se deixava conhecer. Era essa a sensação de gostar de alguém de verdade e ver essa pessoa dar as costas para você. Eu não queria que ninguém tivesse esse poder sobre as minhas emoções. Nunca mais. Era mais seguro guardar as coisas para mim, não mostrar os sentimentos. Tudo acabava melhor assim.

Em silêncio, olhamos para o mar por muito tempo. Talvez ele quisesse ir embora, mas seu lado cavalheiro esperaria meu pai chegar.

— Só para constar, eu posso ser muitas coisas. Egoísta, superficial, esnobe, mas a noite do baile de formatura foi a primeira vez que menti para minhas amigas. E, quando eu quis contar a verdade a elas naquela mesma noite, foi você quem impediu. Não que eu tenha estado ansiosa para contar a elas depois daquilo. Com relação ao Spencer, ele foi um tremendo babaca com a Laney, mas eu mal o conhecia. Você gostava dele, por isso decidi dar ao cara o benefício da dúvida em vez de contar que ele não valia nada. Resumindo, eu não sou mentirosa. — Dei uma risada amarga. — Acho que nem isso eu posso dizer depois do baile, não é? Vou aumentar a lista. Sou egoísta, superficial, esnobe, mentirosa e preciso muito de aprovação. — Eu estava ficando cada vez melhor nessa coisa de sentir pena de mim mesma.

— Gia, para. Você não é nada disso. Estou confuso, só isso. Um dos meus melhores amigos me contou uma coisa, e você disse exatamente o contrário. Você entende o motivo do meu conflito?

Finalmente consegui controlar minhas emoções e adotar um tom calmo, confiante.

— Sim, eu entendo. E tenho certeza de que você também entende por que eu não posso ser amiga... ou sei lá o que era isso... de alguém que não confia em mim. E o que ele... o Spencer... fez comigo? Não foi legal.

Ouvi o carro do meu pai antes de vê-lo. Estava precisando de uma revisão ou coisa parecida.

— Por favor, não me procura.

Hayden passou a mão na cabeça, o rosto transformado pela preocupação, e assentiu. Entrei no carro. Meu pai hesitou e olhou para Hayden.

— Vamos, pai. Por favor.

E ele seguiu em frente. Assim que viramos a esquina, deixei os ombros caírem e as lágrimas, até então contidas, explodiram.

— Querida?

— Eu odeio os garotos.

— Ele te machucou? — A voz soou surpreendentemente furiosa.

— Não. Só o meu coração.

— Ah, meu amorzinho. — Ainda dirigindo, meu pai pousou minha cabeça em seu ombro. — Eu sinto muito. Chora, vai te aliviar.

E eu chorei. Foi mais fácil me abrir com meu pai do que eu tinha imaginado. E pensar nisso só me fez chorar ainda mais.

31

— Caso esteja interessada em saber — Bec falou quando sentou na minha frente na segunda-feira de manhã —, eu acredito em você, e já disse isso ao Hayden.

— Obrigada. — Não que isso importasse. Eu não queria falar com o Hayden nunca mais.

— Porque o Spencer é um falso. Não sei como os amigos do Hayden viraram esses babacas. Acho que é porque eles se conheceram muito pequenos, quando ainda eram só meio babacas. Tenho certeza de que, se tivesse conhecido o Ryan ou o Spencer nos últimos dois anos, o Hayden teria percebido como eles realmente são.

Eu tinha medo de que a minha voz tremesse, por isso só movi a cabeça em uma resposta afirmativa.

— Mesmo que a história do Spencer fosse verdadeira, eu apoiaria sua decisão de sair de lá num acesso de ciúme. Eu disse ao Hayden que a única coisa que eu teria feito diferente, se a gente tivesse ido ao teatro juntos e ele fosse falar com a ex-namorada e me deixasse plantada, teria sido socar a cara dele antes de ir embora. Por que o tonto do meu irmão continua falando com aquela garota idiota? Principalmente quando está com alguém?

— Não foi bem assim.

— Ele me disse que te convidou para sair. O Hayden falou que não era um encontro?

— Não.

— Ele gosta de você, Gia. Está agindo como um idiota, só isso.

— Não faz diferença. Ele não confia em mim, e eu não confio mais nele. Considerando que essa é a base de todo bom relacionamento, acho que não temos muito mais o que esperar.

Bec pôs a mão sobre a minha.

— Meu irmão é extremamente leal. Às vezes até mais do que deveria. A lealdade supera o raciocínio, no caso dele. O cérebro diz uma coisa e o coração diz outra. Uma vez, quando eu era pequena, ele me viu empurrar um menino e roubar o picolé dele. Eu disse ao Hayden que o picolé era meu, que o menino o havia tirado de mim. O Hayden acreditou e mandou o menino me deixar em paz. Lealdade.

— Entendi o que você quer dizer, mas nessa história eu sou o menino chorando porque o picolé foi roubado. Não é a mim que o Hayden está sendo leal.

Ela suspirou, irritada.

— Eu sei. Estou dizendo exatamente isto: ele entendeu tudo errado. Devia ter devolvido o picolé ao garoto e me ensinado a não ser encrenqueira.

Eu ri.

— Bom, isso é muito importante para mim.

— Vai falar com ele?

— Ele não quer conversar, Bec. Ele quer a Eve de volta. Desculpe se falhei na sua missão, mas eles que se entendam.

— Minha missão?

— É por isso que você quer que eu fale com ele. Você odeia a Eve.

— Não dá para negar, mas não é isso. Eu gosto de você, Gia. — Ela segurou meu braço e me encarou com aqueles olhos contornados de delineador preto. — Por mais que eu tenha tentado me convencer a não gostar, gosto de você. De verdade.

As palavras dela me fizeram querer rir e chorar ao mesmo tempo.

— Também gosto de você, mas não preciso ficar com o seu irmão por causa disso.

— Você e o meu irmão combinam. Você alimenta a confiança dele, e ele diminui a sua ansiedade. Quando se encontra alguém assim, não se pode desistir com tanta facilidade.

Eu ri.

— Obrigada, dr. Phil, mas acabou, e eu não gosto de reprises.

Eu não queria almoçar com as minhas amigas. Não queria fazer nada além de ficar sentada na sala da quarta aula e nunca mais sair de lá. Mas levantei, pendurei a mochila no ombro e fui procurar a Claire.

— O que aconteceu? — ela perguntou imediatamente. Naquela manhã, quando peguei carona com ela até o colégio, consegui esconder minha tristeza. Mas a conversa com Bec havia piorado tudo. Ela acreditava em mim, o que tornava ainda pior o fato de Hayden não acreditar. Tornava ainda mais evidente que ele devia acreditar.

— Dia ruim.

— Quer conversar?

— Não.

— É o Drew? Ainda está brigando com ele?

— Sim... Espera aí. Como você sabe que o Drew e eu brigamos? — Eu não tinha contado a ninguém, porque isso implicaria revelar a verdade sobre o filme mais constrangedor do mundo.

— A Jules disse que viu um filme na internet.

— Ela viu? Como?

— Não sei. Talvez seu irmão tenha postado o link no Facebook. Enfim, ela falou que você estava furiosa com o Drew. Achei que tivesse contado a ela. Fiquei surpresa por não ter me contado.

— Não, eu não contei a ela. — Eu não conseguia processar o que isso significava. Ela ainda estava xeretando em tudo e procurando respostas? Ou, como Claire, ela achava meu irmão bonitinho e o havia adicionado no Facebook?

— É por isso que você está chateada? — Claire perguntou.

— Não. — Falar com Claire poderia me ajudar. — Lembra aquele cara com quem eu tive aquele encontro arranjado?

— Sim.

— A gente terminou.

— Eu não sabia que tinha alguma coisa para terminar.

— Não tinha, mas eu queria que tivesse.

— Lamento, Gia. Primeiro o Bradley, agora o Hayden. Isso não é legal.

— Não é. — Chegamos ao estacionamento, onde Jules e Laney esperavam perto do carro. — Prefiro que essa história fique só entre nós, pelo menos por enquanto. Pode ser? — Eu não queria lidar com as perguntas impertinentes de Jules. Hoje não. Principalmente porque, tudo indicava, ela continuava me espionando.

— Por quê? Somos todas amigas, Gia. Queremos te ajudar. Você precisa parar de esconder as coisas de nós.

— Eu não consigo lidar com a Jules agora. Por favor.

— Não entendo por que vocês duas não conseguem se dar bem.

— Sério? Você não vê como ela é comigo? A Jules vive tentando destrinchar minhas histórias por algum motivo que eu desconheço.

— Sim, percebi que ela faz isso de vez em quando, mas a Jules falou a mesma coisa sobre você.

— Bom, ela começou. — Eu parecia infantil, e não precisava ver Claire revirando os olhos para confirmar essa impressão.

— Faz um esforço. Ela tem enfrentado um período difícil.

— Eu tentei, e ela nem ligou.

— Tenta de novo. Ela vai morar na minha casa até o fim do ano, porque a mãe vai se mudar para fugir de mais um cara.

Engoli em seco.

— Ela vai morar com você?

— Sim, e eu preciso das minhas duas melhores amigas se dando bem.

Na única vez em que tentei fazer alguma coisa legal por Jules e a convidei para ir à minha casa e participar do ritual pré-encontro, ela mentiu. Parei quando ouvi meu próprio pensamento. A única vez. Teve a tentativa na sorveteria também, mas aquilo não foi um grande esforço. Claire estava certa. Eu não havia me esforçado muito. Raramente me esforçava para me aproximar dela. Se Claire gostava de Jules, devia ver alguma coisa que eu não via. Alguma coisa que eu não me empenhava em ver. Enganchei o braço no de Claire, deitei a cabeça em seu ombro e disse:

— Tudo bem, vou tentar.

— A Gia vai escolher o restaurante hoje — Claire anunciou ao destravar as portas do carro. — O quase namorado terminou com ela.

Jules olhou para mim.

— Qual namorado?

— O Hayden.

— Porque ele te viu com o Bradley?

Respirei fundo para conseguir um pouco de paciência antes de responder. Do ponto de vista de Jules, isso era verdade. A última vez que ela me viu, eu estava mesmo com o "Bradley".

— Não, não foi por isso. O amigo dele foi um cretino e ele não acreditou em mim.

— Que droga — comentou Laney.

— É uma droga mesmo. — Sentei no banco da frente e prendi o cinto de segurança.

Jules tocou meu ombro do banco de trás.

— Lamento pelo Hayden.

Eu sorri. Ela parecia sincera. Quando a chamei na porta da cafeteria, talvez tenha percebido que meu interesse era verdadeiro. Talvez eu tenha impedido o crescimento dessa amizade com a minha atitude. Podia me esforçar mais. E me esforçaria. Tudo ia ficar bem.

Claire ligou o carro.

— Para onde?

— In-N-Out.

Levei um segundo para reconhecê-lo fora do contexto como estava, entrando no restaurante onde eu almoçava com Claire, Laney e Jules. Eu estava de frente para a porta, e a primeira coisa que pensei foi: *Acho que conheço esse cara*. Depois, quase engasguei com o milk-shake de chocolate e levantei, chocada.

— Drew?

Ele sorriu, se aproximou e me abraçou.

— Eu devia ter pedido sua autorização para fazer o filme.

Ainda não era um pedido de desculpas, mas eu sorri.

— O que está fazendo aqui?

— Eu precisava te ver.

Minhas amigas estavam me olhando, e eu falei:

— Drew, lembra da Claire e da Laney? E essa é a Jules. Meninas, meu irmão.

— É bom te conhecer pessoalmente — ele falou para Jules.

— Como assim? — Gia perguntou.

— Conversamos pela internet há dois dias. Ela disse que podia me ajudar com um assunto.

Por que essa notícia encheu o meu coração de medo?

— Pensei que você odiasse a internet.

Ele sorriu, como se ouvisse uma piada.

— Aliás, ajuda com qual assunto?

— Você vai ver.

— Como você soube que eu estava aqui? — perguntei.

— Os nossos pais têm um rastreador no seu celular. Por favor, me diz que sabia disso.

— Sabia. Só não sei por que eles dão essa informação para todo mundo.

— Porque eu trouxe uma surpresa para você. Um presente de reconciliação. Uma coisa que a sua amiga garantiu que você ia adorar.

Drew sorriu para Jules, e o meu medo cresceu.

— Presente de reconciliação?

— Sim, para compensar o meu comportamento horrível.

Sorri, nervosa. Se Jules estava envolvida nisso, não podia ser coisa boa... ou Claire havia falado com ela sobre "se esforçar mais" também. Talvez ela estivesse se esforçando. Se ela vira o vídeo do meu irmão, podia ter percebido que a minha vida também era difícil de vez em quando. Essa era a primeira explosão de esperança que eu tinha em um dia horroroso. Meu irmão estava ali me fazendo uma oferta de paz. Uma oferta de paz proposta por ele e Jules.

— Pronta?

— Sim.

Sorrindo como se ele mesmo ganhasse o presente, Drew voltou à entrada e abriu a porta. Bradley entrou. Não o dublê do Bradley. O de verdade, o Bradley em carne e osso. Eu havia esquecido como ele era grande. Os braços pareciam imensos. Grandes demais. Eu gostava daquilo? O cabelo era impecavelmente penteado, o sorriso, perfeito e branco, e ele devia ter feito umas sessões de bronzeamento, porque a pele estava mais escura do que nunca.

Drew andava um pouco atrás dele e sorria orgulhoso, como se trouxesse uma pilha de dinheiro ou coisa parecida.

— Gia. — Bradley me apertou num abraço sufocante. Ele ia fraturar minha coluna com aqueles braços enormes. Em seguida, me soltou e olhou para minhas amigas. Tudo acontecia depressa demais, e meu cérebro tinha dificuldade para acompanhar. Por isso, quando ele falou: "Sou o Brad...", meu grito de "Não!" saiu um segundo tarde demais.

O brilho satisfeito nos olhos de Jules revelou que esse era o plano.

— Espera. Você é o Bradley? O Bradley da UCLA? — Laney perguntou.

— Isso. Gia, eu não tenho vergonha de você. Estou aqui para conhecer suas amigas, finalmente. Passou da hora! — Ele beijou meu rosto, e eu tive que me segurar para não limpar a bochecha quando ele se afastou.

Claire olhava para mim com uma cara... bom, como se eu houvesse mentido para ela no último mês inteiro.

— Gia? O que é isso?

— Ele terminou comigo no estacionamento na noite do baile de formatura. Mas ele existe. Está vendo?

— E daí? Você chamou um amigo para fingir que era ele?

— Você fez alguém fingir que era eu? — Bradley perguntou.

Meus ombros começaram a tremer, e eu tive que cruzar os braços para controlar a reação.

— Eu só precisava dar um jeito naquela noite. Você estava lá. Devia ter entrado comigo, não terminado.

Bradley fechou os olhos, como se estar ali fosse o maior de todos os erros. Eu preferiria que ele não tivesse vindo.

— Sério, Gia? — Drew falou.

Apontei para Jules.

— Ela estava tentando provar que o Bradley não existia. — Eu havia me tornado uma criança. Agora era inútil. Cavei minha sepultura e era enterrada viva nela. — Foi ela que provocou tudo isso.

— Você mentiu pra gente? — Claire perguntou.

— Me desculpa. Por favor. Eu não queria mentir. O Bradley existe. Ele só terminou comigo no estacionamento, daí eu pensei que não era realmente uma grande mentira. Só reformulei a ordem em que as coisas aconteceram... com um substituto.

— E quem era o substituto? — Claire quis saber.

— Ela chamou o cara de Bradley quando encontrei com eles na sorveteria outro dia. — Jules estava adorando cada segundo disso. Havia trabalhado duro por essa recompensa, e tudo acontecia exatamente como ela havia imaginado, provavelmente.

— Aquele era o Hayden.

— O Hayden do encontro arranjado? Então não foi um encontro arranjado. Você já o conhecia.

— Sim.

— E naquela vez você teve a intenção de mentir? — A voz de Claire era gelada.

— Eu me enrolei.

— Será? — Laney murmurou.

— Por quê, Gia? — Claire perguntou.

— Porque eu estava com medo.

— Do quê?

Agora era como se fôssemos só Claire e eu. O olhar gelado ficou triste.

— A Jules não acreditava que o Bradley existia. Pensei que... — Parei, porque agora parecia ridículo.

— Eu sempre acreditei em você sobre o Bradley.

— Eu sei. Mas eu achei que não acreditaria naquela noite. Achei que seria a prova final, a evidência para ela ter certeza de que eu era uma mentirosa.

— Você provou que era mentirosa sozinha.

Meu coração ficou apertado.

— Eu sei.

— Por que não confiou na nossa amizade?

— Sei lá. Talvez porque os meus relacionamentos sempre tenham sido superficiais. Nunca fui eu mesma. Nunca. Nunca deixei ninguém se aproximar. — Eu soube que era a hora errada para fazer essa declaração no momento em que as palavras saíram da minha boca, mas era tarde demais para voltar atrás. — Não foi isso que eu quis dizer. Eu não sabia que era superficial. Sempre achei que a nossa relação fosse ótima, até entender o que era me abrir de verdade. — Fechei os olhos. Eu só estava piorando a situação. — Desculpa.

Claire ficou em pé.

— É bom saber como você se sente. — E foi embora. Laney ainda ficou por um instante, mas levantou depois dela.

Olhei para Drew, mas ele só balançou a cabeça, com desgosto. Devia estar muito satisfeito por ter feito um filme sobre a minha necessidade de aprovação.

— Sério, Gia?

— Por favor, julgamento agora não. — Minha voz tremia, e eu fiquei quieta.

Drew bateu no braço de Bradley, moveu a cabeça para mostrar a porta, e os dois saíram. Por que eu não tinha um irmão que me defendia mesmo se eu roubasse um picolé? Apoiei a testa na mesa e decidi que não ia sair dali até alguém me obrigar.

Alguém tossiu, e eu olhei para cima. Como foi que ainda não havia notado que Jules não tinha saído com as outras?

— Que é?

— Estive em seis colégios em quatro anos. A Claire foi a única pessoa que me fez sentir aceita.

— Então era isso? Você queria roubar a Claire de mim?

— Eu sabia que ela merecia coisa melhor.

Jules estava certa. Claire merecia alguém melhor que eu. Apoiei a testa na mesa outra vez e ouvi Jules sair do restaurante batendo o salto alto.

Pela segunda vez em poucos dias, percebi que precisava ligar para o meu pai e pedir carona para casa.

A única pessoa com quem eu podia conversar agora era a irmã do cara que eu não queria ver nunca mais, por isso eu estava sentada no carro tentando entender as coisas sozinha. Antes eu era boa nisso. No começo do ano. E, apesar de todas as pessoas que haviam dito ultimamente que eu estava diferente, melhor e mudada, eu me sentia perdida, ressentida e sozinha. Queria meu antigo eu de volta. Aquele que conseguia empurrar um problema para baixo do tapete até se sentir capaz de lidar com ele. Talvez a questão fosse essa. Eu nunca lidava realmente com nada.

Eu não conseguia parar de pensar em uma coisa que Jules falou. Claire merecia coisa melhor. Ela estava certa. Claire merecia coisa melhor que uma amiga como Jules. E eu acreditava realmente que podia ser melhor... Eu era melhor. Melhor que a mentira idiota que havia contado mais de um mês atrás. Melhor que a pessoa que era no começo do ano, que não pensava muito nos outros, exceto sobre como eles poderiam me ajudar. E só agora eu percebia que era assim.

Liguei o carro e fui para a casa de Claire. Tinha que lidar com isso. Eu havia feito a confusão. Bati na porta, e a mãe dela, que normalmente sorria e me convidava para entrar, bloqueou a passagem com o corpo.

— Desculpa, Gia. Ela não quer falar com você.

Pensei no tapete que a mãe dela havia comprado para nós, o que pedia para não pisar nele, e na maneira como Claire estava repetindo esse mesmo pedido neste momento. Quis forçar um sorriso, fingir que tudo estava perfeito, ou seria, pelo menos. Em vez disso, falei:

— Fui uma péssima amiga. Pode dizer isso a ela? Não tem desculpa para o que eu fiz. Pode dizer a ela que eu sinto muito, e que talvez um dia ela aceite conversar comigo? E diga também "oitenta e três dias", por favor.

A mãe dela assentiu e fechou a porta.

Eu não sabia se ela daria o recado completo, por isso mandei uma mensagem para a Claire falando do meu pensamento sobre o tapete, de como eu estava feliz por ela não concordar com meu comportamento, e de como eu esperava que um dia ela me perdoasse. Finalmente, escrevi o número de dias que faltavam para sermos companheiras de quarto.

A única coisa que ela respondeu foi:

> Ainda temos trinta dias para mudar as preferências para a colega de quarto.

Em pé na varanda da casa dela, fiquei olhando para a mensagem e torcendo para ela não estar dizendo o que eu achava que estava. A Jules venceu. Ela queria a Claire, e agora a tinha.

Engoli o nó na garganta.

Achei que voltar para casa seria ruim. Esperava que meus pais estivessem bravos comigo. Mas eu devia saber que não seria assim. Quando entrei, eles e Drew conversavam em torno da mesa da cozinha. Esperei as exclamações furiosas, mas tudo que meu pai disse foi:

— Gia, mentir nunca é a solução.

Esperei mais. Mais raiva. Drew resmungou alguma coisa sobre ter passado as últimas duas horas tentando fazê-los entender a gravidade do que eu fiz.

— Você devia ter visto como eles te defenderam — falei.

— Nós apoiamos vocês dois — minha mãe explicou.

— É mais fácil ver os nossos erros se olharem para nós de frente, em vez de estarem sempre guardando as nossas costas — Drew respondeu.

Minha mãe sorriu como se achasse engraçado o que ele disse.

— Vou para o meu quarto — avisei, certa de que isso não ia dar em nada. Meus pais eram irredutíveis em suas posições e opiniões.

— Você está de castigo — Drew falou quando eu estava saindo.

— Só se você também estiver.

35

Acordei com uma voz cantarolando baixinho. Desafinada. Abri um olho e vi minha mãe deixando as roupas dobradas em cima da minha cômoda.

— Você devia estar acordada — ela disse.

Pus o travesseiro em cima da cabeça.

— Não vou ao colégio hoje.

— Sim, você vai.

— Mãe, eu não quero ir. Tive um dia ruim ontem.

— Você não pode se esconder dos problemas.

— Por que não? Você se esconde.

O silêncio foi tão prolongado que eu pensei que ela tivesse saído. Tirei o travesseiro de cima da cabeça e a vi em pé no meio do quarto, olhando pela janela com uma expressão triste. Eu queria retirar o que disse, mas não podia.

— Pode usar o carro do seu pai — minha mãe avisou, depois se virou e saiu do quarto.

Tomei banho e me vesti para ir à aula. Fui à cozinha tomar café com minha mãe, como sempre fazia, pensando em pedir desculpas, mas ela não estava lá... como de costume. Havia um bilhete em cima da bancada. "Fui trabalhar mais cedo. Tem cereal na despensa."

Drew entrou na cozinha e leu o bilhete por cima do meu ombro.

— Você magoou a mamãe.

Rangi os dentes.

— Você magoou a mamãe. — Passei por ele, peguei a chave do carro no gancho da parede e saí.

※ ※ ※

*Drew estava certo. Eu tinha estragado tudo, mas hoje co-*meçaria a consertar as coisas. Entrei no estacionamento e parei na área onde Claire sempre parava. O carro dela não estava lá. Esperei até ouvir o sinal, mas ela não apareceu. O segundo sinal também não a fez aparecer. Vi o carro de Laney algumas fileiras longe do meu. Elas vieram juntas? Eu sabia que tinha que consertar as coisas com Laney e Jules também, mas queria começar com Claire.

Suspirei e saí do carro. Quando estava indo para a sala de aula, tive uma ideia. Eu era a presidente do conselho estudantil. Normalmente não abusava do título, mas hoje o faria trabalhar por mim. Mudei de direção e fui à secretaria.

Se agisse como se fosse uma coisa normal, ia dar certo. Forcei um sorriso e falei com a sra. Fields.

— Oi, estou cuidando dos últimos detalhes do discurso do conselho na sexta-feira e preciso da Claire Dunning. Pode dispensá-la da primeira aula?

— Em que sala ela está? — a sra. Fields perguntou, como se eu fizesse isso sempre.

— Cálculo. Freeman.

Meu coração disparou, mas ela não percebeu, porque pegou o telefone e digitou um ramal.

— Oi — disse, depois de um instante. — Preciso da Claire na secretaria, por favor. — Depois de alguns "hums", ela desligou. Esperei que me dissesse que Claire não havia ido ao colégio.

Ela não disse. Em vez disso, sorriu e me avisou:

— Ela vem vindo.

— Ah, ótimo. Vou esperar lá fora. Obrigada.

Saí da secretaria e tentei pensar no que ia dizer. Não havia desculpa para o que eu tinha feito. Para o que eu tinha falado. E esse seria um bom começo. Era verdade. Se eu fosse a Claire, também estaria brava. Mas nós fomos melhores amigas durante dez anos, e isso devia valer de alguma coisa.

Ouvi os passos dela no cimento antes de vê-la virar a esquina. Seu olhar calmo e curioso endureceu quando me viu. Claire parou no meio do corredor. Não hesitei e percorri a distância entre nós.

— A gente pode conversar?

— Você me tirou da aula para isso? Mentiu para a sra. Fields para me trazer aqui?

Talvez a ideia não tivesse sido tão boa.

— Não. Sim. Mais ou menos. — Qual era o problema comigo? Segui o plano. — Não tem desculpa para o que eu fiz.

— Mentir para me tirar da aula?

— Não... Bom, isso também, mas acho que querer falar com você é uma desculpa até que decente. — Balancei a cabeça. — Estou falando da mentira sobre o Bradley.

— Eu sei do que você está falando. — A expressão dela ainda era dura. — Era só isso? — E começou a se afastar.

— Não. E sobre o que eu falei no restaurante. Eu não quis dizer que nunca fomos amigas. Você é a minha melhor amiga, Claire. Fui muito egoísta. Só quero falar sobre isso. Estraguei tudo, e queria pedir desculpas.

— Já pediu. — Ela se virou e continuou se afastando.

— É assim? — falei. — Estou tentando consertar as coisas.

Claire não virou para trás.

Tempo. Eu sabia que ela precisava de tempo. Eu a magoei, e ela não ia superar tão cedo. Por isso pedi a mim mesma para aguentar firme. Mas, quando duas garotas passaram por mim no intervalo e cochicharam a palavra "mentirosa", não aguentei mais. Fui até a área dos banheiros químicos e encontrei Bec.

— Preciso de você — eu disse, puxando-a pelo braço pelos corredores lotados até o estacionamento.

— Cuidado. A escola inteira está vendo a gente.

— Estou tendo um ataque. — Meu peito estava apertado, e eu tinha que me esforçar para falar.

Ela esfregou os lábios pintados de batom escuro.

— E aí... quer ir jogar umas bolas de beisebol? Vim de carro para a escola.

— Sim — confirmei, sem pensar duas vezes.
— Legal. Vamos nessa.

Enquanto dirigia para o bairro de casas velhas, Bec cantarolava a música que ouvíamos no rádio. Depois de vários minutos, ela perguntou, do nada:

— Você acredita em segunda chance?

— Não — respondi sem rodeios, porque sabia que ela se referia ao Hayden.

— Então você não acha que a Claire deve te dar uma segunda chance?

Suspirei.

— Sim, eu acho que deve.

— Eu também acho. — Foi tudo o que ela disse. Eu não sabia se estava dizendo que Claire devia me dar uma segunda chance, ou se simplesmente acreditava no conceito de maneira geral.

Estava cansada de falar de mim, de pensar nos meus problemas. Precisava dar um tempo deles.

— E o Nate? Rola alguma coisa? Já contou que está apaixonada?

— Eu estou? Quer dizer, apaixonada por ele? Não tenho certeza. E só um tipo de amor me faria pensar em uma declaração neste momento. O tipo de amor que enlouquece, que faz a gente fazer coisas absurdas. Um amor louco.

— Por que é loucura se declarar para o Nate?

— Porque ele é um grande amigo. Não quero estragar tudo. Sabe como é?

— Sim, eu sei. Perder amigos é a pior coisa.

— O Hayden está bem mal, Gia.

Eu gemi. Mudamos de assunto. Ela não tinha que voltar ao assunto anterior.

— O negócio é o seguinte...

— Por favor, não quero falar sobre isso.

— Escuta o que eu tenho para dizer, depois eu calo a boca.

— Tudo bem.

Ela assentiu uma vez.

— Obrigada. É o seguinte — ela repetiu, com uma careta debochada. — Ele não queria ser como o Ryan. Não queria escolher uma garota e abrir mão de um amigo. Já havia sido o excluído nessa escolha, sabia como era e não queria fazer a mesma coisa com outra pessoa. Com o único amigo que sobrou depois de toda a confusão com a Eve. Ele precisava acreditar no Spencer. Mas não importa mais, porque ele deu um aperto no Spencer. Um aperto forte, e a verdade sobre você acabou aparecendo. E ele ficou muito mal, Gia.

— Mas ele não tentou falar comigo. Não ligou, não mandou mensagem, nada.

— Porque ele sabe que pisou na bola. E acha que não merece uma segunda chance. Então você vai ter que falar com ele. Por favor.

— Eu não devia ter que tomar a iniciativa.

— Eu sei. Mas você disse para ele não te procurar, e agora ele acha que não te merece. Sério, não sei se todos os atores são dramáticos ou se é só ele, mas a minha vontade é matar o cara. Você precisa perdoar o Hayden antes que ele me deixe maluca.

— Eu não sei se consigo.

— Legal. Vou ter que matar os dois, então. — Chegamos à casa do Will. Passamos pelo carro cujo para-brisa quebramos com as bolas na última vez, e pensei que a ideia de voltar talvez não fosse tão boa, porque as lembranças vieram com força total.

Os quatro cachorros cercaram o carro, latindo. Bec buzinou, mas ninguém apareceu para cuidar deles.

— Dessa vez é com você — ela avisou.

— Quê? Você vai me matar de verdade? Pensei que fosse piada.

— Eles não vão te matar. Eu juro que não mordem.

Olhei para o banco de trás.

— E as bolas de beisebol?

— Então, não imaginei que ia precisar delas quando saí para ir à escola hoje de manhã.

— Pensei que fosse esse o motivo de termos escolhido o seu carro. É melhor a gente ir embora.

— Não, nos já estamos aqui. Sempre tem uma ou outra bola que acabamos esquecendo. Aposto que tem algumas dentro do carro que usamos como alvo na última vez.

Mordi o lábio e olhei para os cachorros, que pulavam no carro.

Ela bateu no console.

— Posso usar o seu celular um segundo? A bateria do meu acabou.

Tirei o telefone do bolso, entreguei a ela e a vi digitar um número. Bec percebeu que eu estava olhando, soltou meu cinto de segurança e disse:

— Vai, sai logo.

— Tudo bem. Quando os cachorros me aleijarem, é o seu nome que eu vou dar à polícia.

Bec não respondeu, e eu saí do carro. Os cachorros pularam em mim e me jogaram vários passos para trás. Consegui me apoiar no carro.

— Mostra para eles quem manda — ela disse e fechou a porta que eu havia deixado aberta.

Segurei um dos cachorros pela coleira e o levei em direção ao cercado. Os outros me seguiram, mordendo meus calcanhares e latindo. Faziam tanto barulho que meus ouvidos zumbiam. Eu tinha certeza de que Will não estava em casa, ou pensaria que um exército estava invadindo a propriedade. Assim que tranquei os cachorros atrás do portão, me virei com um sorriso orgulhoso e não vi mais o carro nem Bec. Voltei à estrada andando devagar, pensando que ela podia ter estacionado em algum outro lugar. Instintivamente, levei a mão ao bolso para pegar o celular, e lembrei que ela o pedira emprestado... roubado! Foi uma armação. Não sei para quê, mas eu não precisava aceitar essa situação.

Com minha cara mais simpática, bati na porta de Will esperando estar errada sobre ele não estar em casa. Talvez se divertisse vendo os cachorros apavorarem as pessoas. A casa podia parecer pré-histórica, mas ele devia ter um telefone. Ninguém me atendeu. Olhei pela janela suja à direita da porta e só vi um corredor escuro.

Como as pessoas viviam sem celular? Eu estava sozinha no meio do nada. Sentei na varanda e apoiei a testa nos joelhos. Bec teria que voltar em algum momento. No mínimo, alguém ia perguntar onde eu estava quando as aulas terminassem. Talvez. Sentada ali sozinha, pensei no que ela disse sobre Hayden. Ele estava mal, Bec havia contado. Pensar nisso apertou meu coração, e por um momento achei que ela pudesse estar certa. Eu realmente precisava dar a ele uma segunda chance, dar à gente uma segunda chance. Era o que eu estava pedindo a Claire. Como podia negar a mesma coisa a outra pessoa? Mas, assim que pensei nisso, lembrei da noite na praia. Isso era diferente da minha briga com Claire. Ele me chamou de mentirosa, e eu nunca menti para ele. O amigo dele era um cretino, e ele duvidou de mim.

A raiva me invadiu. Não. Não dava para superar com tanta facilidade. Vi o Camaro 68 do outro lado do terreno. Fiquei em pé e fui procurar algumas bolas.

36

A pilha de bolas que eu tinha encontrado cobria a grama alta perto dos meus pés. Eram muitas. Levei meia hora, mas reuni umas vinte, pelo menos. Segurei uma delas e me preparei para o arremesso contra o Camaro. A lembrança de ter sentado dentro daquele carro com Hayden invadiu minha mente, e eu quase derrubei a bola. Depois outra lembrança se impôs à primeira, o que Bec dissera naquele mesmo dia: "Usou o truque do 'pula comigo dentro do carro'?" Ele tinha feito isso com outra garota. Eve, provavelmente.

Levei o braço para trás e arremessei a bola com toda a força. Ela acertou a porta com um barulho alto e rolou pela grama. O amassado na lataria enferrujada era quase imperceptível e só alimentava minha necessidade de fazer um estrago. Um estrago de verdade. Peguei outra bola e arremessei. E outra.

Logo não era só o Hayden que eu tentava acertar, mas Jules e meus pais, meu irmão e até eu mesma. Abaixei para pegar outra bola e só encontrei terra. Já havia jogado todas. Meu coração batia depressa e meu rosto estava molhado de suor e algumas lágrimas, talvez.

Eu estava começando a recolher as bolas quando ouvi alguém atrás de mim:

— Quer jogar algumas na pessoa em quem está pensando, ou o carro é suficiente?

Eu me virei. Hayden estava com os braços abertos, como se realmente me desse autorização para usá-lo como alvo. Era tentador.

Meus ombros subiram e desceram algumas vezes. Depois da semana que tive, só queria me enroscar nele e esquecer tudo o que tinha acontecido.

Mas eu não podia. Fiquei ali olhando para Hayden, tentando decidir se ele estava representando um papel agora. O do cara calmo e humilde. Era uma encenação? Porque ele não parecia estar mal como Bec dissera que estava. Joguei a bola que tinha nas mãos. Não com muita força, e nem o acertei, mas foi por pouco.

Ele arregalou os olhos.

— Ah, então você não estava realmente se oferecendo para ser o alvo? Ele riu.

— Achei que você não fosse aceitar a oferta.

Peguei outra bola e a joguei para cima uma vez, depois a soltei no chão. Ele pegou uma bola perto dos pés e se aproximou de mim, então parou do meu lado, de frente para o carro. Levantou o braço, e eu agarrei sua mão com a bola.

— Não. Não faça isso. Você adora aquele carro.

Meu esforço resultou em alguns amassadinhos, mas eu sabia que ele podia fazer um estrago sério.

Hayden relaxou o braço e deixou a bola cair no chão. Minha mão segurou a dele por dois segundos antes de eu me dar conta e soltá-la, e dei um passo para trás a fim de pôr alguma distância entre nós.

— Tenho dificuldade para confiar nas pessoas — Hayden falou, de cabeça baixa.

— Depois do Ryan e da Eve, imagino que tenha.

— Estraguei tudo.

— Eu sei.

— Quer que eu vá embora?

— Ainda não sei o que eu quero.

Ele levantou as sobrancelhas e ficou quieto. Como se, pela primeira vez desde que brigamos, acreditasse que ainda havia esperança para nós.

— Qual é o fator decisivo?

Tentei não sorrir ao lembrar que já tínhamos tido essa conversa antes, na festa de Eve. Mas daquela vez falávamos sobre eu retornar ou não a ligação de Bradley. E sobre ele voltar a namorar Eve ou não.

— Este momento, eu acho.

Ele assentiu devagar.

— Eu poderia recitar uma lista de motivos para você ir embora.

— Ah, é?

— O primeiro é que eu te chamei de mentirosa, e eu também estava mentindo.

— É um bom motivo.

— Sim. O segundo é que eu tenho dedo podre para escolher amigos.

— Já percebi.

— E ainda não sei bem o que isso diz sobre mim.

Eu queria tranquilizá-lo, mas ainda não havia decidido nada, e confortá-lo só o faria pensar o contrário.

— E eu gosto muito de você.

Por que essa declaração fazia o meu coração disparar?

Ele fechou e abriu a mão.

— Isso me assusta, porque a dificuldade para confiar, aparentemente, também se estende a mim mesmo em relação ao que sinto, e isso só pode significar que eu vou te machucar. De novo. E eu não quero ver você chorar. Isso destroça o meu coração. Sou um idiota. Desculpa.

Fechei os olhos para não ter que olhar para ele daquele jeito, tão vulnerável. Ele relacionava motivos para eu não gostar dele. Não havia razões para eu me jogar em seus braços como queria fazer.

— Antes de te conhecer — comecei falando bem devagar —, eu tinha um plano. Sabia o que eu queria. E achava que me conhecia. Sabia como seria cada semana dos próximos quatro anos da minha vida. Mas agora não tenho mais a companheira de quarto que devia ter, nem o namorado, nem o plano. Acabou. Não sei mais o que eu quero.

— Não sabe o que quer? — A voz dele era rouca.

Abri os olhos esperando encontrar aquele olhar quente que ele havia aperfeiçoado no baile de formatura, mas não foi o que vi. O olhar de Hayden era suave, franco. Não era uma encenação. Balancei a cabeça.

— Não, eu sei o que quero. Quero ir para a faculdade, com ou sem a companheira de quarto que sempre pensei que teria.

Ele assentiu.

— E vou usar minha bolsa para estudar ciência política, e espero um dia poder fazer alguma diferença no mundo.

Ele sorriu.

Dei um passo na direção dele e, quando Hayden não recuou, dei outro. Pus as mãos sobre os seus ombros.

— E eu quero...

Ele soltou o ar e todo o seu corpo relaxou.

— Não faça isso, a menos que seja de verdade — ele disse, repetindo palavras que eu havia usado antes.

Eu sorri.

— É de verdade. — Segurei seu rosto entre as mãos e me levantei na ponta dos pés.

Antes de nossas bocas se encontrarem, ele falou:

— Tenho a impressão de que nunca houve tanta expectativa antes de um beijo. E que você vai ficar desapontada, independente do que eu fizer.

Eu ri.

— Quer brincar de Vinte Perguntas?

— Nessa situação? Como seria?

— Posso tentar adivinhar suas preferências.

— Minhas preferências em um beijo?

Assenti, com o rosto bem perto do dele.

— Minha preferência é simples: você.

— Isso não foi uma resposta do tipo sim ou não. Você acabou de quebrar a re...

Ele me interrompeu, colando a boca à minha. Seus lábios eram tão quentes que meu corpo todo derreteu contra o dele. Hayden me enlaçou pela cintura e me puxou mais para perto. Minhas mãos encontraram seus cabelos, dessa vez sem ter de procurar desculpas para tocá-los, ciente de que eu podia fazer isso sempre que quisesse.

Um arrepio me fez estremecer, e ele sorriu.

— Não se decepcionou?

Eu não respondi. Só continuei beijando.

37

Sentamos no chão, as costas apoiadas no Camaro, os ombros colados, jogando uma bola de beisebol da mão direita dele para a minha esquerda.

— Obrigado — Hayden falou depois de repetirmos várias vezes o movimento com a bola.

— Por quê?

— Por ter mandado aquela mensagem. Por ter me dado uma segunda chance.

A bola que ele jogou caiu no meu colo.

— Que foi? — ele perguntou.

— Eu mandei uma mensagem para você?

— Mandou.

— Que mensagem?

— Você não lembra?

Estendi a mão.

— Quero ver o seu celular.

Ele inclinou um pouco o corpo para o lado a fim de pegar o telefone no bolso e pôs o aparelho na minha mão. Abri as mensagens e vi que a última era minha. Dizia:

> Hayden, me encontra na casa do Will. Sou aquela que está destruindo um carro. Quero conversar.

Comprimi os lábios. Como a Bec sabia que eu estaria destruindo um carro?

— Não foi você?

— A Bec pegou meu telefone.

Ele balançou a cabeça.

— Normalmente eu ficaria indignado com a armação, mas dessa vez não. — Ele beijou meus lábios, e eu apoiei as pernas em cima das dele, precisando chegar mais perto. Hayden respondeu passando um braço em volta da minha cintura, provocando um arrepio que subiu pelas minhas costas.

Quando se afastou, ele disse:

— Sabe há quanto tempo eu quero fazer isso?

— Bom, desde algum momento depois da festa da Eve, acho.

Ele balançou a cabeça.

— Desde a festa da Eve, mas achei que não seria justo te beijar naquela noite, porque tudo era só um jogo e a Eve podia aparecer a qualquer momento. Eu queria te beijar sem pressa.

— Você não teve pressa mesmo.

— Você me dava sinais confusos. Eu não sabia se você também me queria.

— Sinais confusos? Como assim?

— Eu segurava a sua mão, você deixava. Mas, quando eu tentava conversar, você se fechava.

— Pensei que você se sentisse obrigado a conversar. Não queria que fosse só mais uma cena. Alguém com quem você ensaiava falas.

— Essa doeu.

— Desculpa. É que... eu gostei muito, muito de você

Ele sorriu.

— Gostou?

— Gosto. Gosto muito, muito de você. — Fiquei de joelhos, de frente para ele. Beijei seu rosto, depois o canto da boca. — A gente devia se vingar da sua irmã.

Hayden abriu os olhos de repente.

— Quê?

— A sua irmã.

— Não é nela que eu quero pensar agora. — Ele me puxou para o colo, beijou minha têmpora e meu pescoço.

— Não, é sério. — Tentei me afastar um pouco. — Ela armou para nós.

— Pensei que a gente estivesse feliz com isso.

— Estamos, mas isso não quer dizer que não devemos nos vingar.

— Tem alguma ideia?

— Vamos deixá-la pensar que isso não aconteceu. — Apontei para nós dois. — Usa seu talento de ator.

Ele riu.

— Eu topo. Vamos começar agora. — Ele pegou o celular e começou a digitar. Eu me virei e apoiei as costas em seu peito para poder ler a mensagem.

> Cadê você? Estou no Will. Não tem ninguém aqui.

— Acha que ela vai responder como se fosse eu?

— Vamos ver.

O telefone dele apitou.

> Está na casa do Will?

— Aí está a sua resposta.

— Acho que nós temos mesmo aquele cérebro imaturo de que a sua mãe falou.

— E eu acho que, nesse caso, a minha mãe iria aprovar.

Fiz um gesto pedindo o celular. Ele me deu o aparelho, e eu assumi o comando.

> Se vai fazer esse joguinho comigo, Gia, vou embora daqui.

Hayden riu. O telefone dele tocou, e eu quase o deixei cair. Vi o nome de Bec na tela. Hayden pigarreou e ficou sério.

— Alô?

Cheguei mais perto e ele virou o telefone para nós dois conseguirmos ouvir.

— Hayden, oi. O que aconteceu?

— Nada.

— Onde você está?

Ele balançou a cabeça e mexeu a boca: "Ela também devia ser atriz". Assenti.

— Em lugar nenhum. Estou indo para casa.

Bati na perna dele.

— Diz que vai passar na casa da Eve — sussurrei.

Ele mordeu o lábio para segurar o riso. Mas a voz não refletiu o humor quando disse:

— A Eve acabou de ligar. Vou passar na casa dela.

— Não se atreva. Encontrei a Gia hoje.

— É? E daí? Não quero ver a Gia. Acho que ela está fazendo joguinho comigo. Pediu para me encontrar em um lugar, eu fui e ela não estava lá.

— A Gia teve um dia difícil. O colégio todo está falando dela. Acho que as amigas dela descobriram sobre o lance do baile de formatura. Você precisa falar com ela.

O rosto de Hayden ficou sério, e não era mais encenação. Ele olhou para mim. Meu sorriso também desapareceu.

— Que droga. Eu não sabia — Hayden falou.

— Não é para mim que você tem que dizer isso. É para ela.

— Eu vou dizer.

— Quê?

— Tenho que desligar. — Hayden desligou o telefone enquanto Bec ainda reclamava do outro lado e me abraçou. — Sinto muito.

Dei de ombros.

— Está tudo bem.

— Você não disse isso.

Eu ri baixinho.

— Tudo bem, é horrível. Minha melhor amiga não quer falar comigo.

— A Claire?

— Sim. Tentei pedir desculpas. Ela está muito brava. Não que eu não entenda. Eu também ficaria furiosa, mas acho que ela não quer mais ser minha companheira de dormitório. Ela e a Jules vão ficar no mesmo quarto.

— Não.

— Sim... talvez. Não sei, na verdade. Acho que a Claire só precisa de tempo para decidir se quer me desculpar ou não.

Ele beijou minha cabeça.

— Ela vai te perdoar.

Contei a ele o resto da minha semana. Com os braços de Hayden me amparando, as coisas não pareciam mais tão ruins.

38

Drew estava sentado no sofá da sala quando entrei em casa. Suspirei. Não queria que ele levasse embora a felicidade que eu estava sentindo depois de ter passado a última hora com Hayden.

— Eu disse que você estava de castigo — ele falou.

— Depois de quase dezoito anos sem nunca ter tido essa experiência, eu não sabia como funcionava.

— Onde você estava? Tentei encontrar alguma dica do seu paradeiro no Twitter, mas o silêncio nas redes sociais já dura trinta e seis horas. Quase mandei uma equipe de busca atrás de você.

— Agora você virou um babaca que acha que pode me julgar.

Drew deu de ombros.

— Sempre fui. Pensei que isso estivesse claro. O que aconteceu?

— Estou tentando ser uma pessoa melhor. De vez em quando dá certo.

— E aquele monte de mentiras? Faz parte de ser uma pessoa melhor?

— Não, aquilo foi o começo da jornada.

— Entendi. Bom, me avisa como funciona, e eu vou decidir se quero experimentar.

— Até agora, perdi algumas amigas, o colégio inteiro está me olhando feio e o meu irmão acha que sou amoral.

— Na verdade, o seu irmão está impressionado por você saber o que significa "amoral". — Ele ficou em pé. — Nesse caso, vou recusar a opção "ser uma pessoa melhor".

— Por outro lado, ganhei amigos incríveis que me conhecem de verdade, e acho que me conheço melhor.

Ele assentiu, como se aprovasse.

— Posso fazer outro documentário sobre você?

Peguei uma almofada do sofá e joguei nele.

— Você acha que isso é engraçado? Acha que não me machucou? Acha que pode chegar com esse seu jeitão de "sou legal demais para todo mundo" e tudo fica resolvido entre nós?

— Eu estava torcendo por isso.

Bati na cabeça dele com a almofada, depois a soltei e sentei no sofá.

— Você não sabe tudo, por mais que finja saber.

Ele sentou ao meu lado.

— Eu sei.

— E eu não posto todas as minhas coisas. Especialmente os meus sentimentos verdadeiros.

— Desculpa.

Fiquei parada. Era a primeira vez que ele pedia desculpas, a única vez que eu o ouviria se desculpar, provavelmente.

— É um pedido sincero, Gia. Pisei na bola.

Olhei para ele.

— Então por que estava tentando jogar os nossos pais contra mim?

— Porque eles... — Drew grunhiu, frustrado. — Porque eles não impõem consequências para nada. Isso me transformou em uma merda de pessoa. Eu queria que eles fossem melhores com você.

— Está culpando os dois pelos seus problemas? Quanta originalidade.

Ele riu.

— Eu sei. Todo mundo tem problemas para resolver com os pais. — E bateu com a mão fechada no meu joelho. — Sempre achei que você não tivesse.

— Eu sempre fingi que não tinha.

— Bem-vinda ao mundo real, minha irmã.

— Engraçadinho. Então... você odeia os nossos pais?

— Não, é claro que não. Acabei de descobrir coisas sobre as quais concordo com eles e outras sobre as quais não concordo.

— Como o fato de eles desculparem a gente com mais facilidade do que deveriam — apontei.

Drew deu de ombros.

— Podia ser bem pior.

— Eles podiam ser babacas julgando todo mundo.

— Ou esnobes mentirosos.

Olhei para o meu irmão, vi seu cabelo comprido e o sorrisinho meio arrogante.

— Um dia você vai conhecer uma garota que vai baixar sua bola. Espero que ela seja viciada em Twitter.

— Isso seria o suficiente para eu desistir dela, Gi.

— E por isso seria tão legal.

Ele respirou fundo.

— Se ela for como você, vou me considerar um cara de sorte.

Lágrimas fizeram meus olhos arderem, e, enquanto eu pensava em como devia responder, ele tirou as chaves do bolso.

— Bom, tenho que ir.

Era evidente que tínhamos um longo caminho a percorrer no departamento da comunicação de sentimentos, mas agora até parecia possível. Eu assenti.

— O Bradley está me esperando. Nós viemos juntos.

— O Bradley ainda está aqui? — Olhei em volta, esperando vê-lo aparecer de algum lugar.

— Não aqui em casa. Aqui perto. Eu o deixei no campo.

— De golfe?

— Sim.

— Eu nem sabia que ele gostava de golfe.

— É, ele também não sabe muito sobre você.

— Eu sei, é patético.

— Patético é ter que passar as próximas três horas com ele dentro de um carro sendo que não temos nada em comum.

Dei risada e o abracei.

— Obrigada por ter tentado. Obrigada por... Obrigada.

* * *

Cinco minutos depois de meu irmão ter ido embora, minha mãe entrou pela porta da frente. Ela parou ao me ver, mas substituiu rapidamente a surpresa por um sorriso.

— Oi, Gia. Já chegou?

Eu levantei.

— Mãe, não precisa fingir que não está chateada. Fui grosseira com você hoje de manhã. Desculpa.

— Tudo bem. Está tudo bem. Sem problemas. — Ela foi para a cozinha, e eu a segui.

— Mãe. Por favor, não contribua para essa mentira.

— Quê? — Ela começou a esvaziar a lava-louça.

— Mãe, pode olhar para mim?

Ela se virou e me encarou.

— Está na hora de mostrar como a gente realmente se sente. Eu sei que voce ficou chateada comigo.

Ela sufocou um gritinho angustiado e cobriu a boca com a mão fechada.

— Você é mãe, não um androide. Sei que você tem sentimentos. Às vezes eles aparecem. Não vou achar que você é pior por isso. Na verdade, isso vai me ajudar a te conhecer melhor.

Ela me abraçou.

— Não somos perfeitas e não temos que ser. — Passei a mão no cabelo dela, estragando o seu penteado.

— Gia. — Ela se ajeitou.

Eu ri. Sabia que a minha mãe não mudaria nesse instante ou de um dia para o outro, mas sentia que era um começo.

39

Fechei os olhos e imaginei o que ia dizer quando subisse no palco para o discurso diante do colégio inteiro. Meu foco principal era animar os formandos para a colação de grau e, principalmente, para a festa sem álcool que eu tinha organizado nos últimos dois meses. O que começou como mais um tópico para o meu currículo acabou se transformando em algo que eu esperava com entusiasmo. Especialmente depois de Marcus ter me avisado que sua banda tocaria na festa.

O barulho era alto no ginásio, onde todo o corpo estudantil estava reunido. De onde eu estava, atrás da cortina pesada, o som fazia pressão. Respirei fundo três vezes, meu discurso perfeito, minha confiança em alta. Daniel estava ao meu lado, pronto para subir ao palco comigo, embora raramente falasse para o grupo. Quando ouvimos meu nome e o dele pelo sistema de som, saímos de trás da cortina. Senti uma leve mudança na reação da plateia à minha presença. Normalmente eu era recebida por aplausos estrondosos e assobios. Hoje, além disso, havia também um murmúrio mais baixo. Não de todo mundo, mas de algumas pessoas. Era a primeira vez que eu percebia que a influência das minhas atitudes ia além do meu círculo de amigas.

Peguei o microfone e pigarreei.

— Oi, todo mundo! Sejam bem-vindos ao último discurso do ano! Quem está pronto para o verão? — Ao meu lado, Daniel levantou a mão e deu um grito.

Houve um estrondo coletivo na plateia, mas a reação também foi seguida pelo murmúrio de fundo. Aquilo me incomodou. O discurso que eu havia ensaiado segundos antes me fugiu da memória. Meus olhos varreram o ginásio e encontraram Claire. O rosto dela era o porto seguro que eu sempre procurava na multidão nas poucas vezes em que perdia a pose. Mas hoje não havia segurança naquele rosto, e olhar para ela só serviu para expulsar o resto do discurso da minha cabeça.

— Desculpem. — Ouvi minha voz ecoar pelo ginásio. Daniel deixou escapar uma exclamação de surpresa. Eu não queria me desculpar em voz alta, mas era necessário, ou não conseguiria continuar. — Eu cometi um erro. Não vou tratar o assunto de forma vaga: vou assumir o que fiz. Eu menti. Passei o último mês mentindo para as minhas amigas. E não precisava ter mentido. Menti principalmente porque não acreditei que elas ainda seriam minhas amigas se eu contasse a verdade. E também porque estava pensando só em mim. Não considerei nada além dos meus problemas. O que tem de errado comigo?

Era uma pergunta retórica, mas alguém na plateia gritou:

— Nada! Você continua gostosa.

O comentário provocou uma explosão de gargalhadas.

Revirei os olhos.

— É, obrigada. Isso não ajudou muito. O que estou dizendo é que pisei na bola feio. Claire, Laney e Jules, peço desculpas. Na verdade, peço desculpas a qualquer pessoa que tenha ouvido essa história e se decepcionado comigo. Estou tentando melhorar. Eu quero ser uma pessoa melhor.

Durante o discurso eu olhava em volta, analisava o ambiente, mandava uma mensagem, mas agora olhei novamente para Claire. Mordi a parte interna da boca quando vi que a frieza persistia em seu rosto.

— Desculpa. — Entreguei o microfone a Daniel. — Salva o discurso. Anima o pessoal para a festa sem álcool.

— Não posso. Não sei o que dizer. — Seu rosto era a imagem do pânico.

— Seja engraçado, só isso. Você sempre é.

O pânico desapareceu.

— Eu sou, não sou?

Sorri, afaguei seu braço e saí enquanto Daniel gritava "formatura sem álcool" várias vezes.

✦ ✦ ✦

𝒜 banda de 𝒯ℳarcus era boa, e eu não era a única que pensava assim. A maioria dos alunos na festa sem álcool dançou e tentou cantar com as músicas que ninguém tinha escutado antes. Considerando que ninguém tinha bebido, o principal objetivo da formatura sem álcool, isso significava que era a banda que provocava toda aquela animação. Levantei o polegar para Marcus quando ele olhou para mim. Tive a impressão de que ele riu, como se essa não fosse a maneira correta de expressar minha aprovação. Havia uma espécie de "sinal do rock", mas eu não fazia nem ideia de como era. Provavelmente era esse gesto que eu devia ter usado.

Olhei para o pessoal na festa mais uma vez. As coisas pareciam diferentes esta noite. Normalmente as pessoas me cumprimentavam ou conversavam comigo, tentavam ser visíveis. Hoje os olhares passavam direto por mim, sem nenhum interesse especial. As coisas haviam mudado. Isso não incomodava tanto quanto eu imaginei que incomodaria. Eu não merecia mais atenção do que as outras pessoas, principalmente porque era raro eu retribuir. Eu ainda me esforçava para ser melhor nisso.

Um grupo se destacava. Eu não esperava que Claire, Laney e Jules fossem à festa, não depois da maneira como reagiram ao meu pedido público de desculpas. Os olhares gelados durante o discurso deram lugar ao silêncio novamente, mas elas estavam ali. Não para fazer as pazes comigo, porque me ignoraram a noite toda. E estavam cercadas de gente.

Meu namorado estava na festa da própria formatura, e a irmã dele, minha única amiga no momento, só se formaria no próximo ano. E foi assim que eu fiquei sozinha durante todo o evento que organizei ao longo de dois meses do meu último ano do colégio. Mas não me incomodei.

Eu havia me formado depois de treze anos na escola pública. Provavelmente seria lembrada, mas esperava passar os próximos treze anos me dedicando a alguma coisa pela qual *merecesse* ser lembrada.

— Oi, Gia. — A voz profunda interrompeu meus pensamentos.

Eu sorri.

— Blake, o cara da sorveteria. Parabéns pela formatura.

— Para você também. A festa está ótima.

— Obrigada. Muita gente ajudou.

A música parou, e Marcus falou ao microfone:

— Vamos fazer um intervalo de quinze minutos, mas fiquem curtindo a música gravada.

Ele deixou a guitarra no pedestal e se aproximou de nós. Pensei que fosse me perguntar sobre a comida ou alguma coisa assim, mas só comentou:

— Festa cheia.

— Obrigada por tocar. O pessoal está adorando.

— De nada.

— Marcus, esse é o Blake.

Os dois se cumprimentaram com um aceno de cabeça.

— Sua banda é muito boa — disse Blake.

— Valeu. Apesar de ter ouvido o contrário há pouco tempo, acho que a gente toca direitinho. — Ele piscou para mim. — Falando nisso, e aquelas suas amigas adoráveis?

— Ali. — Apontei para onde Claire, Laney e Jules dançavam com um grupo de garotos.

— Amadureceu demais para andar com elas?

— Acho que elas são maduras demais para mim.

— Discordo.

Não sei por quê, essa palavra encheu meus olhos de lágrimas.

Alguém me agarrou por trás e eu gritei. Bec apareceu na minha frente, e eu deduzi que os braços em torno da minha cintura eram de Hayden. Inclinei a cabeça para trás para olhar para ele.

— Você escolheu a professora mais tranquila para ficar na porta — Bec comentou. Ela abraçou Marcus, que retribuiu.

Eu ri.

— Invadiram a festa?

— Invadir é uma palavra muito forte. "Entramos sem encontrar resistência" explica melhor.

— Achamos que você podia se sentir sozinha — Hayden cochichou no meu ouvido —, mas parece que está tudo bem.

Marcus recuou enquanto dizia:

— Hora de voltar ao palco. A gente se vê. — Ele parou depois de dar alguns passos. — Gia, eu estava falando sério.

— Obrigada. — Eu devia agradecer alguém que havia dito que eu me tornei madura demais para as minhas amigas? Olhei para Jules, que cochichava no ouvido de Claire e apontava para alguém. Sim, talvez fosse melhor eu me afastar delas por ora. Talvez durante o verão, ou no próximo ano, Claire e eu pudéssemos nos entender. Ela olhou para mim antes que eu tivesse tempo de virar a cabeça, e achei que a expressão dela dizia que havia esperança. Ela esboçou um sorriso, mas deixou Jules levá-la para a mesa de comida.

A banda voltou a tocar, e Bec segurou o braço de Blake.

— Não faço a menor ideia de quem você é, mas vamos dançar. Preciso deixar alguém com ciúme. — Ele deu de ombros e a seguiu. Era difícil dizer se, sentado atrás da bateria, Nate havia notado a presença de Bec.

Eu me virei para Hayden.

— E eu? Devo ficar com ciúme? — ele perguntou.

— Do quê? — Pensei que ele estivesse falando de Bec, mas percebi que se referia a Marcus. — Ah. É claro que não. — Pigarreei e tentei adotar um tom baixo, rouco. — Quero dançar com você.

Ele levantou as sobrancelhas.

— Está imitando um robô? Não, espera. Um robô fumante.

Bati em seu peito. Ele me olhou de um jeito quente, e eu fiquei feliz por não ter que controlar minha reação dessa vez. Segurei sua camisa e o puxei para perto. Minha boca encontrou a dele.

— *Não precisa ficar feito uma estátua, Gia. Ela não está* pintando um retrato — disse Bec.

— Ah, é claro. — Mudei de posição na banqueta onde posava para Olivia.

Hayden entrou na sala e parou para olhar por cima do ombro da mãe.

— Você está pintando ossos mesmo?

— A Bec me deu uma boa ideia.

— Eu disse que ela não precisava de você aqui — Bec falou

— É claro que preciso dela aqui. Ela é a minha musa.

— Bom, eu vou ter que roubá-la — Hayden avisou.

— Não. Eu estou trabalhando.

— É só um segundo. A Bec pode ficar no lugar dela.

— Adoro quando todo mundo acha que qualquer pessoa funciona como minha musa — Olivia bufou.

Hayden segurou minha mão e me levou para fora da sala. No corredor, ele me empurrou contra a parede e me beijou.

— Foi para isso que você me tirou de lá? — perguntei, rindo.

— Sim... Ou melhor, não. Tirei você de lá para dizer que pus nosso plano em ação. O Nate vem para cá. Você a distraiu por tempo suficiente para eu roubar o celular dela e mandar uma mensagem.

Sorri.

— Ótimo. A vingança é muito divertida.

— E imatura.

— Muito imatura. Ela vai matar a gente?

— Com toda a certeza. Mas até lá... — Hayden me beijou de novo, e eu relaxei em seus braços.

Agradecimentos

Este é o meu quinto texto de agradecimento, e eu continuo sentindo a mesma gratidão da primeira vez que escrevi. Sei que nem todo mundo consegue fazer o que ama, e vou ser eternamente grata às pessoas que tornaram isso possível. Primeiro, meus leitores. Eu posso dizer isso agora. Tenho leitores. E alguns parecem gostar de mim de verdade. Vocês não têm ideia de como isso me faz feliz. Por causa de vocês, eu continuo escrevendo, e sou muito grata por isso.

Um enorme agradecimento ao meu marido, Jared, que facilita tudo para mim. Ele é o melhor apoio que uma mulher pode ter. Além do mais, depois de dezessete anos de casamento, ainda gosto desse cara. Quer dizer, vou amá-lo para sempre, mas também gosto dele. Meus filhos também são incríveis. Vou começar pelo caçula desta vez, já que ele sempre fica por último: Donavan, Abby, Autumn e Hannah. Eles me fazem rir todo dia, e nunca senti tanto orgulho de alguém em toda a minha vida.

Minha agente, Michelle Wolfson, fez esse ramo às vezes difícil muito mais fácil para mim. Sem ela, eu estaria perdida. Obrigada por tudo, Michelle. Também tive o privilégio de trabalhar com duas editoras diferentes neste livro, ambas maravilhosas: Sarah Landis e Catherine Wallace. Obrigada por amarem meus livros, senhoras, e por me ajudarem a melhorá-los. E obrigada à HarperTeen por me dar um impulso tão grande no mundo da literatura para jovens adultos. É um ótimo lugar para estar. Um agradecimento especial a alguns membros da minha equipe na HarperTeen: Stephanie Hoover, Rosanne Romanello e Jennifer Klonsky.

Antes de deixar minha agente ou editora ver os meus livros, essas adoráveis mocinhas têm que enfrentar os primeiros rascunhos. Elas estão entre as minhas pessoas preferidas: Candice Kennington, Stephanie Ryan, Jenn Johansson, Renee Collins, Natalie Whipple, Sara Raasch, Michelle Argyle, Melanie Jacobson, Kari Olson... Ah, não. Estou esquecendo alguém. Eu sei que estou. Desculpe se esqueci você.

Às vezes eu não escrevo; faço outras coisas (eu sei, também fico chocada). Estas pessoas tentam me lembrar de que não devo me dedicar só aos livros o tempo todo: Elizabeth Minnick, Rachel Whiting, Claudia Wadsworth, Brittney Swift, Mandy Hillman, Emily Freeman, Jamie Lawrence, Melanie Martinez, Amy Burbidge e Erynn Nelson.

Por último e menos importante (brincadeira, nunca será menos importante), minha fantástica família. Fui abençoada com uma das grandes, e sei quem eu sou hoje por causa deles: é claro, minha mãe e meu pai (Chris e Don), Heather Garza, Jared DeWoody, Spencer DeWoody, Stephanie Ryan, Dave Garza, Rachel DeWoody, Zita DeWoody, Kevin Ryan, Vance e Karen West, Eric e Michelle West, Sharlynn West, Rachel e Brian Braithwaite, Angie e Jim Stettler, Emily e Rick Hill e todos os respectivos filhos.

Ufa. Quando acabo, sempre fico com a sensação de que citei todo mundo e a mãe de todos e, ao mesmo tempo, de que esqueci alguém e a mãe também. Como pode? Peço desculpas se esqueci você. Não é você que não é importante, sou eu que tenho o miolo mole.

Impresso no Brasil pelo Sistema Cameron da Divisão Gráfica da
DISTRIBUIDORA RECORD DE SERVIÇOS DE IMPRENSA S.A.